Gulliver Taschenbuch 877

18,10

Henri van Daele, geboren 1946, hat seine erste Geschichte mit 16 Jahren veröffentlicht. Er hat viele Jahre als Chefredakteur eines politischen Magazins gearbeitet und viele Geschichten und Bücher veröffentlicht, darunter bei Anrich *Der Maruffel* und zuletzt *Der dicke Idde*.

Henri van Daele

Ti

Roman

Aus dem Niederländischen von
Jeanne Oidtmann-van Beek und
Peter Oidtmann

BELTZ
& Gelberg

Ti kam auf die Auswahlliste zum Deutschen Jugendliteraturpreis.

www.beltz.de
Gulliver Taschenbuch 877

Erstmals in deutscher Sprache erschienen bei Anrich

Die Originalausgabe erschien 1996 unter dem Titel *Ti*
Einbandgestaltung von Max Bartholl
Einbandbild von Dieter Wiesmüller
Gesetzt nach der neuen Rechtschreibung
Gesamtherstellung Druckhaus Beltz, 69494 Hemsbach
Printed in Germany
ISBN 3 407 78877 0
1 2 3 4 5 06 05 04 03 02

Ti ist mit diesem Grinsen auf dem Gesicht geboren worden.
Und er sagt nur „Ti!“, so wie ein Spatz nur „Tschilp“ sagt.
Vielleicht gibt es in Tis Kopf noch mehr Wörter, aber sie können an seinem Kehlkopf nicht vorbei und aus seinem Mund nicht raus.
Köpfe sind ja dazu da, voll gestopft zu werden. Mit Rechenaufgaben, Brüchen und der Neunerprobe.
Mit Eburonen und Menapiern.
Mit den Nebenflüssen der Schelde und der Landkarte von Afrika.
Mit den vier Evangelisten, den zwölf Aposteln und der wunderbaren Brotvermehrung.
Doch dies alles hat man nicht in Tis Kopf bekommen.
Drei Jahre saß er in der ersten Klasse und drei Jahre in der zweiten. In der letzten Bank. Dort war er den ganzen Tag damit beschäftigt, mit einem Griffel seltsame Dinge auf seine Schiefertafel zu malen. Und wenn die Tafel voll war, betrachtete er sie mit seinem merkwürdigen Grinsen.
„Ti!“, sagte er dann, befeuchtete seine Daumenkuppe mit Spucke, wischte die Tafel sauber und fing von neuem an zu malen.
Wenn der Lehrer Ti und seine Tafel nicht mehr ertragen konnte, erteilte er ihm manchmal irgendeinen Auftrag.

Im Winter Kohlen holen für die Schulöfen.
Und im Sommer den Garten des Rektors harken. Oder auf dem Schulhof Papier einsammeln.
Es gibt nichts, was für einen Jungen so erniedrigend ist wie auf dem Schulhof Papier einzusammeln.
Aber Ti tat das gern.
Manchmal fand er ein so schönes Stück Papier, dass er es behutsam zwischen Daumen und Zeigefinger festhielt.
„Ti!“, sagte er dann leise und voller Bewunderung.
Nach einer Weile spähte er vorsichtig zu den großen Fenstern hinauf, hinter denen Hausaufgaben runtergeleiert wurden, anschließend zum Fenster des Rektorzimmers.
Dann steckte er das Papier sorgfältig in seine Jackentasche.

Ti ist ein Trottel, sagen die Menschen.
Alle soundso viel Kinder gibt es eins, das ein Trottel ist. Das ist nun mal so. Ihr Kopf ist zu und ihr Mund verschlossen, aber solange sie nicht gefährlich sind, gehören sie einfach zum Dorf dazu.
Vielleicht ist Ti so ein Trottel, weil er mit der Zange geholt wurde.
Was das heißt, geholt zu werden, und zumal mit einer Zange, lässt sich nicht in Erfahrung bringen.
Manchmal muss ein Kalb, das ungünstig liegt, aus der Kuh geholt werden. Aber mit Seilen, nie mit einer Zange.
Zu einem Kalb, das verkehrt liegt, wird der Tierarzt geholt, und dann ziehen viele schwitzende Männer mit knallroten Köpfen an den Seilen, um sich hinterher einen kräftigen Schluck zu gönnen.
„Mama, was heißt das, mit der Zange geholt werden?“

„Das wirst du schon noch erfahren“, sagt Mutter, „später, wenn du groß bist.“
Denn es gibt Dinge, die erst in deinen Kopf dürfen, wenn du groß bist. Und das ist manchmal sehr lästig.
„Bin ich auch mit der Zange geholt worden?“
„Nein“, sagt Mutter. „Du bist ganz normal mit dem Schiff gekommen. Und jetzt lässt du mich mal in Ruhe, denn gleich ist dein Vater zum Abendessen da.“
Der rote Fons sagt, das sei alles Unsinn, das mit dem Schiff. Bei Menschen geht es genauso wie bei Kühen oder anderen Tieren. Aber was es dann mit der Zange auf sich hat, will er nicht sagen.
Ich denke, weil er es auch nicht weiß.

Ti wohnt in einem kleinen Haus etwas hinter dem *Haus auf halbem Wege*, zusammen mit Cordule, einer molligen alten Frau.
Cordule ist aber nicht Tis Mutter. Vielleicht ist sie seine Großmutter, doch darüber bestehen Zweifel.
Der Kopf von Cordule ist voll mit Wörtern, die ihr mühelos über die Lippen kommen. Keifende Wörter.
Cordule hat ein einfaches Gemüt und manchmal verzweifelt sie an Tis ewigem Grinsen. Von Zeit zu Zeit zündet sie eine Kerze an, die neun Tage brennen muss. Dann betet sie zu einem Heiligen, dessen Mund mehr als dreißig Jahre kein einziges Wort rausgebracht hat, der jedoch eines Tages wie durch ein Wunder anfing zu sprechen.
Aber auch das Beten nützt nichts.
„Tis Leben ist in Gottes Hand und eine Kerze anzünden ist nie falsch“, sagt der Kaplan.
„Wurde der Heilige Antonius auch mit der Zange geholt, Herr Kaplan?“

„Mensch, Cordule, das weiß ich nicht. Ich nehme es nicht an."
„Aber er konnte sprechen, nicht wahr?"
„Natürlich", sagt der Kaplan, als habe er den Heiligen Antonius persönlich gekannt. „Warum fragst du?"
„Er ist nämlich ganz schön schlau", sagt Cordule. „Er findet alles wieder, was man verlegt hat. Und mit viel weniger Kerzen. Er hat einiges mehr drauf als der Kerl, der dreißig Jahre lang den Mund nicht aufgekriegt hat!"
„Ti ist aber kein Ding, das man verlegt hat", sagt der Kaplan leise.
„Wie man es nimmt", sagt Cordule und plötzlich kullern dicke Tränen über ihre Wangen.
„Komm, Corduleken", sagte der Kaplan. „Wir alle haben unser Kreuz zu tragen." Manchmal wünschte er, er hätte andere Worte im Kopf als die, die man ihm beigebracht hat.
„Ja, das ist wahr", sagt Cordule und sie wischt sich mit einem Schürzenzipfel die Tränen weg. „Aber an manchen Tagen fällt es einem schwer."
„Ein Tag ist nicht wie der andere", sagt der Kaplan. „Hier, Cordule, nimm deine Einkaufstasche und hol dir was zu essen." Und er legt einen Hundertfrankenschein auf den Tisch.
„Aber, Herr Kaplan!"
„Nimm ihn ruhig", sagt der Kaplan. „Er ist von jemandem, der sein Geld sowieso nie im Leben gezählt bekommt."

Morgens nach dem Aufwachen bleibt Ti noch eine Zeit lang auf dem Rücken liegen und starrt die Dachziegel an.

Dann springt er aus dem Bett und steckt den Kopf aus dem Dachfenster.
Draußen scheint die Sonne in den Gemüsegarten, und auf dem First des Schuppendachs wirft ein Spatz einen misstrauischen Blick auf den blonden Kopf, der plötzlich zwischen den Ziegeln auftaucht.
„Ti!“, sagt Ti.
„Tschilp!“, sagt der Spatz. Und fliegt davon.
Zufrieden steigt Ti in seine Hose, deren Beine etwas zu kurz sind. Doch dieser Mangel wird durch hohe Armeestiefel fast wieder wettgemacht.
Er ist ein in die Höhe geschossener drahtiger Junge, der sich ziemlich schlaksig bewegt, weil er nicht weiß, wohin mit den langen Armen und Beinen. Und es sieht so aus, als würde er noch weiter wachsen, sodass Cordule sich oft verzweifelt fragt, wann das endlich mal aufhören wird.
Unten in der Küche ist es warm. Cordule rührt mit einem Stock in dem großen Kessel mit Kochwäsche, der auf dem Herd steht und einen süßlich faden Geruch verbreitet.
„Ti!“
„So, da bist du also!“, sagt Cordule.
Sie nimmt die Kaffeekanne vom Herd und schenkt ihm einen Becher ein.
Ti schnappt sich den Brotlaib, der auf dem Schmalztopf liegt, und schneidet sich drei dicke Scheiben ab.
Cordule rührt weiter.
Ihr Gesicht ist rot wie eine Pfingstrose. Hin und wieder fischt sie mit dem Stock etwas aus dem Kessel, das ihr zu missfallen scheint.
Als Ti sich eine vierte Scheibe schneidet, schüttelt sie den

Kopf. „Ich frage mich, wohin du das bloß alles steckst. Du bist doch so dürr wie eine Fischgräte."
Ti schaut sie an und hält den Kopf etwas schräg, wie vorhin der Spatz auf dem Schuppendach. Er grinst.
Mit großem Appetit isst er sein Brot zu Ende, steht auf und zieht sich seine Jacke an.
„Ti!", sagt er. Und stapft zur Tür hinaus.
Cordule seufzt. Es gibt nur weniges, was sie so verabscheut wie Kochwäsche.

Auf der Straße ist es angenehm kühl. Dort wird keine Wäsche oder sonst was ausgekocht.
Ti läuft an einer großen Wiese mit Kühen vorbei auf das Dorf zu. Oft bleibt er hier eine Weile stehen, um sich die Kühe anzuschauen, doch jetzt hat er keine Zeit dazu.
Am *Haus auf halbem Wege* befindet sich ein großes Betonrohr, durch das ein Bach fließt, und neben diesen Düker setzt Ti sich hin.
Er wartet geduldig, denn er weiß, dass es kommt.
Auf der Straße ist weit und breit kein Mensch zu sehen, auch hinter den Fenstern vom *Haus auf halbem Wege* regt sich nichts, so als seien alle tot.
Aus seiner Jackentasche holt Ti ein wenig Tabak und Zigarettenpapier und dreht sich eine Zigarette, eine ganz dünne. Die an den Enden herausquillenden Reste zupft er ab und steckt sie sorgfältig wieder in seine Jackentasche zurück.
Es kommt. Er weiß, dass es kommt. Es kann eine Zigarettenlänge dauern, manchmal auch etwas länger, aber es kommt.
Rechts neben dem *Haus auf halbem Wege* verlaufen die Straßenbahnschienen.

Ti kann sich die Schienen lange Zeit anschauen, fast genauso lange wie die Kühe.
Es gibt ganz unterschiedliche Schienen, wie es auch ganz unterschiedliche Kühe gibt. Manche haben braune Flecken und andere schwarze. Und einige Schienen verlaufen so schnurgerade und reichen so weit, dass sie sich am Ende berühren. Die der Straßenbahn aber nicht. Die verschwinden einfach um eine Kurve.
Plötzlich fangen die Schienen an leise zu summen. So leise, dass man sich mit Schienen besonders gut auskennen muss, um das zu hören.
Langsam steht Ti auf und wirft seine Kippe weg. Seine blauen Augen glänzen, als er sein Ohr auf eine Schiene legt. Das Summen wird lauter und lauter, bis es seinen ganzen Kopf auszufüllen scheint.
Da kommt die Straßenbahn um die Ecke. „Tö-ta! Tö-ta!“, sagt sie. Das klingt wunderbar. Ti sagt „Ti!“, Kühe muhen, Spatzen tschilpen, aber Straßenbahnen sagen „Tö-ta“.
Die Straßenbahn ist groß und gelb und kommt hustend näher.
Ti winkt, lässt sie vorbeifahren und rennt dann wie ein Hase hinterher.
„Ti! Ti! Ti!“, schreit er aufgeregt.
„Tö-ta!“, sagt die Straßenbahn.
Ti flitzt in seinen großen Schuhen über die Schienen, greift nach der Stange und springt auf das Trittbrett. Der Wind spielt mit seinem Haar, sein Gesicht ist krebsrot und sein Herz klopft wie wild. Wie schnell sie fährt! Dort ist schon das Haus vom Bäcker und die Scheune von Brusselmans. Auf der Höhe der Schmiede springt Ti ab.

Die Straßenbahn fährt weiter zum Dorf. Ti zieht seine Jacke aus und schwenkt sie über dem Kopf, bis die Schienen aufhören zu summen.
Hinter dem Fahrer sitzt ein rotbackiger Bauer. Zu seinen Füßen steht ein Korb mit Hühnern. „Was war das?“, fragt er erschrocken.
„Ti“, sagt der Fahrer mit einem Lächeln. „Er ist ganz verrückt auf Straßenbahnen und fährt ab und zu ein Stückchen mit.“
Die Hühner gackern, während der Bauer sich langsam mit dem Finger an die Stirn tippt.

Das ganze Dorf gehört Ti, und Ti gehört dem ganzen Dorf.
Es gibt jedoch nur weniges, was ihn so fasziniert wie die Schmiede von Pier.
Eine Schmiede summt nicht und sagt auch nicht „Tö-ta“. Eine Schmiede, die hämmert und dröhnt, die funkt und faucht, die zischt und ächzt.
Inmitten des Radaus steht Pier, ein leibhaftiger Teufel. Er ist klein und untersetzt, aber breit wie ein Bär und mit vielen Haaren auf der Brust.
Seine Schmiede steht wie ein Bollwerk an der Straße. Das riesige Tor ist Sommer wie Winter sperrangelweit geöffnet, weil die Hitze sonst unerträglich wird.
Neben der Schmiede betreibt Pier ein Wirtshaus. Bei Pier dem Schmied. Denn Schmieden ist eine Durst machende Angelegenheit und auch Piers Kunden haben immer Durst.
Ti bleibt ein Weilchen mucksmäuschenstill zwischen den Schienen stehen. Es dauert noch lange, bis sie erneut anfangen werden zu summen. Noch ist nichts zu hören.

Auch nicht auf der Straße und in der Schmiede. Weit weg, am Bahnübergang, ist nur der Wagen von Baziel, dem Milchmann, zu sehen. Ti versteht sich gut mit dessen Pferd. Man kann ihm ruhig über die Nüstern streicheln, was man bei einer Kuh lieber bleiben lassen sollte. Aber für das Pferd von Baziel hat Ti jetzt keine Zeit. Später vielleicht.

An der Mauer des Wirtshauses steht ein schweres Fahrrad mit einer großen Ledertasche vornedrauf.

Ti überquert die Straße und betritt die Wirtsstube. Der Schmied steht hinter der Theke, und an einem der Tische sitzt Dolf, der Postbote.

Dolf und Pier haben etwa die gleiche Statur, doch Dolf ist auf eine andere Art dick. Und er hat bestimmt nicht so viele Haare auf der Brust.

Seine Mütze liegt auf dem Tisch, neben einem großen, halb vollen Bierglas. Er hat sich den Schlips gelockert und wischt sich pausenlos den Schweiß aus Gesicht und Nacken.

„Ti!", sagt Ti.

„Na, wen haben wir denn da!", sagt der Schmied.

„Der kommt von der Bahn", sagt Dolf. „Ein Wunder, dass er noch nicht unter die Räder geraten ist."

„Er ist ja so geschmeidig wie eine Katze", sagt der Schmied.

„Und eine Katze hat neun Leben", sagt Dolf.

„Ein Export, Ti?"

„Ti!", sagt Ti erfreut.

Der Schmied lacht. „Für dich auch noch eins, Dolf?"

„Ach ja", sagt Dolf. „Ich muss sowieso nur noch zum Schloss."

In einem Zug trinkt er sein halb volles Glas aus.

„Weißt du, was mir letzte Woche passiert ist, Pier? Mit dem Baron?"
Pier weiß es nicht.
„In seinem *Moniteur* war ein kleiner Riss", sagt Dolf mit einer Miene, als hätte er deswegen immer noch schlaflose Nächte. „Ein klitzekleiner Riss! Und deshalb telefoniert der Herr Baron mit der Postdirektion, um sich zu beschweren. Und wer darf das Ganze auslöffeln? Wer wohl! Als würde ich aus lauter Jux seinen *Moniteur* verschandeln."
„Prost!"
„Santé!"
„Ti!", sagt Ti.
„Zugegeben, der *Moniteur* ist nicht irgendeine Zeitung. Der ist schon was Besseres, mit lauter Gesetzen. Auf Französisch sogar. Auf meiner ganzen Runde habe ich nur einen einzigen."
„Vielleicht sammelt er sie", sagt der Schmied.
„Ein merkwürdiges Volk, die da auf dem Schloss. Jeden Tag bringe ich bei Wind und Wetter dem Herrn Baron seinen *Moniteur* und noch einen Haufen anderer Post. Aber man hat mir noch nie einen Schluck zu trinken angeboten. Nicht einmal an Neujahr."
Es bleibt eine Weile still. Nur das Brummen einer Fliege im Fliegenglas auf der Theke ist zu hören.
Gierig trinkt Ti von seinem Bier.
„Ich habe mich schon oft gefragt, ob er im Schlaf auch lacht", sagt Dolf.
„Sein Mund ist immer so", sagt der Schmied.
Dolf schüttelt den Kopf. „Das muss ganz schön anstrengend sein."
Ti holt ein wenig Tabak aus seiner Jackentasche.

„Hier“, sagt Dolf, „nimm dir eine Zigarre!“ Und er holt zwei Stück aus seiner Tasche.
Tis Augen glänzen.
Er zündet die Zigarre an und inhaliert tief, ohne auch nur einmal zu husten.
Dann trinkt er sein Bier aus und wischt sich den Schaum vom Mund. „Ti!“, sagt er. Und geht nach draußen.

Der Milchmann ist nirgends mehr zu sehen. Das Pferd ist sowieso nicht so schnell wie die Straßenbahn. Also nichts, was er bedauern muss.
Vielleicht bedauert Ti nie etwas.
Er rülpst und zieht an seiner Zigarre.
Dann geht er Richtung Bahnübergang. Vorbei am Laden von Mon und Rachel, am Fahrradschlosser und an Meleken, die den Gehweg schrubbt.
Die Bahnschranken zeigen wie lange rotweiße Finger in den Himmel. Wenn sie sich senken, muss sogar die Straßenbahn halten. Denn Züge sind wichtiger.
Ti bleibt einen Moment zwischen den Schienen stehen. Leuchtend und schnurgerade erstrecken sie sich bis nach Antwerpen und Gent. Doch der Schein trügt. Denn ganz weit hinten berühren sie sich bestimmt.
Ti legt sein Ohr auf eine Schiene. Aber er hört nichts. Züge sind ganz anders als Straßenbahnen. Sie haben kein Trittbrett und man rennt also auch nicht hinter ihnen her.
Hinter dem Übergang steht das Häuschen von Maurice, dem Schrankenwärter. Maurice legt nie sein Ohr auf die Schienen. Er hat eine Westentasche mit einer Uhr und drinnen, in seinem Häuschen, steht ein Telefon, das klingelt, wenn ein Zug kommt.

Jetzt schweigt das Telefon aber.
Und Maurice sitzt auf einer Bank in der Sonne vor seinem Häuschen. Er raucht eine große Pfeife und liest Zeitung.
„Der von halb elf ist gerade vorbei, Ti“, sagt er freundlich.
Ti setzt sich neben ihn auf den Boden und schaut dorthin, wo sich die Schienen berühren.
„Hast du etwa die Straßenbahn verpasst, Ti? Oder bist du unterwegs abgesprungen?“
Da fällt Maurices Blick auf Tis Zigarre. „Du drehst doch selbst, oder?“
Ti sagt nichts.
Ein Bauernwagen kommt vorbei, dann der Brauereiwagen und noch etwas später ein vornehmer Herr auf einem Fahrrad. Jedes Mal hebt Maurice die Hand und sagt: „Hui!“
Ti findet dieses Geräusch wunderschön. Er würde es auch gerne können, aber wie sehr er sich auch räuspert und angestrengt die Stirn kräuselt, alles was er hervorbringen kann, ist: „Ti!“
Nach einiger Zeit steht Maurice auf, legt seine Zeitung zusammen und verschwindet im Häuschen. Bald darauf kehrt er zurück mit einem Paket belegter Brote und einer Kanne Kaffee.
„Hast du Hunger, Ti?“
Das muss man Ti nie zweimal fragen. Vor allem deswegen nicht, weil Maurice für zuletzt immer ein Rosinenbrot aufhebt, das sie gerecht zusammen teilen.

Die Bahnlinie zerteilt das Dorf wie ein Messer.
In der Dorfhälfte jenseits der Schranken ist bedeutend

mehr los. Dort gibt es Läden und Kinos, die Schule, die Kirche und die Post. Dort gibt es Fabriken, in denen Tag und Nacht die Webstühle singen.
Manchmal lauscht Ti an der Mauer einer dieser Fabriken. Für ein ungeübtes Ohr hört es sich an, als würden sich zehn Straßenbahnen mit einem Mal nähern, doch Ti weiß bestens Bescheid. Webstühle singen und hören nie auf zu singen. Straßenbahnen und Züge lassen die Schienen summen, jedoch nur für kurze Zeit.
Ti stapft durchs Dorf und grüßt freundlich alle Menschen.
Nichts ist so gut wie ein Rosinenbrot.
Das ist noch besser als eine Zigarre.
Und fast genauso gut wie eine Straßenbahn.
Ti hat keine Wörter im Kopf.
Aber bestimmt tausend Geschmacksrichtungen. Und noch viel mehr Gerüche. Und Bilder!
Ti weiß genau, wo die Straße eine Kurve macht. Und wo sich der Platz mit dem Baum befindet.
Rechts von dem Baum geht es zum Marktplatz und zur Kirche, links zur Schule.
Am Ende des Platzes steht ein niedriges altes Haus mit einem verwilderten Vorgarten. Dort wachsen tausend Blumen. Und das Gartentor ist immer zu. Seit Jahren schon.
Manchmal kann man durch das Torgitter die Schildkröte sehen. Eine Schildkröte summt nicht, eine Schildkröte singt auch nicht, aber eine Schildkröte kann plötzlich den Kopf einziehen. Schwupp, in den Bauch.
Ti hat oft versucht, ob er das auch kann. Aber sein Kopf blieb einfach da, wo er schon immer war.
Ti kniet sich vor den Zaun und schaut in den Garten.

„Ti!“, sagt er leise. „Ti!“ Mit seiner Schildkrötenstimme.
Aber die Schildkröte ist weit und breit nicht zu sehen.

Einmal in der Woche ist rund um die Kirche Markt. Ti ist verrückt auf den Markt, weil man dort alles kosten darf.
Doch heute ist kein Markt.
Also geht Ti zur Schule.
Schule bedeutet auf eine Tafel kritzeln.
Kinderstimmen hören, die alle gleichzeitig dieselben Wörter sagen.
Und schönes Papier einsammeln, das man in seine Tasche steckt, wenn keiner hinschaut.
Vor der Schule ist eine hohe Holzpforte.
Langsam stößt Ti die beiden Torhälften auf.
Auf dem Schulhof geht ein Mann in einem blauen Overall herum. Mit einem Besen kehrt er den Dreck zusammen und wirft ihn in eine hohe Mülltonne auf Rädern.
Der Mann bückt sich kein einziges Mal, um ein schönes Papier aufzuheben. Ob er spürt, dass Ti ihn beobachtet?
„Ti!“, sagt Ti.
„Tag“, sagt der Mann. Er lehnt den Besen an den Schubkarren und dreht sich in aller Ruhe eine Zigarette.
Der Schulhof ist groß, die Fenster der Klassenzimmer schauen wie Augen auf Ti hinunter.
Es ist ganz still. Jetzt müssen keine Wörter in die Köpfe.
Die Mülltonne auf Rädern gefällt Ti ganz gut. Aber der Besen ist zu groß und zu breit. Und zu schnell für Papier.

Auf dem schönsten Papier, das Ti je gefunden hat, ist das Bild eines schwarzen Mannes mit einem weißen Turban. Mit funkelnden Augen schaut er einen an, als sei es kein Vergnügen, ein Einwickelpapier zu sein. Ti hat schon mal einen schwarzen Mann gesehen, aber noch nie einen mit Turban.
Über den Schulhof kommt der Rektor auf Ti zu. Er trägt einen Anzug mit Krawatte und eine schwere Hornbrille.
„Ti!“, sagt Ti.
„Na, Johannes“, sagt der Rektor. Denn so heißt Ti in Wirklichkeit. Aber niemand redet ihn so an, außer dem Rektor und dem Pfarrer. „Willst du dir noch mal deine alte Schule anschauen?“
Ti grinst.
„Weißt du, Jef, dass Johannes jahrelang den Schulhof sauber gehalten hat?“, fragt der Rektor den Mann im blauen Overall.
Nein, das hat Jef nicht gewusst.
„Und ohne Besen!“, sagt der Rektor in einem Ton, als halte er dies für eine olympische Hochleistung.
„So was“, sagt Jef nur.
Der Rektor schaut auf seine Uhr. „Zeit für die Klingel“, sagt er und läuft geschäftig davon.

Die Klingel macht einen ohrenbetäubenden, schrillen Lärm.
Sie bestimmt den Rhythmus der Schule, indem sie vorschreibt, wann der Unterricht anzufangen und aufzuhören hat und wie lange die große Pause dauert.
Als sie endlich verstummt, bleibt es noch kurze Zeit ganz still.

Dann, mit einem Mal, ist das Schulhaus voller Gepolter und Getrampel und, als hätte jemand eine große Flasche entkorkt, kommen von allen Seiten johlende Jungen heraus. Sie schubsen und zerren und schwenken ihre Schulranzen um sich.

„He, da ist Ti."

Grölend und lachend rennen sie auf ihn zu.

„Er wurde mit der Zange geholt!", schreit der rote Fons.

„Mit der Zange, ätsch."

„Lach doch nicht immer so dumm, Ti!"

„Ja, Ti, grins doch nicht so blöd!"

Ti grinst und geht langsam auf das Schultor zu.

Wie eine außer Rand und Band geratene Tänzertruppe zappeln die Jungen um ihn herum. Und wer den Anfang macht, lässt sich nicht sagen, aber plötzlich schreien alle im Chor: „Ti! Ti! Ti!"

Es klingt piesackend und bedrohlich.

„Ti! Ti! Ti! Ti! Ti! Ti!" Der rote Fons schlägt grinsend den Takt, während sie wie aufgescheuchte Hornissen durch das Schultor auf die Straße schwirren.

Ich gehe ziemlich hilflos der Bande hinterher. Und habe Mitleid mit Ti. Das ist kein Spaß mehr! Wo sind bloß die Lehrer, wo bleibt der Rektor?

Das Geplärre nimmt immer noch an Lautstärke zu. Menschen bleiben stehen und werfen verwunderte Blicke auf das Knäuel schreiender Kinder, aus dem Tis lange schlaksige Gestalt um einen ganzen Kopf herausragt. Aber keiner unternimmt etwas.

Am Haus mit der Schildkröte bleibt Ti plötzlich stehen.

„Ti! Ti! Ti! Ti! Ti! Ti!"

Ihre Münder sind jetzt ein einziger langer Strich aus roten

Gaumenzäpfchen und weißen Zähnen. Er will, dass sie andere Wörter sagen. Nicht immer sein Wort.
Ti knurrt und ballt die Hände zu Fäusten. Alles um ihn herum färbt sich blutrot. Dann macht er einen Satz nach vorne. Seine Arme holen aus, seine Füße mit den großen Schuhen treten um sich.
Erschrocken fahren die Jungen wie ein Schwarm Spatzen auseinander. Das Einzige, was man noch hört, ist Tis animalisches Knurren. Er torkelt und trudelt wie ein angeschlagener Kirmesriese. Die Zeit scheint stehen zu bleiben.
Nach einer Weile, die mir wie eine Ewigkeit vorkommt, dreht er sich plötzlich um und geht Richtung Bahnübergang.
Die Jungen starren ihm nach, keiner von ihnen kriegt noch den Mund auf.
Ich nehme meinen Ranzen, stelle mich unmittelbar vor den roten Fons und sage: „Du bist der mieseste Dreckskerl, dem ich je begegnet bin."
Verblüfft schaut er auf mich runter, denn im Vergleich zu ihm bin ich ja nur eine winzige Garnele. Ich gebe ihm die Zeit zuzuschlagen, denn wenn es sein muss, bin ich durchaus bereit mich auf ein Handgemenge einzulassen. Aber er rührt sich nicht.
Dann renne ich hinter Ti her.

Ti schlendert die Straßenbahnschienen entlang. Mir kommt es vor, als sei er geschrumpft.
Es dauert eine Weile, bis ich mich traue, ihn einzuholen.
Große Tränen kugeln über seine Wangen, ohne dass er auch nur das leiseste Geräusch von sich gibt.

Ti weint!
Eine Zeit lang gehen wir nebeneinander her. Auf der Straße ist niemand zu sehen – alle sitzen jetzt am Mittagstisch.
„Ti“, sage ich leise, „sie meinen es nicht böse!“ Und ich lege ihm vorsichtig eine Hand auf den Arm. Aber er stößt mich mit einem Schubs von sich, als wolle er mich schlagen.
Wir überqueren den Bahnübergang. Maurice werkelt im Garten hinter seinem Häuschen und hebt die Hand zum Gruß. Aber Ti sieht ihn nicht.
Als wir in der Ferne das *Haus auf halbem Wege* sehen, bin ich schon fast zu Hause. Wenn meine Mutter mich zusammen mit Ti sieht, kann ich mich auf was gefasst machen. Aber das ist nicht meine größte Sorge. Irgendetwas muss geschehen, aber was?
Ti zockelt wie ein Schlafwandler neben mir her und scheint nichts und niemanden wahrzunehmen. Zum Glück hat er aufgehört zu weinen.
Vor unserem Haus bleibe ich unschlüssig stehen, doch er schlurft weiter. Ich schaue ihm ratlos nach, bis er um die Kurve verschwunden ist. Nie zuvor in meinem Leben habe ich mich so traurig gefühlt.

Wie ein Automat schiebt Ti sich vorwärts.
An Cordules Haus, am Wald mit dem Schloss vorbei.
Dort, weit weg von den Menschen und ihren Wörtern, wird die Welt stiller. Hier stehen nur hohe Bäume reglos in der Sommerluft.
Da ist der Fluss.
Oben auf dem Deich hockt Ti sich ins Gras und starrt lange aufs Wasser.

Wasser ist gut zum Anschauen. Es nimmt dich mit, es ist freundlich, es fragt nichts und schreit nicht. Wasser ist wortlos.
Ti seufzt, ganz tief.
Aus seiner Hosentasche fischt er ein schmutziges Taschentuch, ein Stückchen Schnur, eine Stahlmurmel. Und zuletzt das Bonbonpapier.
Er legt es auf sein Knie, streicht es glatt und schaut sich den schwarzen Mann mit dem Turban an. Der Mann hat ein kleines graues Kranzbärtchen und einen grauen Schnurrbart.
Ti tastet unter seiner Nase und fährt über die Wangen. Später will er auch einen Bart haben.

Die Wäsche ist aufgehängt. Sie reicht fast bis zur Mitte des Gartens. Einen Augenblick lang begutachtet Cordule das Ergebnis ihrer Arbeit, dann strafft sie den Rücken, presst beide Fäuste in die Seiten und seufzt.
Mit dem leeren Wäschekorb geht sie zum Haus zurück. An den Kartoffeln und Bohnen, an den Selleriestauden und den Lauchstängeln vorbei. Bis zu den Sonnenblumen.
Sonnenblumen sind zu nichts nutz, es sei denn, man hat einen Papagei, den man mit Kernen füttern kann. Aber Cordule hat keinen Papagei, ihr gefallen Sonnenblumen einfach.
Sie setzt sich in den Schatten des Schuppens, um Kartoffeln zu schälen. Einen ganzen Berg Kartoffeln. Denn Ti kann einiges verdrücken.
Über den Pfad, der hinter den Hausgärten verläuft, kommt der Dorfpolizist, das Fahrrad neben sich herschiebend.

„Tag, Cordule!"
„Aber Champetter, es ist doch hoffentlich nichts vorgefallen?"
„Vorgefallen? Aber nein", sagt der Champetter verwundert. „Wieso denn?"
Cordule bekommt wieder etwas Farbe. „Ach, bei diesem Jungen weiß man nie."
Der Champetter lehnt sein Fahrrad an den Schuppen und sagt: „Außer dass er hin und wieder eine kostenlose Bahnfahrt macht, kommen mir keine Beschwerden zu Ohren. Nein, da gibt es weitaus üblere Hallodris, auf die man ständig ein Auge haben muss."
„Einen Schnaps, Champetter?"
„Na!", sagt der. Er lässt sich neben dem Kartoffeleimer auf die Bank nieder und nimmt die Mütze ab.
Cordule geht ins Haus und holt den Krug aus dem Wäscheschrank.
Der Krug ist für den Fall, dass man Zahnschmerzen hat. Oder jemand beerdigt wird. Und für den Champetter.
„Prost!", sagt der Polizist. Er wirft einen Blick auf den Eimer mit Kartoffeln. „Wer soll das alles essen?"
„Ti isst wie ein Deicharbeiter", sagt Cordule mit einer seltsamen Mischung aus Stolz und Gelassenheit in der Stimme.
Der Champetter nickt verständnisvoll. „Und dazu eine dicke Specksoße!"
Cordule schenkt ihm noch einmal ein.

Als die Kartoffeln auf dem Herd vor sich hin kochen, stellt Cordule sich in die Türöffnung, um zu sehen, ob Ti schon im Anmarsch ist.
Aber auf der Straße ist er nicht.

Ti verfügt über eine Art eingebauter Uhr und scheint genau zu wissen, wann gegessen wird.
Doch hin und wieder taucht er sogar zum Essen nicht auf.
Dann hockt er irgendwo im Dorf an dem Tisch eines Bauern oder bekommt von irgendjemandem ein paar belegte Brote zugesteckt.
Manchmal bleibt er mehrere Tage hintereinander weg. Und Cordule liegt nachts mit weit aufgerissenen Augen in ihrem Bett und lauscht beunruhigt auf sämtliche Geräusche. Ob ihm etwas zugestoßen ist?
Es heißt, dass Menschen wie Ti nicht alt werden. Höchstens um die dreißig Jahre.
Oft betet Cordule inständig, dass er vor ihr stirbt. Dann liegt sie mit dem Rosenkranz unter der Decke und arbeitet sich von einer Perle zur anderen durch. Es ist merkwürdig, für den Tod eines Menschen zu beten, und doch auch wieder nicht. Stunden später erst fällt sie in einen traumlosen Schlaf.
Und wenn er dann am nächsten Morgen grinsend in der Tür steht, ist sie wütend und froh zugleich.

Die Kartoffeln sind gar und im ganzen Haus duftet es nach Specksoße.
Aber wer nicht aufkreuzt, ist Ti.
Als die Halb-Eins-Bahn vorbeigefahren ist, reicht es Cordule. Aus den Kartoffeln, die übrig bleiben, kann sie immer noch Bratkartoffeln machen.
Mutterseelenallein sitzt sie am Küchentisch und zerdrückt ihre Kartoffeln. Nur das Ticktack des Weckers auf dem Kaminsims ist zu hören.
Jemand der kocht, isst zweimal. Sie ist also nicht beson-

ders hungrig und nach einer Viertelstunde hat sie fertig gegessen.
Im Schlafzimmer kämmt sie sich das Haar, zieht die Schürze aus und schlägt ein großes geblümtes Tuch um. Das macht sie nur, wenn sie zur Kirche geht. Und jetzt.
Sie wirft noch einen letzten Blick auf den Küchenwecker. Zehn nach zwei. Jetzt wird er nicht mehr kommen.
Sie schließt nur die Vordertür ab. Die Hintertür lässt sie auf.
Dann geht sie mit der Einkaufstasche in Richtung *Haus auf halbem Wege*.
Es ist heiß, und sie bewegt sich im Schatten der Häuser.
Unterwegs begegnet sie nur Rikus, der mit seiner Gabel auf der Schulter und einem riesigen Strohhut auf dem Kopf ins Heu geht.
„Tag, Rikus! Heiß, was?"
„Das richtige Wetter zum Heutrocknen, Cordule. Das richtige Wetter zum Trocknen."
Kurze Zeit später erreicht sie das Schlosstor.

Das kleine Haus, in dem Cordule und Ti wohnen, und auch die übrigen Häuser zwischen dem *Haus auf halbem Wege* und der neuen Fabrik gehören dem Baron. Es wird gemunkelt, dass er in Brüssel und England noch weitere Häuser besitzt, aber es wird so viel gemunkelt.
Das Schloss liegt in einem großen Park mit alten Bäumen. Am Eingang dieses Parks befindet sich ein weißes Tor, das immer geöffnet ist.
An diesem Tor zögert Cordule immer wieder einen Moment, als würde sie kurz überlegen, auf dem Absatz kehrtzumachen – sie hat keine Ahnung warum.
Unter den Bäumen ist es still und kühl, die Auffahrt ist

noch übersät mit Resten von Bucheckern aus dem Vorjahr.
Mit einem Mal steht man vor dem Schloss. Es ist nicht so ein Schloss mit Türmen und Zinnen, sondern ein stattliches weißes Haus. Noch nie ist es Cordule auch nur eine Sekunde ihres Lebens in den Sinn gekommen, dass es auf der Welt ziemlich ungerecht zugeht. Sie und Ti in einem winzigen Häuschen und der Baron in einem Schloss mit einem Teich, umgeben von hohen Bäumen.
Das ist doch nur Getratsche für schlechte Zeitungen. Schließlich gibt es Meister und Knechte. Als der Herrgott die Welt zusammengebastelt hat, schuf er ein paar Meister und jede Menge Knechte. Wäre es umgekehrt, gäbe es nur Probleme.
Zu den Flügeltüren des Schlosses führt eine breite Treppe, die in eine Terrasse mündet. Aber Cordule geht hinten herum, durch die Tür mit dem Kupferschild: Service.
Der Baron selbst hält sich nicht mit Geldangelegenheiten auf. Dazu hat er einen Vermögensverwalter.
Dieser Vermögensverwalter ist so eine Mischung aus Notar und Schulmeister. Sogar bei diesem Wetter trägt er einen dreiteiligen Anzug und auf der Nase einen völlig überflüssigen Zwicker. Er ist klein, hat rotblondes schütteres Haar und um seinen Mund steht unablässig ein missbilligender Zug.
In einem hohen Raum thront er in einem Ledersessel hinter seinem Schreibtisch und erledigt mit einem vornehmen Füller seine Schreibarbeit.
Er weiß ganz genau, dass Cordule vor ihm steht, samt Blumentuch und Einkaufstasche.
Über dem Kamin hinter ihm hängt das große Porträt eines Mannes mit einem Spitzenkragen, der ein zusammen-

gerolltes Dokument in der Hand hält und streng auf Cordule herunterblickt.
Cordule seufzt.
Der Vermögensverwalter schaut von seiner Arbeit auf und sagt gelangweilt: „Ach ja, die Miete.“
Aus ihrer Einkaufstasche nimmt Cordule ein kleines Notizbuch, das mit einem Gummi zusammengehalten wird.
Der Verwalter blättert es durch, bis er auf einen Fünfzigfrankenschein stößt.
Cordule tastet in ihrer Tasche und legt noch zwei einzelne Franken auf den Schreibtisch. „Stimmt es so, Herr Verwalter?“
Der antwortet nicht, sondern nimmt das Geld, schreibt etwas in das Notizbuch und gibt es Cordule zurück.
„Verzeihung, Herr Verwalter“, sagt Cordule. „Der Gummi!“
„Draußen stehen eine Büchse mit weißem Kalk und eine mit Teer“, sagt der Vermögensverwalter. „Für den Hinterhof. Herr Baron legt großen Wert auf Sauberkeit.“
„Gewiss, Herr Verwalter“, sagt Cordule.
Kurze Zeit später geht sie mit den beiden großen Büchsen durch den Park.
Sie ist froh, als sie die Sonne wieder sieht.
Die Sonne, die den Sonnenblumen die Köpfe verdreht.

Am nächsten Morgen sitzt Ti in aller Frühe auf der Stufe vor dem Kino.
Und wartet.
Eine Straßenbahn fährt vorbei, doch Ti läuft ihr nicht nach.
Er wartet.

Nach einer Weile erscheinen die Schuljungen.
Allein oder in Zweier- und Dreiergruppen.
Sie gehen auf der gegenüberliegenden Straßenseite, weil sich Schuljungen die Kinobilder nicht angucken dürfen.
Flüchtig schielen sie zu Ti rüber und sind froh, als sie an ihm vorbei sind.
Wenn sie auch eine ganze Straßenbreite trennt.
Ich bin spät dran an diesem Morgen.
Als ich auf der Höhe des Kinos bin, steht Ti plötzlich auf und winkt mich zu sich.
„Ti!“, sagt er flehend. „Ti!“
Irgendwie freue ich mich, ihn zu sehen, doch ich habe es eilig. Außerdem darf ich nicht vor den Kinobildern gesehen werden, weil sie nackte Frauen zeigen. Behauptet der rote Fons.
Aber Ti hört nicht auf zu winken. Er wirkt ganz aufgeregt.
Ich gucke nach links, dann nach rechts und überquere schließlich die Straße.
Ti greift in seine Hosentasche und holt ein Papier heraus. Unter heftigem Nicken streckt er es mir hin. „Ti!“, sagt er heiser.
Ich werfe einen Blick auf den Mann mit dem Turban und erkenne ihn sofort. Normalerweise umhüllt er ein Kaffeebonbon und sieht nicht so schmuddelig aus.
Aber Ti hält ihn wohl für sehr wichtig und möchte allem Anschein nach, dass ich das Bonbonpapier von ihm annehme.
„Danke, Ti!“, sage ich und es kommt mir vor, als würde sein Grinsen noch breiter werden. „Jetzt muss ich aber zur Schule.“

Ich stecke das Papier in meine Hosentasche und bin gerade noch rechtzeitig vor dem Läuten auf dem Schulhof.

Der Schulrektor geht mit den Händen auf dem Rücken vor der Wandtafel auf und ab.
Der Lehrer steht neben seinem Pult und guckt, als hätte er in die Hose gemacht.
Wir Jungen sitzen mucksmäuschenstill in den Bänken – man könnte eine Stecknadel fallen hören. Von hoch über der Wandtafel blickt der König mit einem schwachen Lächeln auf uns herab. Er ist der Einzige im Klassenzimmer, der lächelt.
„Ich schäme mich“, sagt der Rektor schließlich. Er spricht ganz leise und kaum einer hat den Mut, ihn anzuschauen.
„Ihr alle seid gesund“, fährt er fort. „Ihr alle habt Hände, um anzupacken, Beine, um euch fortzubewegen, und einen Mund, um zu sprechen.“
Einen Mund, um zu sprechen! Er sagt das fast flüsternd, aber man kann es sehr gut bis in jede Ecke des Klassenzimmers hören.
Erneut verfällt er in ein Auf- und Abgehen. „Was gestern vorgefallen ist, ist unerhört. Unerhört! Was habt ihr bloß in euren Köpfen? Etwa Stroh?“
Keiner wagt es, etwas zu sagen.
„Johannes ist ein Kind Gottes. Wie wir alle!“ Der Rektor macht ein äußerst verächtliches, glucksendes Geräusch, das tief unten aus seinem Hals kommt. Dann verlässt er ohne ein Wort hinzuzufügen das Klassenzimmer.
Wir hören ihn über den Gang gehen und verharren wie versteinert in den Bänken.

Tief unten in meiner Hosentasche befindet sich das Bonbonpapier, doch ich traue mich nicht es anzufassen.

Es gibt Käppis, vor denen man sich besser in Acht nimmt, und andere, die weitaus unschuldiger sind.
Das Käppi von Maurice hängt fast immer an einem Haken in seinem Häuschen. Er setzt es nur auf, wenn er die Schranken bedienen muss. Maurices Käppi ist schwarz, das des Bahnhofsvorstehers ist mauvefarben.
Eine sehr schöne Farbe, das Mauve, und eine sehr wichtige Farbe. Wenn ein Zug kommt, nimmt der Bahnhofsvorsteher sein wunderschönes mauvefarbenes Käppi und telefoniert mit Maurice. Der nimmt daraufhin auch sein Käppi, denn ohne Käppi können die Züge nicht fahren.
Dolf der Postbote trägt auch ein Käppi, mit einem leuchtenden Posthorn darauf. Aus Gold oder so ähnlich. Mit einem Band, für den Fall eines Sturmes. Denn ein Postbote, der hinter seinem eigenen Käppi herrennen muss, ist ein komischer Anblick.
Vor dem Käppi des Champetters muss man sich schon etwas mehr in Acht nehmen. Angenommen man hat die Taschen voller Äpfel, Pflaumen oder Nüsse, dann ist es besser, ihm nicht zu begegnen. Oder wenn dein Fahrradrücklicht nicht funktioniert. Doch im Übrigen ist er gern gesehen. Und hat man ihn erst in Hemdsärmeln und Hosenträgern beim Kartoffelernten in seinem Garten gesehen, wird einem klar, dass auch er nur ein Mensch ist.
Doch mit dem Käppi der Gendarmen ist nicht zu spaßen. Die Gendarmen kommen immer zu zweit mit dem Fahrrad aus der Stadt. Strenge Männer sind es, in schwarzen Uniformen und mit blank polierten Beinschonern. Ihre

Käppis haben eine außergewöhnlich hohe Form, sodass man annehmen könnte, sie hätten eine besonders hoch gewachsene Stirn.

Erfahrungsgemäß tauchen sie hinter dem *Haus auf halbem Wege* auf und radeln langsam und mit ernsten Mienen vorbei. Sie grüßen keinen, sie halten nirgends ein Schwätzchen und sie lächeln nie. Dafür sind sie glatt rasiert und verkörpern das Gesetz.

Wenn die Gendarmen erscheinen, wird es still im Dorf.

Der Champetter ist nur zuständig für Wirtshausstreitereien, zerbrochene Gläser und für Gezanke zwischen Nachbarn.

Die Gendarmen jedoch stehen für Mord und Totschlag, den Richter in der Stadt, das Gefängnis – alles Dinge, mit denen anständige Bürger nichts am Hut haben wollen.

Das allerstrengste Käppi im ganzen Dorf ist eigentlich kein Käppi, sondern ein Zweispitz.

Er wird von Poliet getragen.

Poliet ist ein schon etwas älterer, gesetzter Mann mit einem roten Kopf, der in einem kleinen Haus in der Zwaanstraat wohnt. Bei schönem Wetter sitzt er für gewöhnlich mit seiner Zeitung auf einem Stuhl vor seiner Haustür.

Wenn jedoch in der Kirche irgendein wichtiges Ereignis stattfindet oder wenn es Zeit für die Sonntagsmesse ist, zieht Poliet die Tür seines Häuschens hinter sich zu und macht sich auf den Weg in die Sakristei.

Dort hängen seine Kleider ordentlich auf einem Bügel in einem großen Schrank. Eine dunkelblaue Hose mit roter Biese, ein wadenlanger Mantel, der bis unterm Kinn zuge-

knöpft wird, und blank gewichste schwarze Schuhe. Quer über seiner Brust befestigt Poliet ein Band, auf dem mit goldenen Buchstaben steht: *Ehrfurcht in Gottes Haus.*
Und auf den Kopf setzt er sich seinen Zweispitz. Wie Napoleon, jedoch nicht quer, sondern längs.

Fast genauso wichtig wie der Zweispitz ist die Hellebarde. Sie besteht aus einem schwarzen Stock, dessen Spitze eine kupferne Kombination aus einem Haken und einer Axt darstellt. Mit dieser Hellebarde könnte man bestimmt ein Schiff entern.

Poliet, auch *Suisse* genannt, ist eine Art Gottesoffizier. Seine wichtigste Aufgabe besteht darin, würdevoll durch die Kirche zu schreiten. Das kann Poliet wie kein anderer. Mit feierlichen Schritten geht er durch die Gänge, und schnappt er irgendwo ein Flüstern oder Kichern auf, hält er auf der Höhe des Missetäters inne. In den meisten Fällen reicht das aus. Wenn nicht, wirft Poliet einen bösen Blick zur Seite und stößt zweimal mit seiner Hellebarde auf den Boden. Der Betroffene bekommt einen solchen Schreck, dass er mit krebsrotem Kopf seinen Rosenkranz hervorzieht oder sich geschwind hinter sein Gebetbuch duckt.

Wird einer von Poliet vor die Tür gesetzt, handelt es sich um eine lebenslängliche Schande. Zu dieser Maßnahme greift Poliet nur widerwillig. Aber wenn es sein muss, muss es sein.

Kurz nach dem Krieg scheint das einmal vorgefallen zu sein und ein weiteres Mal 1951. Die Menschen im Dorf sprechen immer noch davon.

Es ist fraglich, ob einem diese Art von Vergehen vergeben wird und ob die Beichte einen solchen Fehltritt wieder gutmachen kann. Wer aber von dem *Suisse* hinausgewor-

fen wird, tut gut daran, fortan seiner sonntäglichen Pflicht anderswo nachzukommen. In einem Dorf, wo man ihn nicht kennt, oder gar in der Stadt.
Suisse-sein ist eine wichtige Funktion.
Sogar während der Wandlung, wenn alle anderen knien, steht Poliet stramm aufrecht.
Und bei einer Beerdigung oder Prozession schreitet er dem Priester durch das Mittelschiff voran, um das angemessene Tempo vorzugeben.

Ti weiß verflixt gut, was ein Käppi ist.
Das von Maurice oder Dolf darf er hin und wieder mal aufsetzen und bekommt daraufhin prompt einen Lachanfall.
Aber vor dem Zweispitz des *Suisse* hat er Angst.
Er geht am liebsten zur Kirche, wenn Poliet nicht da und auch sonst niemand anwesend ist.
Es bleibt wohl ein Rätsel, ob Ti weiß, was eine Kirche ist.
Aber er geht voller Ehrfurcht unter den hohen Gewölben herum und an den Säulen mit den Heiligenfiguren vorbei.
Ganz vorne in der Kirche brennt immer ein schönes rotes Lämpchen, ein ganz winziges nur. Und in den Seitenschiffen stehen Beichtstühle.
Ein Beichtstuhl ist ein seltsames Möbelstück. Links und rechts davon sind niedrige Holzbänke und in der Mitte ist eine hohe Bank mit einem grünen Kissen und einem Vorhang davor.
Einmal hat Ti sich hinter den geschlossenen Vorhang auf das grüne Kissen gesetzt. Im Halbdunkel roch es nach Pfefferminz und Zigarren. Nur ganz leicht nach Zigarren.

Manchmal, wenn er Glück hat, ist außer Ti gar niemand in der Kirche, aber die Orgel spielt trotzdem.
Dann setzt Ti sich auf einen der Kirchenstühle mit einem Kissen und lauscht. Still wie ein Mäuschen.
Die Musik reicht mühelos bis in jede Ecke, bis hoch ins Gewölbe.
Die Kirche ist wie eine Luftblase, wie eine Tauchglocke mitten im Dorf.
Und nachdem der Organist aufgehört hat zu spielen und Ti ihn die Treppe von der Empore hat runterkommen hören, bleibt er noch ein Weilchen ruhig sitzen.
Nach einiger Zeit steht er dann mit einem Seufzer auf. Hinten in der Kirche taucht er beide Hände in das Weihwasserbecken und trinkt einen Schluck. Denn nichts schmeckt so gut wie Weihwasser.

Es kommt auch mal vor, dass Poliet nicht erscheint, obwohl Menschen in der Kirche sind. So etwas kann hin und wieder an einem Wochentag in aller Frühe passieren.
Dann steht vor der Kirche ein schwarzer Wagen mit zwei Pferden und daneben ein Mann mit einem schwarzen Zylinderhut.
Zu dieser frühen Morgenstunde sind nur einige der Kirchenbänke besetzt, und zwar die ganz vorderen. Im Mittelgang steht ein Sarg.
Die Orgel schweigt.
Nach kurzer Zeit tragen einige Männer den Sarg hinaus und schieben ihn auf den Wagen.
Dann zieht der kleine Zug langsam zum Friedhof. Hinter dem Wagen gehen die Männer, die nicht wissen, wie sie gucken müssen, und deshalb auf den Boden starren.

Wo die Kutsche vorbeikommt, bleiben die Menschen stehen. Männer lüften Mützen oder Hüte und alle schlagen ein Kreuz.
Ti folgt der Kutsche aus einiger Entfernung.
An der Friedhofspforte wartet er, bis die Männer zurückkehren und die Kutsche davonfährt. Leer.
Plötzlich können die Männer wieder sprechen und betreten das erstbeste Wirtshaus.
Nachdem Ti einen vorsichtigen Blick um sich geworfen hat, schleicht er auf den Friedhof. Er geht von Kreuz zu Kreuz, bis er Stimmen hört. Neben einer Grube stehen zwei Männer in Overalls.
„Ein Früher“, sagt einer der beiden.
„Er hat auch sein ganzes Leben geschuftet“, erwidert der andere.
„Aber der liebe Gott hat Acht-Uhr- und auch Elf-Uhr-Messen.“
„Weißt du, was ich denke, Pier? Dass die frühen und späten Messen von den Pfarrern erfunden wurden. Ist doch egal, ob früh oder spät, sie geben sowieso keinen Muckser mehr von sich.“
„Schon, aber ein Später gibt immerhin noch einen Schnaps aus“, sagt Pier.
Dann wuchten sie den Sarg hoch und lassen ihn in die Grube hinunter. Mit ihren Schaufeln werfen sie Erde drüber.
Das macht ein trauriges, dumpfes Geräusch.

Gerade hat Cordule die Wände des Klohäuschens geweißelt, da trifft Ti ein. Seine Hosenträger hat er schon runtergenommen, den Hosenschlitz aufgeknöpft – sie weiß, was das zu bedeuten hat.

„Muss das ausgerechnet jetzt sein?“, fragt Cordule mürrisch.
„Ti!“, sagt Ti. Er greift sich in den Schritt und geht ein paar Mal in die Knie.
„Fass bloß die Wände nicht an!“, sagt sie. „Die sind noch nass. Und vergiss nicht, dein Hemd hoch zu heben.“
Ti lässt die Hose runter und setzt sich über das Loch in der hölzernen Klobrille.
Es dauert, bis es kommt.
Im Klo ist es fast genauso dunkel wie im Beichtstuhl. Nur durch die kleine herzförmige Aussparung in der Tür fällt etwas Licht herein.
Er hört, wie Cordule leise vor sich hin schimpfend den Hof auf und ab geht.
„Und?“, fragt sie. „Ich dachte, es war so dringend.“
Tief unter sich hört Ti einen gedämpften Plumps. Und noch einen. Und einen dritten.
Cordule sagt nichts mehr. Sie freut sich ja auch, dass sie Ti sauber gekriegt hat. Früher hat er sich einfach in die Hose gemacht.
Als er aus dem Klohäuschen kommt, prüft sie aber sofort, ob er nichts berührt und keine Kalkkleckse an Händen und Kleidern hat.
„Tüchtig, Ti!“, sagt sie zufrieden. Und sie tätschelt ihm die Wange.
Anschließend holt sie eine Leiter aus dem Schuppen und nimmt die Hofmauer in Angriff.
Obwohl Tis Arme um einiges jünger sind als ihre und Jungen in seinem Alter durchaus Weißelarbeiten leisten können, ist ihr klar, dass sie Ti nie mit so was beauftragen kann. Der Baron will nämlich, dass der Hinterhof geweißelt und geteert wird, nicht Ti.

Was man Ti aber durchaus anvertrauen kann, ist das Einkaufen. Das heißt, wenn Cordule ihm jeden einzelnen Artikel aufschreibt.

Also sitzt sie mit einem Bleistift in der Hand am Küchentisch und schreibt auf die Rückseite einer Todesanzeige:

Ein Pfund Speck.

Ein Honigkuchen.

Eine Dose Schuhcreme (schwarz).

Ein Päckchen Zichorie.

Eine Schachtel Schnupftabak (mit dem Hähnchen)

Das ist alles.

Vielen Dank!

Sie nimmt die Einkaufstasche, die Ti nur allzu gut kennt, und legt den Einkaufszettel rein. Und um zu verhindern, dass er unterwegs sowohl den Speck wie auch den Honigkuchen aufisst, drückt sie ihm zwei *Kwartjes* in die Hand.

„Ti!“, sagt Ti beglückt. Und dann ist er auf und davon.

Kurz vor dem Bahnübergang befindet sich der Laden von Mon und Rachel.

Mon ist ein freundlicher Mann mit Filzhut und Kittel, Rachel eine kleine, geschäftige Frau mit einem Haarknoten.

Der Laden der beiden ist winzig, aber es gibt nur wenige Dinge, die man vergebens verlangt. Die Regale sind von oben bis unten voll gepfropft mit Lebens- und Putzmitteln und es riecht nach einem Gemisch aus Wurst, Käse, gepökelten Heringen und Schuhcreme.

Über dem Ladentisch hängt ein gelber Fliegenfänger und darunter steht eine Sparbüchse für die Missionsarbeit.

Doch Ti ist nicht auf den Kopf gefallen. Er hält die zwei Münzen gut fest.
Als Ti den Laden betritt, läutet eine Klingel.
Da kommt Mon. Er nimmt Tis Einkaufstasche und setzt sich seine große Brille auf, um Cordules Zettel zu lesen.
„Hunger, Ti?“, fragt er dann.
„Ti!“, sagt Ti.
Mon nimmt einen großen Ring Trockenwurst und schneidet eine Scheibe ab.
„Dazu gehört eigentlich ein Bier, aber das sollst du dir beim Schmied holen“, sagt er und nimmt Cordules Bestellung in Angriff.

Seit einigen Monaten hängt ein Kaugummiautomat an der Hauswand von Mon und Rachel. Eine große Glaskugel voller Kaugummis. Gelbe, rote, blaue, grüne und schwarze.
Ti weiß genau, wie es funktioniert.
Er steckt ein Kwartje in den Schlitz, drückt den Hebel nach unten und danach erscheint hinter einem Türchen eine Kaugummikugel. Eine rote. Ti wiederholt die Aktion noch einmal. Jetzt liegt eine schwarze da. Schwarze Kaugummikugeln sind die allerbesten, das weiß jeder.
Ti zieht noch einmal an dem Hebel um zu prüfen, ob es ohne Kwartje auch klappt. Nichts.
Er schiebt sich die rote und die schwarze Kugel in den Mund und fängt bedächtig an zu kauen. Zunächst schmeckt es ganz gewöhnlich süß, doch bald verwandelt sich die Masse in eine zähe, klebrige Leckerei, die kreuz und quer im Mund herumreist.
Ti bleibt vor dem Laden von Mon und Rachel stehen und genießt.

Er sieht mich mit meinem Ranzen in der Hand aus der Schule kommen und wartet geduldig, bis ich bei ihm bin. Dann hebt er beschwörend den rechten Arm über den Kopf, sein Gesicht verfärbt sich knallrot und plötzlich steigt aus seinem Mund ein Kaugummiballon, der größer und größer wird und dann wie eine Seifenblase zerplatzt.

„Schön, Ti", sage ich.

Aber da ist er schon wieder fleißig mit Kauen beschäftigt, nimmt dann das Gemantsche aus dem Mund, streckt es mir entgegen und sagt: „Ti! Ti!"

In flehendem Ton.

Ich ekele mich davor.

„Nein, Ti", sage ich. „Alles für dich."

Er lässt nicht locker. Mir ist klar, was er möchte. Ich soll auch eine Kaugummiblase machen, aber ich habe kein Geld, mir selbst eine Kugel zu besorgen.

Ich blicke ihm in die Augen, sehe wieder den Rektor vor der Klasse auf und ab gehen und stecke mir das Kaugummigemantsche in den Mund. Mir kommt es noch viel schrecklicher vor als ein Stück von einem fremden Butterbrot abzubeißen oder sich die Nase in ein Taschentuch von jemand anderem zu schnäuzen, aber sterben tut man davon nicht.

„Ti!", sagt Ti aufgeregt.

Ich blase und blase, aber ohne Erfolg.

„Tö-ta! Tö-ta!"

In der Ferne kommt die Straßenbahn gefahren und Tis Augen beginnen zu leuchten.

Ich nehme den Kaugummi aus dem Mund und gebe ihm das klebrige Zeug zurück.

Kaum eine Minute später rennt Ti in seinen großen Schuhen wie verrückt hinter der Bahn her. Ich sehe gerade noch, wie er in einem Affentempo auf das Trittbrett springt. Samt Kaugummi und Einkaufstasche.

Ti wurde mit der Zange geholt und ich bin mit dem Schiff gekommen. Schiffe fahren auf der Schelde. Sie transportieren Sand und Kies und Steinkohlen, aber nie legt eins an. Geschweige denn, dass am Ufer eine Mutter wartet, die das Bedürfnis hat, sich ein Baby von Bord zu holen.
Warum ist Ti nicht auch einfach mit dem Schiff gekommen?
Ob sein fehlendes Sprachvermögen ansteckend ist?
Ich habe Tis Kaugummi gekaut.
Fast so ähnlich also, als hätte ich ihm einen Kuss gegeben.
Von Küssen kann man auch alle möglichen schlimmen Sachen kriegen.
Womöglich wird mein Kopf jetzt völlig leer. Alle Wörter werden herausgesogen. Und ich muss alles, was ich je gelernt habe, wieder abgeben. Die Nebenflüsse der Schelde. Ambiorix und Julius Caesar. Das Schuldbekenntnis und das Einmaleins. Vielleicht wird auch mein Mund in einem seltsamen Grinsen verharren und ich werde nur noch „Ti!“ sagen können.
Ich sehe mich zusammen mit Ti durch das Dorf streunen und auf ein und demselben Kaugummi kauen.
„Da gehen Ti und Ta!“
Und wir beide rennen wie verrückt hinter der Straßenbahn her.
Aber Ti hat größere Schuhe.

Nass geschwitzt wache ich auf.
Mutter steht neben meinem Bett. „Junge, was hast du denn? Du schreist ja das ganze Haus zusammen."
„Ta!", sage ich. „Ta!"
Sie legt mir eine Hand auf die Stirn. „Du hast geträumt", sagt sie. „Willst du einen Schluck trinken?"
Allmählich gelange ich wieder in die Wirklichkeit. Da steht meine Mutter. Dies ist die Dachkammer, in der wir alle zusammen schlafen. Das Bett von meinem Bruder, das Bett meiner Eltern.
„Schlaf ruhig weiter, mein Junge."
„Ja, Mama."
„Und keine bösen Träume mehr, versprochen?"
Sie stopft die Decke um mich, als hätte sie mich gerade erst vom Schiff geholt.
Erst spät am Vormittag werde ich wieder wach.
Unten kocht Mutter eine Suppe. „Du bleibst lieber ein paar Tage zu Hause", sagt sie.
Ich setze mich heimlich ans Fenster.
Der Baron geht vorbei. Zu Fuß, wahrscheinlich auf dem Weg zum Bahnhof. Ein vornehmer Herr mit einem Hut und einem Spazierstock mit Silberknauf. Er stapft forsch drauflos und lüftet vor allen Passanten den Hut.
Da erscheint Dolf, der Postbote. Und Baziel, der Milchmann. Und einige Bauern mit ihren Pferdegespannen.
„Tö-ta! Tö-ta!"
Die Straßenbahn fährt vorbei, aber Ti steht nicht auf dem Trittbrett.
Mittags kommt der Arzt.
Er ist ein großer stämmiger, Zigarren rauchender Mann, der ein Auto hat.
„Louisa!", begrüßt er meine Mutter.

Sie wirft einen verzweifelten Blick über Tisch und Anrichte.
„Herr Doktor! Bitte, schauen Sie nicht zu genau hin!"
Das tut der Arzt natürlich nicht.
„Und das ist der Patient?" Er guckt mich musternd an. „Wo schmerzt es, kleiner Mann?"
„Nirgends, Herr Doktor."
Von dem Kaugummi sage ich lieber nichts, bis jetzt kenne ich ja noch alle Wörter.
Stundenlang schon sage ich sie leise hintereinander auf. Das ganze Einmaleins, die vier Bekenntnisse aus dem Religionsunterricht, die Krönung Karls des Großen. Ich bin nur nicht sicher, ob die Nete tatsächlich ein Nebenfluss der Schelde ist.
Vielleicht schleicht sich die Krankheit nur ganz langsam ein und es fängt mit den Nebenflüssen an.
„Hm", sagt der Arzt. Er horcht mir Brust und Rücken ab, trommelt mit seinen dicken Fingern auf die Bauchdecke und schüttelt den Kopf.
Meine Mutter macht eine Miene, als wollte sie am liebsten den Pastor auch noch hinzuziehen.
„Isst er ordentlich, Louisa?"
„Wie sein Vater", sagt Mutter.
„Stuhlgang?"
„Auch wie sein Vater."
Vater hat jeden Morgen zwei Klositzungen. Kurz nacheinander.
Der Arzt klopft über dem Kohleneimer die Asche von seiner Zigarre.
„Ich verschreibe ihm Tropfen", sagt er. „Dreimal täglich einen Suppenlöffel vor dem Essen." Er setzt sich an den Küchentisch und zwinkert mir zu.

Ich nehme mir fest vor, ihn von selbst aufzusuchen, sobald ich noch mehr Nebenflüsse verliere.

Wir wohnen in einem ähnlichen Haus wie Ti, aber wir mieten es nicht vom Baron.
Sollte Mutter noch einmal zum Schiff gehen, müssen wir vielleicht nach einem anderen Haus Ausschau halten. Sagt Vater. Nach einem großen Haus mit richtigen Schlafzimmern, einer guten Stube zur Straßenseite hin und einem Raum, in dem man eine Werkbank und Arbeitsgerät unterbringen kann.
Aber wo findet man ein größeres Haus mit so einem Garten?
Unser Garten ist zwar schmal, zieht sich aber in die Länge. Vaters ganzer Stolz. Abends nach der Arbeit wühlt er bis zum Dunkelwerden in der Erde herum. Nie muss Mutter Gemüse und Kartoffeln kaufen.
Im hintersten Winkel hat Vater ein Gartenhäuschen gebaut, hinter dem Beet mit Gladiolen, Stiefmütterchen, Astern und Margeriten, Silberblatt und Goldregen. Tausende von Schmetterlingen fliegen dort herum.
Schmetterlinge haben auch Namen, wie Blumen.
Angenommen man würde von allen Blumen und Schmetterlingen die Namen lernen, ob sie dann auch für zwei *Kwartjes* wieder aus dem Kopf verschwinden können? Das kann ich mir kaum vorstellen.
Die Stelle, an der sich das Gartenhäuschen befindet, mag ich besonders gern. Lehnt man sich an die Außenwand, die von der Sonne schön warm ist, sieht man nur Blumen und Schmetterlinge.

„Wo gehst du hin, Junge?“
„Mal kurz zu den Schmetterlingen, Mama.“
Fast eine ganze Woche bin ich nun schon daheim und habe brav dreimal täglich einen Suppenlöffel aus der Flasche genommen. Nur gut, dass ich gleich danach essen darf, denn das bittere Zeug sieht zwar aus wie Milch, schmeckt aber nicht annähernd so.
Einmal hat mich sogar mein Lehrer besucht, mit dem Fahrrad.
Er hat mit Vater ein Bier getrunken und gesagt, dass ich gut aussehe und bald wiederkommen soll.
„Ach, er hat doch nur schlecht geträumt“, sagte Vater. „Aber du weißt, wie die Frauen sind.“
Dann haben sie zusammen den Garten bewundert, die Hände auf dem Rücken. Und der Lehrer hat ein paar Erbsen- und Bohnensetzlinge bekommen.
Danach saßen sie wieder in der Küche, um noch ein Bier zu trinken.
„Herr Lehrer, ist die Nete ein Nebenfluss der Schelde?“, habe ich da gefragt.
Mein Vater und mein Lehrer sahen mich an, als wäre ich völlig übergeschnappt.
„Nein“, sagte der Lehrer schließlich. „Die Nete fließt in die Rupel.“
„Und die Rupel in die Schelde“, sagte ich.
„So ist es“, sagte der Lehrer.
„Also mündet die Nete so gesehen doch in die Schelde.“
Der Lehrer kratzte sich den Kopf. „Ja, wenn man es so betrachtet . . .“
„Ich habe immer gedacht, die Nete mündet in die Maas“, gestand mein Vater.

„Na ja“, sagte der Lehrer gütig. „Diese Nebenflüsse! Jedem halt sein Beruf.“

„Wo gehst du hin, mein Junge?“
„Mal kurz zu den Schmetterlingen, Mama.“
Ich spüre, wie sie mir durch die Türöffnung nachstarrt, als ich über den Gartenweg gehe.
Hinter den Schmetterlingen, den Rücken an die Wand vom Gartenhäuschen gelehnt, hockt Ti.
Ich bekomme einen Mordsschreck. Ein Glück, dass die Kartoffelpflanzen so hoch stehen und meine Mutter fast nie bis hinten in den Garten kommt.
„Ti!“, sagt Ti erfreut.
Er kaut kein Kaugummi, sondern raucht in aller Ruhe eine Zigarette. Ti. An die Wand von unserem Gartenhäuschen gelehnt.
„Ti“, sage ich. „Du darfst überhaupt nicht hierher kommen! Meine Mutter ...“
Manchmal kommt Mutter nämlich doch bis hinten in den Garten, um für irgendjemanden einen Blumenstrauß zu pflücken.
„Ti!“, sagt Ti und klopft mit der freien Hand neben sich in den Sand.
Ich setze mich neben ihn. Eine Weile beobachten wir schweigend die Schmetterlinge. Ti vollkommen ruhig, ich völlig ratlos.
„Ti“, sage ich dann. „Weißt du, wo die Schelde entspringt? Auf der Ebene von Saint-Quentin. Weit weg, in Frankreich, Ti. Dort ist die Schelde nur ein winziger Wasserstrahl, so dünn wie ein Bleistift. Ich habe es mit eigenen Augen gesehen – mein Lehrer hat ein Bild davon.“

Ich spähe vorsichtig über die Kartoffeln hinweg, aber auf dem Gartenweg ist niemand zu sehen. Und Ti hört mir wohlwollend zu.
„Doch bald wird die Schelde viel breiter, Ti. Alle möglichen Flüsse strömen hinzu. In Gent die Leie und in Dendermonde die Dender, die Durme in Lokeren und die Rupel in Rupelmonde. Monde, das bedeutet, das was hinzukommt. Aber Gent und Lokeren hat man einen anderen Namen gegeben, ich weiß auch nicht warum. Soll ich dir das Einmalsieben aufsagen, Ti? Das ist ein besonders schwieriges."
Ich quassele und quassele und solange die Wörter kommen, ist mit mir alles in Ordnung.
Plötzlich höre ich Mutter rufen. Ich erstarre.
„Jetzt musst du ganz ruhig sein, Ti", sage ich. „Tust du das, ja?"
Vorsichtig stehe ich auf und winke meiner Mutter zu. Ich hoffe, dass sie wieder ins Haus geht, aber sie geht nicht.
Als ich über den Gartenweg gehe, sterbe ich tausend Ängste, dass Ti auch aufstehen und mir in seinen großen Schuhen folgen wird.
Aber das lässt er zum Glück bleiben.
„Du bist ganz schön verschwitzt", sagt meine Mutter, als sie die Tür hinter mir zumacht.
Es ist höchste Zeit, dass ich wieder zur Schule gehe.

Wo die letzten Häuser des Dorfes stehen, beginnt eine völlig andere Welt. Eine wortlose Welt. Die Menschen haben sich zwar für alles, was man dort vorfindet, Wörter und Namen überlegt. Weil sie sich vor dem fürchten, was sie nicht benennen können. Dennoch gibt es da einiges, was unbenennbar bleibt und höchstens mit einem ver-

wunderten: „Ti!“ beschrieben werden kann. Und sogar das ist manchmal noch zu viel.
Ti geht einen schmalen Weg zwischen hohen Kornwänden entlang. Seine Schuhe knirschen im Sand. Er ist nur noch ein Kopf, der sich über dem Kornmeer vorwärts bewegt.
Hoch oben am flimmernd blauen Himmel steigt eine Lerche im Rüttelflug noch höher.
Am Feldrand steht ganz viel Klatschmohn, wie riesige Blutstropfen, das Flachskraut leuchtet blau wie der Himmel und winzige Veilchen winden sich tapfer nach oben.
Es ist heiß. Ti bleibt stehen, um sich den Schweiß von der Stirn zu wischen. Und um sich die Lerche anzuschauen.
Vom Dorf ist nur der Kirchturm zu sehen, das Zifferblatt strahlt wie eine Sonne in der Sonne.
Es ist totenstill. So still, dass man das Korn wachsen hört. Es macht ein knisterndes Geräusch, wie ein Holzwurm in einem verwurmten Schrank.
Der Sandweg mündet in einen breiteren Weg mit ausgefahrenen Wagenspuren. Auf beiden Seiten stehen hohe Pappeln, unter denen es angenehm kühl ist.
Ti setzt sich mit dem Rücken an einen Baum und raucht in aller Ruhe eine Zigarette.
Er wartet, denn er weiß, dass sie kommen.
Wie die Straßenbahn.
Ti verschmilzt mit dem Baum, ist nur noch ein saugender Mund und ein Paar Augen, die, zum Schutz vor dem Rauch halb zugekniffen, die Straße hinunterspähen.
Da taucht eins auf. Und noch eins. Und noch eins. Kaninchen!

Sie hoppeln über die Wagenspuren hinweg, knabbern am Gras herum und machen trockene runde Kötel. Aber Kaninchen kann man auch essen.
In Cordules Schuppen gibt es vier Stück, aber die sind für die Kirmes.
Ti tastet in seiner Hosentasche und holt sein Messer hervor. Er klappt es auf und schlagartig sind alle Kaninchen verschwunden.
Das Messer ist scharf. Ti fährt mit dem Daumen über die Klinge. Das hört sich genauso an wie das Geräusch vom wachsenden Korn.
Ti steht auf und geht die Straße entlang. Er weiß genau, wo die Kaninchen wohnen. Nicht in einem Stall, sondern in einem Bau.
Aus seiner Jackentasche nimmt er ein Stückchen dünnen Kupferdraht und macht drei Schlingen. Die Kötel verraten ihm, wo er sie legen muss.
Dann geht Ti Richtung Fluss.
Hier ist die Erde feuchter und von Wasserläufen durchfurcht.
Er setzt sich an eine kleine Brücke und zieht sich Schuhe und Strümpfe aus. Das Wasser ist kühl und spült geduldig alten Staub und Krümel von den Zehen. Tis Füße sind groß und weiß, eigenartige Gebilde, die in diesem Moment nicht zu ihm zu gehören scheinen.
Da fällt Tis Blick auf zwei große Flaschen mit Bügelverschluss, die zwischen zwei Steine geklemmt im Wasser liegen. Bier! Vorsichtig watet er hinüber und trinkt einen Schluck. Und noch einen. Auf der Flasche klebt ein Etikett mit dem Gesicht eines dicken, rotbackigen Mannes, der ihm zublinzelt.
Er macht den Bügelverschluss wieder zu, schaut nach

links und schaut nach rechts und versteckt die Flaschen an einer anderen Stelle.

Barfuß geht Ti weiter, seine Strümpfe in der Jackentasche, die Schuhe baumeln an zusammengeknoteten Schnürsenkeln um seinen Hals.
Am Wehl sitzt der Schafhirt.
Das Wehl ist eine Art Weiher, der irgendwann nach einer Überschwemmung vom Fluss zurückgelassen wurde.
„Ti!“, sagt Ti.
„Hui!“, sagt der Schafhirt. Er ist kein Mann von vielen Worten, aber das ist auch nicht nötig. Schafe grasen von selbst und machen aus Gras Wolle, ohne dass man sie darum bittet.
Der Schäfer sitzt unter einer großen Kopfweide. Neben ihm liegt ein schwarzer Hund, dem die Zunge aus dem Maul hängt.
Ti setzt sich neben den Hirten.
Eine Weile beobachten sie die Schafe. Ti, der Mann und der Hund.
Dann nimmt der Schäfer seinen Beutel mit Speckbroten und eine Kanne mit kaltem Kaffee.
Schweigend kauen sie die Brote und trinken abwechselnd einen Schluck Kaffee.
Der Hund holt ein Schaf zurück, das sich zu dicht ans Wehl vorgewagt hat, und bekommt ein halbes Butterbrot.
Er bettelt um mehr, doch der Schäfer sagt: „Das war’s!“
Das kapiert sogar ein Hund.
„Frisches Gras“, sagt der Schafhirt. Er rappelt sich auf und die ganze Herde trottet hinter ihm her landeinwärts.
Schafe machen völlig andere Kötel als Kaninchen.
Größere. Und feuchtere. Schwarze.

Ti klettert den Deich hoch.
Dort unten fließt träge und grau der Fluss. Auf der anderen Uferseite bimmelt eine Glocke, und wenn man ganz genau hinschaut, kann man die Spitze eines kleinen Kirchturms erkennen.
Zwischen Deich und Fluss liegt eine Wildnis aus jungen Weiden, Brennnesseln und seltsamen Pflanzen, die wie Rhabarber aussehen, aber keineswegs so schmecken. Die Brennnesseln sind mit Schnecken übersät. Einige von ihnen haben ein schönes Haus. Gelb mit braunen Streifen.
Ti legt sich ins Gras und streckt alle viere von sich.
Langsam gleitet ein Schiff vorbei.
Schiffe kommen und gehen wie sie wollen. Sie haben kein Trittbrett und Ti kann ihnen nicht hinterherrennen. Schiffe sind nur zum Anschauen.
Allmählich döst Ti ein.
Die Sonne wandert weiter. Ebbe verwandelt sich in Flut. Es fahren noch mehr Schiffe vorbei. Und tausend Schnecken machen sich an den Brennnesseln zu schaffen.
Ti merkt nichts von alledem. Er verweilt jenseits der Wörter, dort, wo nur Farben und Bilder zählen.
Als er endlich mit einem Ruck aufwacht, steht die Sonne bereits hoch am blauen Himmel. Unten am Deich fährt ein Pferdefuhrwerk vorbei.
Ti kratzt sich ausgiebig Kopf und Brust. Er gähnt, räkelt sich wie eine Katze, zieht sich Strümpfe und Schuhe an und steht auf. Über dem Fluss hängt ein verschwommener Halbmond.

Zuerst holt Ti das Bier.
Dann überprüft er die Schlingen.

Die erste ist leer, aber in den beiden anderen befindet sich jeweils ein Kaninchen.
Das eine ist tot, das andere strampelt wie verrückt. Ti nimmt es bei den Hinterläufen, holt es aus der Schlinge und verpasst ihm einen kurzen heftigen Hieb in den Nacken.
Er tastet über die noch warmen Bäuche und Schenkel und stößt ein kehliges Knurren aus.
Dann schlendert er durch den Abend davon. In jeder Jackentasche eine Bierflasche, in jeder Hand ein lebloses Kaninchen.
Dieser Abend ist einer von denen, an dem Cordule vergeblich auf ihn wartet.
Dies ist eine der Nächte, in der sie für ihn betet.

Dort wo sich zwischen dem wachsenden Korn zwei Sandwege kreuzen, steht das Schlösschen.
Früher soll es ein Gasthof gewesen sein, doch das ist lange her.
Jetzt kümmert sich kein Mensch um das Haus. In den Fensterrahmen sind längst keine Scheiben mehr, an der Hauswand hängen noch ein paar verrostete Schilder mit Bierreklamen und die Tür kann jeden Moment zusammenkrachen.
Im Dorf werden merkwürdige Geschichten über das Schlösschen erzählt. Der letzte Besitzer soll völlig verrückt geworden sein und hätte alle Dorfbewohner, die sich zu nah an sein Haus heranwagten, mit einer Doppelflinte bedroht.
Eines Abends hat er sich in seiner Scheune erhängt.
Jeder Christenmensch geht also mit einiger Befangenheit und möglichst nur tagsüber am Schlösschen vorbei. Man-

che schlagen schnell ein Kreuz und machen geschwind, dass sie weiterkommen.
Ti kennt sich mit dem Schlösschen besser aus.
Dieser Ort gehört nur ihm.
Jetzt aber schleicht er sich vorsichtig heran. Nicht weil er sich vor irgendetwas fürchtet, sondern weil er hinter einem der Fenster einen Lichtschimmer entdeckt hat. Und das ist äußerst ungewöhnlich.
Reglos bleibt Ti in der Abenddämmerung stehen.
Das Schlösschen liegt wie ein grauer Klotz inmitten der Kornfelder. Über den Pappeln geht der Mond auf.
Ti wirft die zwei Kaninchen ins Gras, legt beide Bierflaschen daneben und duckt sich wie eine Katze. Schritt für Schritt nähert er sich dem Licht.
Nie hat nach dem Tod des letzten Wirts ein Erbe das Schlösschen entrümpelt; und trotzdem ist es leer. Bis auf einige Sachen, die sich nicht gelohnt haben. Ein Kohleneimer ohne Boden, die Theke, ein Gesetzestext über die *Zügelung der Trunkenheit* und eine alte Matratze.
Auf dieser Matratze hat Ti oft die Nacht verbracht. Vor der Theke in der Wirtsstube.
Jetzt aber steht neben der Matratze eine Stalllaterne und auf der Matratze liegen ein Mädchen und ein Junge. Das Gesicht des Mädchens kann man nicht sehen, weil es von ihrem Kleid verdeckt wird, und von dem Jungen sieht man nur den nackten, behaarten Hintern.
Knurrend liegt er auf dem Mädchen, das laute Schreie von sich gibt.
Ti schrumpft zu einem staunenden Kopf über dem Fenstersims.
Die Hose des Jungen ist bis zu den Füßen runtergezogen. Ob er pinkeln muss? Oder scheißen?

Die gespreizten Schenkel des Mädchens sind weiß wie Milch.
Ti macht es sich etwas bequemer.
Da kommt ein Stein ins Rollen.
„Sei mal still“, sagt das Mädchen. „Hast du es auch gehört?“
Mit einem Mal sitzt es aufrecht auf der Matratze. Langes blondes Haar hat es und große Augen.
„In alten Häusern quietscht es immer“, sagt der Junge beruhigend.
„Nein!“, sagt das Mädchen aufgebracht. „Da draußen ist jemand!“
„Hier am Schlösschen?“, fragt der Junge spöttisch. „Um diese Uhrzeit?“
Ti richtet sich zu einem langen Schatten auf. „Ti!“, sagt er.
Dem Mädchen schnürt es die Kehle zu, dann entfährt ihm ein Schrei. Wie von einer Schlange gebissen springt der Junge auf, um sich rasch die Hose hochzuziehen. Ein paar Sekunden später haben die beiden die Wirtsstube verlassen.
Als Ti um das Haus geht, sieht er auf dem Sandweg nur noch ein Fahrradrücklicht, das rasch kleiner wird und dann verschwindet.

Man bittet Ti besser nicht darum, Wände zu weißeln oder Unkraut zu jäten, doch in manchem ist er ganz geschickt.
Ti kann mit den Augen stehlen. Viele Dinge wird er nie lernen, aber andere muss man ihm nur ein einziges Mal vormachen. Wie man aus Kaninchen ein Essen bereitet, das ist eines davon.

Im Innenhof des Schlösschens macht Ti ein Feuer. Dann hängt er die beiden Kaninchen an einen Haken in der Mauer und zieht sie mit schnellen Messerbewegungen ab.
Die Tiere sind noch klein, sie haben kein Fitzelchen Fett. Ti spießt sie auf einen Stock und hält sie unter ständigem Drehen über dem Feuer. Hin und wieder nimmt er einen Schluck Bier.
Es wird kühler, doch am Feuer ist es warm und nach einer Weile duftet es herrlich.
Irgendwo schlägt eine Uhr eine volle Stunde und der Mond segelt wie ein Schiff über den Himmel. Ganz in der Nähe wächst das Korn und eine leichte Brise raschelt in den Pappeln.
Gierig stürzt Ti sich auf das Fleisch und trinkt auch die zweite Flasche leer. Der Mann auf dem Etikett zwinkert ihm zu. Zweimal.
Besäuselt sitzt Ti am Feuer, bis es erlischt. Das Bier ist ihm in den Kopf gestiegen, der Bauch ist voll mit Kaninchen.
Spatzen, die schmecken auch fein. Und Froschschenkel. Aber davon braucht man eine ganze Menge, bis einem der Bauch voll ist.
Drinnen brennt immer noch die Stalllaterne.
Ti pustet sie aus. Und er schläft schon, bevor er richtig liegt.

Um vier in der Frühe klingelt bei Dolf, dem Postboten, der Wecker. Im Sommer ist das weniger schlimm als im Winter, aber früh ist es immer.
Dafür ist er mittags mit der Arbeit fertig. Und es bleibt ihm viel Zeit für andere Dinge.

Dolf hat einen großen Gemüsegarten und einen Obstgarten mit Pflaumen und Kirschen und Äpfeln. Unter den Obstbäumen grasen zwei Schafe und eine Ziege.
Dolf der Postbote schläft in einem Schoßhemd. Seine Beine sind kurz und krumm, die Knie käseweiß.
In diesem Aufzug rasiert er sich vor dem kleinen Spiegel in der Küche. Bieke, seine Frau, trägt nörgelnd Brot und Kaffee auf.
Bieke nörgelt immer, als sei es nun wirklich kein Vergnügen mit einem Briefträger verheiratet zu sein. Bieke ist übrigens nicht ihr richtiger Name, aber Dolf nennt sie immer so, egal ob er gut oder schlecht gelaunt ist. Es hat den Anschein, dass er sich vor Bieke ein wenig fürchtet.
Nach dem Frühstück verwandelt Dolf sich allmählich in einen Postboten. Mit Krawatte und Käppi und glänzend gewichsten Schuhen. Auf den Schnitt, den er sich beim Rasieren zugezogen hat, klebt er ein Zigarettenpapier. Bieke mustert ihn eingehend, als inspiziere sie die Ehrenwache. Sie fummelt an seiner Krawatte und zieht noch mal am Schirm seines Käppis. Männer mit einem Käppi haben eine bestimmte Ausstrahlung. Schade nur, dass Dolf so klein und dick ist und sich beim Rasieren dauernd schneidet.
Um Viertel vor fünf fährt Dolf mit dem Rad zum Bahnhof. Dort warten bereits die Postsäcke fürs ganze Dorf. Dolf lädt sie auf eine rote Schubkarre, legt das Fahrrad obendrauf und watschelt zum Postamt.

Ti wacht auf, weil ihm kalt ist.
Vor sich sieht er zuerst einen weißen behaarten Männerhintern und dann die großen Augen des Mädchens.
Irgendwo weit hinter dem Horizont kräht ein Hahn. Ti

nimmt die Stalllaterne und versteckt sie hinter der Theke. Er wird sie irgendwann noch brauchen können.
Dann stellt er sich in den Türrahmen und starrt lange Zeit in die Landschaft.
Über dem Korn hängt ein hauchdünner Frühnebel und die Sonne ist eine klatschmohnrote Kugel.
Ti stapft auf das langsam erwachende Dorf zu.
Durch die stillen Straßen hastet hier und dort ein Pendler zum Frühzug nach Brüssel.
Der Küster schließt mit einem knarzenden Schlüssel die Sakristeitür auf.
Und am Freiheitsbaum vorbei zieht Dolf der Postbote mit seiner roten Postkarre.

Auf dem Postamt warten Pee und Jef und Fredje schon.
„. . . und dann“, sagt Fredje, „hat er gesagt: ‚Was meinst du, wozu Hosenträger gut sind?‘“
Die beiden anderen brechen in ein schallendes Gelächter aus und Fredje selbst schlägt sich vor Freude auf die Knie, als er Dolfs verwundertes Gesicht bemerkt.
„Was soll das mit den Hosenträgern?“, fragt Dolf misstrauisch.
Die beiden anderen lachen erneut schallend los.
„Später“, sagt Fredje hicksend. „Später erzähl ich ihn noch mal.“
Sie knoten die Säcke auf und beginnen die Post zu sortieren. Nach Straßen. Nach Hausnummern.
„Passt bloß auf mit dem *Moniteur*!“, sagt Dolf drei-, viermal. „Sonst muss ich es wieder ausbaden.“
„Die von der Direktion wissen eben, wem sie dieses Exemplar anvertrauen“, sagt Fredje schmunzelnd.

„Natürlich einem Postboten mit Hosenträgern“, sagt Pee unter Prusten. Er selbst ist überzeugter Gürtelträger.
„Lach nur, du Rotzjunge“, sagt Dolf in unmissverständlichem Ton. „Hosenträger sind gesund. Die quetschen wenigstens den Bauch nicht ein.“
„Mit so einer Wampe würde ich auch Hosenträger tragen“, sagt Pee.
Dazu sagt Dolf nichts.
Eine Weile sortieren sie stumm weiter.
Zeitungen, Zahlungsanweisungen, Briefe, Postkarten. Auf einer Postkarte stehen oft schöne Dinge. Nicht, dass sie einen etwas angingen. Aber dennoch überfliegt man ab und zu heimlich das Geschriebene. Schade nur, dass Postkarten aufgedruckte Briefmarken haben. Klar, andere Briefmarken sind auch gedruckt, aber die kann man wenigstens ablösen.
Dolf ist der Ansicht, dass die meisten Menschen völlig einfallslos mit Briefmarken umgehen. Verschicken sie mal einen Brief, kleben sie einen ganz normalen *Boudewijn* drauf.
Ohne weiter darüber nachzudenken.
Auf neun von zehn Briefen klebt so ein einfacher Königskopf. Fürchterlich. Und er blickt einen durch seine viel zu schwere Brille ungeheuer ernst an. Als würde er darunter leiden, dauernd abgestempelt zu werden, und sich trotzdem seinem Schicksal – vorerst postfrisch – fügen.
Dabei bringt die Post in gewissen Abständen auch andere Briefmarken heraus. Bildschöne oft. Schmuckstücke.
Dolf kauft sie alle. Daheim hebt er sie in einem Album auf, zwischen Löschpapier.
An verregneten Sonntagnachmittagen schaut er sie sich

hin und wieder an, aber erst nachdem er sich dreimal die Hände gewaschen hat.
Bieke hält nichts davon. Doch Dolf behauptet, seine Sammlung sei eine Geldanlage für später.

Dolfs Runde beginnt bei der Kirche.
Fünf Häuser weiter befindet sich schon die Bank. Die bekommt immer viel Post, was das Austragen danach erheblich erleichtert.
Um halb acht genehmigt sich Dolf einen ersten Schnaps. Eine Zahlungsanweisung. Dazu gehört nun mal ein Schnaps, und er muss einen Augenblick hereinkommen.
Für einen Postboten sind zwei Farben von größter Wichtigkeit. Hellbraun und dunkelgrün.
Hellbraun ist die Farbe der Steuerbehörde. Dunkelgrün bedeutet, dass der Empfänger Geld bekommt.
Bei hellbraunen Poststücken gibt es selten einen Schnaps. Die von der Steuer kleben übrigens überhaupt keine Briefmarken drauf, nicht einmal einen Königskopf.
Bis zum Freiheitsbaum klappt alles ganz gut, abgesehen von dem einen Schnaps. Am Anfang der Runde befindet sich nämlich kein einziges Wirtshaus.
Aber dann geht es los!
Postboten haben ein ganz besonderes Verhältnis zu Wirtshäusern. Vor allem Dolf. Für einen Postboten gehört es sich nicht, länger als notwendig in einem Wirtshaus zu bleiben, er hat sich dort einzig aus dienstlichen Gründen hinzubegeben, wie man sagt. Aber was heißt das schon, aus dienstlichen Gründen? Einem Postbotenfahrrad, das vor einem Wirtshaus abgestellt ist, kann man das nicht ohne weiteres ansehen. Also.

Doch zuerst muss Dolf noch zu Mieken gegenüber der Fabrik. Allerdings erst, nachdem er der Fabrik die Post gebracht hat, dort gibt es auch ein Telefon.
Jeden Morgen trinkt Dolf bei Mieken eine Tasse Kaffee. Seit Jahren schon. Im Winter schüttet sie einen Schuss Cognac hinein, gegen die Kälte. Und im Sommer gegen Rheuma, denn das ist nicht von Jahreszeiten abhängig.
Zu dieser frühen Stunde trägt Mieken noch ihren Morgenmantel, unter dem die Spitzenrüsche ihres Unterrocks hervorguckt. Und sie lacht herzhaft über Dolfs Geschichten. Es ist lange her, dass Bieke so gelacht hat.
Zwei Häuser weiter trinkt Dolf bei Leon Van de Velde sein erstes Bier. Leon ist ein Alt-Radrennfahrer, wie stolz auf seiner Fensterscheibe steht. Und neben dem Kino, in der *Uneinnehmbaren Höhle*, trinkt er ein zweites Bier.
Wirtshäuser bieten frühmorgens einen ziemlich trostlosen Anblick. Die Stühle stehen auf den Tischen – später muss noch geschrubbt werden – und es stinkt nach schalem Bier und nassen Kippen.
Aber im *Schlachthof* ist schon die Hölle los. Schlachter fangen zeitig mit der Arbeit an, so wie Postboten. Und haben immer Durst. Gesunde, rotbackige Männer sind das, die munter ein ganzes Viertel Rind auf die Schulter heben. Mit blutbefleckten Schürzen und lächerlichen weißen Mützen stehen sie an der Theke und unterhalten sich so lautstark, dass man sie bis zum Bahnhof hören kann.
Die Schlachter kennen Dolf durch und durch. Kriegen sie ihn einmal zum Reden, gibt es dauernd was zu lachen. Manchmal gelingt es ihnen sogar, Dolf zu einem Kartenspiel zu überreden.
„Hallo, Dolf!“ Zu zweit erwarten sie ihn bereits an der Tür.

„Liebe Leute …“, setzt Dolf mit schwacher Stimme an.
„Ich gebe einen aus“, sagt einer der beiden.
Und jemandem ein Bier auszuschlagen gehört sich nicht.
Da kommt Ti.
Ti hat geduldig auf Dolf gewartet. Wie auf die Straßenbahn.
Er kennt sich mit Postboten bestens aus.
Sie tragen ein Käppi, haben Zigarren in der Brusttasche und vorne auf ihrem Fahrrad steht eine große Ledertasche voller Papiere. Die Papiere stecken sie in Briefkästen, die schön klappern. Und in jedem Wirtshaus bekommen sie ein Bier. Oder zwei.
Ti wartet in aller Ruhe, bis Dolf im *Schlachthof* verschwunden ist.
Dann schleicht er zum Fahrrad, das an der Seitenmauer der Wirtschaft steht.
Aus dem Wirtshaus klingt schallendes Gelächter. Niemand achtet auf Ti.
Ti umklammert den Lenker und läuft mit dem Fahrrad davon.
Bei jedem Haus lässt er die Briefkastenklappe fröhlich klappern. Es gibt jede Menge Papiere. Einige sind so schön, dass Ti einen Moment zögert. Nur einen Moment.
Dann macht er sich auf die Suche nach einem schönen Briefkasten, der genau zum Papier passt.
Erstaunlicherweise greift niemand ein.
Diejenigen, die Ti überhaupt wahrnehmen, sind zu sehr mit ihren eigenen Dingen beschäftigt. Sie verschwenden keine Gedanken an Ti, runzeln höchstens mal die Stirn.

Ti wirkt auch kein bisschen schuldbewusst oder aufgeregt und sagt zu allen freundlich: „Ti!"
Unbehindert überquert er den Bahnübergang. Maurice ist weit und breit nicht zu sehen und sein Häuschen besitzt sowieso keinen Briefkasten. Bei Mon und Rachel wirft er tadellos den *Moniteur* des Barons ein. Zehn Minuten später stellt er das Fahrrad vor der Schmiede ab und geht hinein.
„Ha, Ti!", sagt der Schmied mit einiger Verwunderung, da er keine Straßenbahn gehört hat.
Ti trinkt aber seelenruhig sein Export und dreht sich gemächlich eine Zigarette. Dann wischt er sich den Schaum vom Mund. „Ti!", sagt er und geht wieder nach draußen.
Irgendwie kommt dem Schmied das Ganze merkwürdig vor, doch er lässt sich noch eine volle Minute Zeit, bis er hinausgeht, um mal nach dem Rechten zu sehen. Da geht Ti munter die Straße hinunter, das Fahrrad neben sich herschiebend.
„So was ...", murmelt der Schmied, „verdammt, das ist doch Dolfs Fahrrad!" Und er schreit los: „Ti! He, Ti! Komm sofort zurück!"
Doch Ti wirft nur einen verwunderten Blick über die Schulter und hebt fröhlich die Hand.
„Verdammt und zugenäht", sagt der Schmied.
Er steigt aus seinen Holzschuhen und rennt schreiend und auf nackten Füßen hinter Ti her. Seine Arme sausen durch die Luft wie Windmühlenflügel, und er flucht und zetert ohne Unterlass.
Als Ti den Schmied, rot wie ein Krebs und rasend wie ein wild gewordener Stier, auf sich zukommen sieht, zögert er keine Sekunde. Er springt auf den Sattel, tritt mit

Schwung in die Pedale und verschwindet in Richtung *Haus auf halbem Wege.*
Keuchend wie ein altes Zugpferd, die Hände in die Seiten gestemmt, bleibt der Schmied mitten auf der Straße stehen. Er bringt kein Wort mehr heraus. Nach einer kurzen Pause rennt er erneut los, diesmal Richtung Dorf.

Dolf sitzt bei Cordule in der Küche. Der Schlips hängt ihm schief um den Hals. Weiß wie ein Bettlaken schenkt er sich zum dritten Mal einen Schnaps ein.
„Mensch, Cordule, dabei habe ich mich nur fünf Minuten im *Schlachthof* aufgehalten“, sagt er zum soundsovielten Male. „Nur fünf Minuten!“
Es ist schon drei vorbei. Cordule fährt vorsichtig mit dem Bügeleisen über die Seiten des *Moniteur.* Das Einzige, das Dolf noch austragen muss. Alles andere hat er mit heraushängender Zunge eingesammelt und an Ort und Stelle abgeliefert. Sei es auch etwas später als gewohnt.
„Ist das Eisen nicht zu heiß, Cordule? Wenn auch nur ein Eckchen versengt wird ...“ Er schaudert, trinkt den Schnaps aus und schenkt sich sofort einen neuen ein.
„Zeitungspapier hält einiges aus“, sagt Cordule.
„Mein Fahrrad habe ich im Schlossgraben gefunden“, sagt Dolf. „Leer!“
„Ist doch nur ein dummer Jungenstreich“, sagt Cordule. „Sonst nichts. Oder vielleicht sogar nicht mal das.“
„Ein Streich!“, sagt Dolf. „*Ich* jedenfalls würde ihm das schon austreiben.“
Cordule stellt das Bügeleisen auf den Herd und beginnt leise zu weinen.
„Ich bin doch nur eine alte Frau“, sagt sie. „Hier fehlt einfach ein Mann.“

„Dass er mir bloß nicht unter die Augen kommt", sagt Dolf aufgebracht. „Sonst blüht ihm was!"
„Manchmal denke ich", sagt Cordule, „dass es in letzter Zeit schlimmer wird. Ich weiß auch nicht."
Sie steht auf, nimmt das Bügeleisen und spuckt auf die Plättsohle, um zu prüfen, ob sie heiß genug ist.
„Ich wandere besser nach Kanada aus", sagt Dolf. „Oder nach Australien. Weit weg jedenfalls. Wo niemand mich kennt."
„Jeder kennt Ti", sagt Cordule leise. „Nimm dir noch einen Schnaps, Postbote."

Als Dolf den *Moniteur* ausgetragen hat, ist es bereits fünf. Am liebsten würde er einen Riesenumweg machen, um niemanden sehen zu müssen. Trotzdem radelt er die Straße zum Dorf hinunter, wie ein Verdammter.
An diesem milden Sommerabend sitzen die meisten Menschen vor ihrer Haustür und Dolf muss mindestens einundfünfzigmal die Geschichte erzählen, bis er beim Schmied ist.
„Gib Acht auf dein Rad, Postbote!", sagt einer der Stammgäste und alle anderen brechen in Gelächter aus.
„Wie ist es mit der Zeitung des Barons ausgegangen?", fragt der Schmied leise.
„Gereinigt und gebügelt", sagt Dolf bekümmert. Zu allem Übel hat er auch noch Kopfschmerzen, denn bis auf sein Frühstück hat er heute noch nichts gegessen.
„Er ist zwar ein armer Trottel, aber einem einen Streich spielen kann er", sagt ein Mann an der Theke.
Als Dolf den Schmied verlässt, dämmert es schon.
Dennoch kehrt er in jedes Wirtshaus auf seinem Weg ein, um die Dinge richtig zu stellen.

Je näher Dolf dem Dorf kommt, desto mehr wird Ti zum Helden und umso größer wird Dolfs Selbstbewusstsein, das er dringend braucht, um am nächsten Morgen der Postdirektion unter die Augen zu treten.
Erst nach Mitternacht erreicht er schwankend sein eigenes Haus. Bieke steht mit großen Schreckaugen in der Tür.
Dolf blickt sie mit einem schiefen Grinsen an, hebt den Zeigefinger und sagt: „Sei still! In Kanada gibt es auch schöne Briefmarken!“
Torkelnd geht er hinein und schläft kurz darauf wie ein Klotz auf dem Wohnzimmersofa ein.

Alles geht vorbei.
Der dicke Schädel am Morgen danach.
Die Flecken auf dem Sofa.
Die Worte des Postdirektors über die Veruntreuung von Staatseigentum und eine mögliche Versetzung nach Brüssel, wo alles auf Französisch abläuft.
Ja, sogar Bieke macht nach einer Woche den Mund wieder auf.
Zorn und Angst werden zu einer Geschichte, die in die Reihe der anderen Dorfgeschichten aufgenommen wird. Das Dorf lacht, das Dorf zerreißt sich das Maul und der Schmied hat für Dolf ein Fahrradschloss angefertigt.
Mit einiger Verzögerung erreichen die Dorfgeschichten das Schloss vom Baron. Oder auch nicht.
Eines Tages hält ein vornehmes Auto vor Cordules Haustür und die Baronin steigt aus. Die Baronin ist wesentlich jünger als der Baron, und da sie aus Frankreich kommt und nicht aus Brüssel, hat sie sich sogar die Mühe gemacht, Flämisch zu lernen.

Als Cordule so plötzlich die Baronin vor sich sieht, fängt sie an, am ganzen Körper zu zittern. Ti ist nicht daheim. Ob er wieder etwas angestellt hat?
„Kann ich einen Augenblick hereinkommen?“, fragt die Baronin freundlich.
„N. . . natürlich“, sagt Cordule. „Sievuplee, Madam!“
Es ist brütend heiß in der Küche. Vielleicht lässt sich ein schattiges Fleckchen im Hof finden, überlegt Cordule.
Die Baronin und Cordule setzen sich auf die Bank.
Die Baronin sagt nette Dinge über das weiß getünchte Höfchen und die Sonnenblumen.
„Ist was mit Ti?“, fragt Cordule.
„Mit wem?
„Mit Ti, meinem Jungen?“
„Oh, nicht dass ich wüsste“, sagt die Baronin hastig. „Ist er denn nicht zu Hause?“
„Nein“, sagt Cordule. „Er kommt nur zum Essen und zum Schlafen nach Hause. Und auch das nicht immer.“
„Der *Moniteur* wurde heute bereits geliefert“, sagt die Baronin.
„Aber Madam, das ist nicht zum Lachen“, sagt Cordule tapfer. „Ich traue mich kaum noch auf die Straße.“
„Ach was“, sagt die Baronin. „Ist das nicht etwas . . .“ – sie sucht nach dem passenden Wort – „übertrieben?“
„Für Dolf, den Postboten, ist es auch schlimm“, sagt Cordule. „Vielleicht sogar noch schlimmer.“
„Das war gute Bügelarbeit“, sagt die Baronin.
Cordule sieht sie mit großen Augen an. „Woher weiß Madam das?“
Aber die Baronin schweigt und lässt mit einem sanften Lächeln den Blick über den Gemüsegarten wandern.
„Möchte Madam vielleicht ein Tässchen Kaffee?“

„Ich möchte nicht derangieren."
Cordule weiß zwar nicht, was das heißt, derangieren, trotzdem beeilt sie sich zu sagen: „Aber nein doch! Aber nein!"
Sie rennt ins Haus. Es ist Monate her, dass sie Kaffee ohne Zichorie aufgebrüht und das gute Geschirr mit den blauen Blümchen hervorgeholt hat.
Das Einzige, was sie sonst noch anzubieten hat, ist Honigkuchen, aber davon ist die Baronin geradezu entzückt.
„Das Leben mit solch einem Jungen ist bestimmt nicht einfach", sagt die Baronin nach einer Weile.
„Sie werden nicht alt", antwortet Cordule ausweichend.
„Für Jungen wie ihn gibt es doch, äh ... Heime."
Cordule beißt sich auf die Unterlippe. „In einem Irrenhaus stirbt er noch früher", sagt sie so gefasst wie möglich.
„Solch ein Heim meine ich aber nicht."
„Was meint Madam denn?"
„Es gibt auch Heime mit anderen Namen", sagt die Baronin etwas hilflos.
„Ti ist nicht verrückt", sagt Cordule. „Er ist anders. Er ist weniger als wir, und er ist mehr."
„Ja, ja", sagt die Baronin.
„In manchen Dingen ist er ziemlich langsam, doch in anderen ganz flink. In seinem Kopf ist viel Platz für Dinge, die in unseren Köpfen keinen Platz haben."
„Wie in einem Schrank", sagt die Baronin.
Das ist zwar etwas ungeschickt ausgedrückt, aber Cordule versteht sie sofort. „Ja, wie in einem Schrank", wiederholt sie.

„Sie sprechen sehr vernünftig über ihn“, sagt die Baronin.
„Ich habe ja Zeit genug gehabt, über ihn nachzugrübeln.“
„Nach-grübeln?“
„Ja“, sagt Cordule. „Ich weiß nicht, wie das heißt auf Französisch . . .“
„Angenommen . . .“, sagt die Baronin.
„Ich bete jeden Tag darum, dass er stirbt, bevor ich sterbe“, sagt Cordule. Sie hält den Kopf etwas schräg und lächelt. „Und darum, dass ich selbst sehr alt werde.“
„Ist er . . . ist er Ihr Sohn?“
„Nein“, sagte Cordule.
„Verzeihung!“
„Macht nichts, Madam“, sagt Cordule. Sie geht ins Haus und kommt mit der Kaffeekanne zurück. „Es ist eine lange Geschichte.“
Und da im Hinterhof erzählt Cordule der fremden Madam aus dem Schloss ihr größtes Geheimnis. Es gehört zwar auch zu den Dorfgeschichten, doch die wenigen, die es kennen, sprechen, wenn überhaupt, mit größter Scheu und tiefstem Mitleid darüber.
Nicht ein einziges Mal unterbricht die Baronin Cordule, und als sie ihre Geschichte zu Ende erzählt hat, bleibt es lange Zeit still.

Im Dorf gibt es drei Kinos.
Das *Rio*, das *Moderne* und das *Royal*.
In den Schaukästen vom *Royal* hängen lauter unanständige Bilder und man darf erst ab achtzehn rein. Manchmal steht am Eingang ein Polizist, der im Zweifelsfall den Personalausweis verlangt, um das Alter zu prüfen.

Ehrenwerte Bürger bleiben dem *Royal* fern. Der Pastor ist der Meinung, dass die meisten der dort gezeigten Filme einen verderblichen Einfluss ausüben und die Zuschauer auf lauter schlechte Gedanken bringen.
Das *Rio* und das *Moderne* bieten weit harmloseres Vergnügen. Dort dauert ein Kuss nie länger als ein halbe Minute und geküsst wird meistens erst am Schluss. Gleich darauf gehen dann die Lichter im Saal an, man schlüpft in seinen nassen Regenmantel und muss sich irgendeine Schnulze anhören.
Die Bilder des *Royal* hängen unter zugigen Arkaden, wo der Pastor, der Lehrer oder der Fabrikbesitzer einen sofort bemerken. (Der Pastor treibt es mit seiner Haushälterin, der Lehrer erzählt den Kollegen schmutzige Witze und der Fabrikbesitzer sucht sein Vergnügen in der Stadt. Doch das ist ein anderes Thema. Gemeint ist lediglich, dass sich das Leben im Dorf nach dem Pfarrblatt und der Filmzensur richtet.)
Das *Rio* und das *Moderne* haben keine Arkaden, sondern große Eingangshallen.
Manchmal sucht Ti dort Schutz vor dem Regen oder beobachtet zusammen mit den Arbeitslosen, was und wer alles vorbeikommt.
Arbeitslose sind fröstelnde Männer, die Mützen tragen und selbst gedrehte Zigaretten rauchen.
Im Laufe der Zeit haben sie sich eine solche Lebensweisheit erworben, dass sie nicht mehr in der Lage sind, irgendeine Arbeit zu verrichten. Alle haben sie daheim eine keifende Ehefrau, die mit Kochen, Waschen, Bügeln und Schrubben vollauf ausgelastet ist und keinen Topfgucker ertragen kann.
Also versammeln sie sich in den großen Vorhallen der

Kinos und fühlen, hinter sich die Träume aus Amerika und Frankreich, den Pulsschlag des Dorfes. Arbeitslose sehen alles, hören alles und wissen alles.
Ti fühlt sich wohl unter ihnen und lauscht den sparsamen Worten, die sie miteinander wechseln. Aber belegte Brote gibt es keine.
Kurz vor zwölf und kurz vor vier zieht einer nach dem anderen ab, um daheim zu essen.
Dann schlendert Ti durch die riesige Halle, sieht sich die Bilder und Plakate an und die Welt besteht nur noch aus Bösewichtern und bildhübschen Frauen.
Die Bösewichter raufen und haben Revolver, die Frauen gucken erschrocken aus ihren schönen Augen. Bösewichter tragen einen Federbusch, oder einen Straßenhut und einen Regenmantel, oder gar einen Cowboyhut oder einfach eine Ritterrüstung.
Sie schwenken dauernd ihre Äxte, Gewehre und Schwerter, diese Bösewichter. Und die Frauen sind nur schön und gucken erschrocken.
Die Kinovorhalle ist wie eine Kirche, ein bisschen jedenfalls.
Nur die Bilder sind anders.
Nachdem die Arbeitslosen nach Hause gegangen sind, ist es ganz still dort. Fast so still wie in der Kirche.
Aber am Wochenende ändert sich das schlagartig. Dann leuchtet über dem Eingang der Namen des Kinos auf, in großen grünen und roten Neonbuchstaben. In den Schaukästen mit den Bildern flackern kleine Lämpchen und die Halle füllt sich mit vielen feierlich guckenden Menschen.
In einer Ecke der Eingangshalle befindet sich der Kassenschalter, der einer mit rotem Plüsch verkleideten Schach-

tel ähnelt. Darin steht ein Hocker, auf dem ein vornehm angezogener Mann mit Goldzähnen sitzt. Er verkauft die Eintrittskarten.
Die billigste Kinokarte kostet so viel wie ein ganzer Berg Kaugummis.
Ti schlendert an den Bildern vorbei und sieht die Menschen, die sich eine Karte gekauft haben, einen nach dem anderen durch die Schwingtüren verschwinden.
Hinter diesen Türen steht ein Mann mit einer Mütze, der einen langen roten Mantel mit Kupferknöpfen und weiße Handschuhe trägt.
Er ist der Kartenabreißer, aber eigentlich sollte dafür eine vornehmere Berufsbezeichnung gefunden werden, denn er sieht sehr wichtig aus.
Der Mann hinter dem Schalter gähnt. Da es im Moment keine Kundschaft gibt, nimmt er die Zeitung und fängt an zu lesen. Währenddessen wirft er hin und wieder einen Blick auf Ti, der mutterseelenallein durch die Halle zockelt.
Plötzlich tickt der Mann mit seinem Ring an die Glasscheibe und winkt.
„Ti!", sagt Ti.
Der Mann schiebt eine blaue Karte durch den Schlitz und lächelt freundlich.
Der Kartenabreißer tippt an seine Mütze und die großen Schwingtüren öffnen sich mit einem leisen Seufzer. Dann befindet Ti sich im Saal.
Das Licht ist gedämpft, man hört leise Musik und vor einem erstreckt sich ein Meer aus Stühlen, die in Reihen zum Balkon hin aufsteigen. Ganz vorne im Saal hängt ein schwerer Vorhang im selben Rot wie die Stühle.
In einem Kino benehmen sich die Menschen ziemlich

merkwürdig. Alle wollen sie so weit wie möglich von der Leinwand entfernt sitzen, obwohl sich gerade dort alles abspielt.
Aber Ti ist schlauer. Er setzt sich ganz vorne in die erste Reihe und wartet.
Denn er weiß, dass es kommt.
Langsam gehen die Lichter im Saal aus. Geräuschlos öffnet sich der rote Vorhang. Die Musik verstummt, doch kurz darauf ertönt eine völlig andere Musik. Lauter. Beschwingter.
Eine aufgeregte Stimme beginnt zu sprechen. Zu Bildern, die in der Halle nicht zu sehen sind.
Ein dicker, böser Mann, der hinter einer Menge von Mikrofonen steht und wütend mit der Faust auf einen Tisch schlägt.
Ein Soldat mit einem Stab, der aus einem Flugzeug steigt und an einer Reihe von anderen Soldaten vorbeimarschiert.
Eine Dame in einem langen Kleid, die lachend in einen Brunnen springt. Samt Kleid!
Um sie herum stehen viele Männer, die nicht einmal den Versuch machen, sie zu retten. Sie klatschen sogar und lassen Lampen aufblitzen.
Die Stimme klingt jetzt noch aufgeregter – eine Stimme mit Spuckebläschen.
Ti reckt den Hals wie eine Giraffe und schlägt die langen Beine übereinander. Wenn man schwimmen geht, behält man nur die Unterhose an. Oder sogar nicht mal die.
Plötzlich dreht sich auf der Leinwand die Erdkugel. Die Saallichter leuchten zaghaft auf, der Vorhang geht zu. Durch eine kleine Tür kommt eine Frau, die ein weißes Schürzchen trägt und einen Korb in der Hand hält.

„Ti!“, sagt Ti. Und er reicht ihr mit ernstem Gesicht seine Karte.
Sie lacht und fragt: „Mit oder ohne Nüsse?“
Ti zeigt in den Korb und sie gibt ihm ein *Frisco*.
Ein *Frisco* ist ein Eis am Stiel. Das hält zwar nicht so lange wie ein Kaugummi, aber es schmeckt auch gut. Und an dem Stiel kann man eine Ewigkeit lutschen.
Als die Frau mit dem Korb die Runde gemacht hat, geht das Licht wieder aus. Jetzt werden endlich die Bilder aus der Halle gezeigt. Sie bewegen sich diesmal.
Diese Woche geht es um Cowboys und Indianer. Das gefällt Ti. Cowboys kauen Tabak und sprechen eine unverständliche Sprache, die auch in Buchstaben unten auf der Leinwand erscheint.
Indianer sagen nur „Ugh!“ und lachen nie.
Aber Indianer haben auch nichts zu lachen, denn sie sind alle tot, bevor das Licht angeht. Bis dahin dauert es zum Glück noch lange.
Zunächst gibt es eine Schlägerei in einem Saloon. Saloons haben niedrige Schwingtüren, durch die von Zeit zu Zeit einer der Cowboys hinauspurzelt. Ist der Film gut, landet er der Länge nach in einer Pferdetränke. Samt Kleidern. Cowboys raufen sich nämlich nicht in Unterhosen. Später fangen sie eine Schießerei an. Der weiße und der schwarze Cowboy. Der Schwarze ist ein Hinterhältiger, das sieht man seinen Zähnen an. Und in seinem linken Stiefel steckt ein zweiter, kleinerer Revolver. Aber die Revolver nützen ihm nichts – sterben muss er sowieso.
Der Weiße wird an der Schulter getroffen. Ein blondes Mädchen schneidet sein Hemd auf und wäscht das Blut weg. Der weiße Cowboy verzieht nur ein bisschen das Gesicht, mehr nicht, und bald lauscht er zusammen mit

dem Mädchen den Geigenklängen, die aus der Tapete kommen.
Dann erscheint die Postkutsche. Ti findet Postkutschen sehr schön. Sie haben eine gewisse Ähnlichkeit mit Straßenbahnen. Mit Postkutschen ist dauernd was los. Sie transportieren Gold, verlieren ein Rad, werden von unrasierten Kerlen mit Taschentüchern vor dem Mund angehalten oder von Indianern überfallen.
Der weiße Cowboy trägt einen Verband um die Schulter, aber zum Glück kann er auch mit links schießen.
Trotz allem wird das Mädchen an einen Marterpfahl gefesselt. Diesmal ertönen keine Geigenklänge, sondern Trommelschläge. Bumm, bumm, bumm! Das sieht gar nicht gut für sie aus. Ihr Haar hat sich gelöst und in ihrer Bluse geschehen Dinge, die die Filmzensur so gerade noch erlaubt. Die Indianer sagen nur „Ugh!“ und trinken Feuerwasser.
Tis Zehen verkrampfen sich in den Schuhen und er knabbert aufgeregt am Eisstiel herum.
Ein Mädchen im Saal kreischt und in der hintersten Balkonreihe befreit sich ein stämmiger Bauernbursche aus den Armen seiner Geliebten und ruft: „Ihr Schufte!“
„Psst! Psst“, klingt es von allen Seiten.
Zum Glück naht der weiße Cowboy. Mit einem Messer zwischen den Zähnen schleicht er sich durchs Gras an das Mädchen heran.
„Gib’s ihm“, schreit der Bauernjunge. „Los, Bill!“
Doch der weiße Cowboy sieht leichenblass aus und auf seiner Schulter klebt frisches Blut. Abgekämpft liegt er im Gras und betrachtet das Feuer der Indianer. Seine Zähne klappern vor Schmerz.
Ob er sterben wird?

Im nächsten Augenblick befestigt der weiße Cowboy eine Fackel an dem Schwanz eines Indianerpferdes. Das ist ein grausamer Anblick, doch blonde Mädchen an Marterpfählen gehen vor.
Ti wünschte, die Bilder würden noch viel länger dauern, aber als er sieht, dass der weiße Cowboy durch die brennende Indianersiedlung auf den Marterpfahl zustürmt, weiß er, dass es kommt.
Die Flucht. Indianer, die haufenweise umkippen. Der Kuss. Die anschwellende Musik. Lichter, die langsam angehen.
In der Halle steht der Kinobesitzer, der sich freundlich von allen verabschiedet.
Über das Dorf legt sich die Dunkelheit.
Hier wird auf niemanden geschossen. Geschweige denn, dass ein blondes Mädchen gerettet werden muss.
Und aus dem Saloon des Schmieds fliegt auch keiner raus.

Es ist ein ruhiger Vormittag, spät im Juni.
Die Bauern bestellen ihre Äcker.
Die Arbeiter sitzen an den Spinnmaschinen und Webstühlen in der Fabrik.
Und die Züge nach Antwerpen und Brüssel sind schon längst abgefahren.
Maurice sitzt im Schatten seines Häuschens und liest die Zeitung. Auf der Titelseite ist ein Bild von dem dicken Mann hinter den vielen Mikrofonen aus der Kinowochenschau. Die Dame im Springbrunnen ist jedoch nicht zu sehen. Maurice liest eben nur seriöse Zeitungen.
Ti sitzt im Schatten des Häuschens auf dem Boden und spitzt einen Stock. Er macht es mit größter Sorgfalt, denn

das ist keine einfache Arbeit. Vor allem nicht, wenn die Spitze gut werden soll.
Hin und wieder legt er eine Pause ein, um einen Blick auf Maurice zu werfen. Ob der noch keinen Hunger hat? Aber Maurice liest gerade äußerst aufmerksam den Sportteil und dann muss man ihn in Ruhe lassen.
Am Bahnübergang zockelt das halbe Dorf vorbei. Ganz gemächlich. Zieht man vom Dorf die Bauern, Arbeiter, Pendler und Schulkinder ab, bleibt nur noch eine große Ruhe übrig. Und ein Schwarm verspielter Spatzen im Sand.
Da kommt Dolf der Postbote. Für Menschen, die seine Bahnschranken passieren, hat Maurice einen sechsten Sinn. Über den Rand seiner Zeitung hinweg grüßt er alle.
„Ha, Dolf!“
„Tag, Maurice.“
Dolf wirft Ti einen griesgrämigen Blick zu und bleibt einen Moment zögernd stehen.
„Ein Bier, Dolf?“
Dolf lehnt sein Fahrrad an die Hauswand und setzt sich neben Maurice auf die Bank.
„Ti!“, sagt Ti.
Dolf grinst, nimmt sich das Käppi vom Kopf und pflanzt es auf Tis Locken, als wäre er eine Art Kleiderständer.
Maurice angelt seine Tasche unter der Bank hervor und kramt drei Flaschen Bier heraus. Sein Chef erlaubt das zwar nicht, aber Fluchen ist auch nicht erlaubt.
„Und, Dolf, was machen deine Kanada-Pläne?“
Dolf nimmt einen kräftigen Schluck aus der Flasche. „Kanada?“, sagt er mit unbewegtem Gesicht. „Dort taugen die Briefmarken nichts.“
„Briefmarken?“

„Weißt du, dass auf jeder kanadischen Briefmarke eine Engländerin abgebildet ist? Die Kwien!"
„Nein, das habe ich nicht gewusst", sagt Maurice. Er bekommt selten Post aus Kanada.
„Zwar in einer Ecke, in einem Medaillon, aber trotzdem", sagt Dolf. „Und in Australien ist es das Gleiche. Auf allen Briefmarken der gleiche Kopf."
„Tja", sagt Maurice.
„Dann ist mir ein *Boudewijn* doch lieber", sagt Dolf. „Der ist drauf oder der ist nicht drauf. Aber wenigstens nicht auf allen Briefmarken."
Eine Weile sitzen sie stumm da und lassen ihre Blicke über die glänzenden Schienen schweifen. Dolf seufzt selig. „Das Leben eines Bahnwärters ist gar nicht so übel, was?"
„Das denkst du", sagt Maurice mit schwacher Stimme.
„Alle Schaltjahre ein Zug", sagt Dolf. „Schranken zu, Schranken auf. Tschüss Zug. Tschukke-tschukk! Und den Rest des Tages Zeitung lesen, ein bisschen herumtelefonieren und die Geranien gießen . . ."
„Und was ist, wenn die Schranken mal nicht funktionieren?", fragt Maurice.
„Kommt das denn mal vor?"
„Es kann vorkommen."
„Tja, dann muss der Zug warten, oder?"
„Nein, mein bester Dolf! Züge warten nicht. Nie."
„Was passiert dann?"
„Dann nehme ich meine rote Fahne", sagt Maurice. „Und mein Horn. Ich schwenke die Fahne, puste in das Horn und alle müssen halten."
„So", sagt Dolf der Postbote und macht ein ziemlich dummes Gesicht.

„So eine Verantwortung haben Postboten ja nicht“, sagt Maurice. „Klapp-klapp. Briefe in die Schlitze schieben. Überall steht ein Bier bereit, die Frauen sind noch im Morgenmantel . . .“

Gerade in dem Moment, als Dolf etwas über Frauen in Morgenmänteln sagen will, bricht hinter dem Bahnhof ein höllischer Lärm aus. Wie von einer Blaskapelle.

Dolf, Maurice und Ti federn gleichzeitig hoch.

„Sieh mal einer an“, sagt Maurice, der der Größte ist, „dort kommt ein Elefant.“

„Ein Elefant?“ Dolf blickt Maurice an, als wäre dieser völlig übergeschnappt. Von einem einzigen Bier sieht man doch wohl keine Elefanten?

„So wahr ich hier stehe.“

Und tatsächlich, auf der Stationsstraat kommt plötzlich ein Elefant dahergeschaukelt.

Auf seinem Rücken trägt er einen Kasten, in dem ein rotnasiger Clown mit einer groß karierten Jacke sitzt. Vor dem Elefanten gehen fünf Männer in roten Uniformen, mit Musikinstrumenten.

Der Elefant bleibt genau vor dem Bahnübergang stehen und blickt gutmütig aus seinen kleinen Augen um sich. Der Clown setzt ein Megaphon an die Lippen und die Musikanten hören auf zu spielen.

„In diesem schönen Dorf schlägt morgen der internationale Zirkus Rialto seine Zelte auf!“, schallt die Stimme des Clowns. „Mit Attraktionen aus allen Ländern! Mit Pantern und Tigern, Löwen und Schlangen. Mit Señor Caballero, dem südamerikanischen Messerwerfer, und Miss Mercedes, der lebenden Kanonenkugel. Mit *Les Saltimbanques*, den Seiltänzern ohne Netz. Und noch vielem, vielem mehr!“

Die Musikanten fangen wieder an zu spielen.
Mitten auf dem Bahnübergang hinterlässt der Elefant einen dampfenden Haufen.
„Verflucht und zugenäht!", ruft Maurice wütend.
„Elefantenscheiße! Gut für deine Geranien!" Dolf lacht.
Und Ti?
Der schnappt sich seinen Stock und rennt mit Dolfs Käppi auf dem Kopf aufgeregt hinter den Elefanten her.
„Halt, mein Käppi!", ruft Dolf.
Maurice nimmt einen Eimer und eine Schaufel. „Wenigstens hast du dein Rad noch, Postbote. Wenigstens hast du dein Rad noch!"
Aber da ist Dolf schon verschwunden.

Vor Zirkusleuten muss man sich in Acht nehmen.
Sie sprechen holprig, schlafen zwischen Affen und Bären und wickeln sich eine Schlange um den Hals wie normale Menschen einen Schal.
Sie sind noch schlimmer als Scherenschleifer und umherziehende Kesselflicker. Es wäre nicht das erste Mal, dass sie Kinder klauen, um diese zu Schlangenmenschen oder Trapezkünstlern auszubilden.
In allen Klassen wird ein Brief vom Rektor vorgelesen, in dem steht, dass niemand zum Sandberg darf, solange der Zirkus dort gastiert.
Also geht um vier Uhr keiner von uns nach Hause und alle rennen schnurstracks zum Sandberg.
Zu diesem Zeitpunkt ist Ti längst dort, seit den frühen Morgenstunden schon.
Der Sandberg ist seit Jahren schon kein Berg mehr, sondern ein großer Platz. Früher stand dort eine Windmühle,

aber es ist lange her, dass man auf Wind warten musste, um mahlen zu können.
Zunächst steht nur ein Wohnwagen dort. Und davor der Elefant.
Um einen der Vorderfüße trägt er einen Stahlring, der mit einer Kette an einem Pfosten befestigt ist.
Auf der kleinen Wohnwagentreppe sitzt der Clown. Ohne Jacke und rote Nase sieht er fast wie ein normaler Mensch aus. Ein älterer Mann in Pantoffeln, der eine Zigarette raucht.
Die Musikanten sind nicht da – vielleicht schlafen sie noch.
Ti bleibt am Rand des Platzes stehen. Zum ersten Mal in seinem Leben sieht er einen richtigen Elefanten. Mannomann, wie der scheißen kann, und alles kommt unter seinem lächerlich kurzen Schwanz hervor.
Kurz nach zehn nähert sich von der Stadt her eine lange Karawane. Wohnwagen, Wagen mit Käfigen und Masten und Zeltplanen.
Vorneweg fährt ein großer amerikanischer Schlitten, aus dem ein Mann mit einem vornehmen hoch gezwirbelten Schnurrbart steigt.
Er begrüßt den Clown mit Handschlag und lässt den Blick über den Platz wandern, der sich im Nu in einen summenden Bienenkorb verwandelt hat. Es herrscht ein ziemliches Gewühl, doch niemand scheint etwas Überflüssiges zu tun.
Die Wagen werden in ordentliche Reihen gestellt. Ein Löwe brüllt, Pferde wiehern, eine Frau mit einem bunten Kopftuch schüttet Wasser aus einem Bottich, während schnelle Männer in schnellen Schuhen Zeltplanen und Masten abladen.

Ti tritt etwas näher. „Ti!“, sagt er freundlich zum Clown.
Dann spaziert er in aller Ruhe an den vielen Wagen vorbei.
Er steht lange vor zwei Kamelen, die genauso kauen wie Kühe und dabei sabbern, als wenn sie keine Zähne mehr hätten.
In einem der Käfige geht ein Affe mit feuerrotem nacktem Hintern auf und ab. Und im Käfig daneben liegt ein schlafender Löwe.
Eine Frau mit langem pechschwarzem Haar beugt sich über einen riesigen Holzzuber. In ihrem Mund hat sie eine Zigarettenspitze und sie trägt eine lange Hose wie ein Mann.
Ti schaut interessiert zu, wie sie mit dem Waschbrett zugange ist.
Als sie ihn entdeckt, blinzelt sie ihm zu. Sie hat leuchtend blaue Augenlider und große Ohrringe. Ti findet sie schön und macht, dass er wegkommt.
Auf der anderen Seite des Platzes unterhält sich der Schnurrbartmann mit dem Champetter. Der Elefant schleppt den großen Mast, und der Clown dirigiert ihn.
Wie es dazu kommt, versteht niemand, aber plötzlich ist Ti einer von ihnen. Er hilft beim Einrammen der Absteckpfähle, schleppt Planen und entwirrt Seile. Am schönsten ist es, als sie den großen Mast aufrichten. Da hilft jeder, sogar der Mann mit dem Schnurrbart.
Als wir aus der Schule kommen, ist das Zelt fertig aufgebaut.
Ich entdecke Ti sofort. Eine Zigarette zwischen den Lippen stapft er mit einer Seelenruhe herum, als gehöre er bereits jahrelang zum Zirkus. Ob sie ihn geklaut haben?

Viel Zeit darüber nachzudenken bleibt uns nicht, denn der Champetter schickt uns nach Hause.
Ti stellt es aber geschickter an. Als abends die Lichter brennen, sitzen alle am Feuer um einen riesigen Kessel mit Hammelfleisch und Bohnen.
Ti sitzt neben der Frau mit der Zigarettenspitze und isst, was das Zeug hält.

Eines Nachmittags geht unsere Klasse in die Zirkusvorstellung. Alle Lehrer, der Rektor inbegriffen, kommen mit, um aufzupassen, dass keiner von uns geklaut wird.
Am Eingang steht der Schnurrbartmann in schwarzem Frack und Zylinderhut. Er reicht, wie es sich unter Direktoren gehört, unserem Rektor feierlich die Hand.
Dann dürfen wir das Zelt betreten, das bereits gerammelt voll von Kindern ist.
In der Orchesterloge, oberhalb eines Samtvorhangs, sitzen die Musikanten.
Wir schütten uns aus vor Lachen wegen der Clowns.
Wir halten die Luft an bei den Trapezkünstlern.
Wir stopfen uns die Ohren zu, als die Dame mit dem schwarzen Haar aus der Kanone in die Zeltspitze geschossen wird.
Und wir staunen, dass ein so dicker Elefant auf einem so kleinen Hocker sitzen kann und der Löwe dem Dompteur den Kopf nicht abbeißt.
Aber die größte Überraschung ist die Pferdedressur. Nicht die Pferde selbst, die schön und weiß sind und Federn auf den Köpfen tragen. Nicht der Direktor, der die Peitsche knallen lässt. Nicht der Clown, der vergebens versucht, in den Sattel zu gelangen. Sondern das, was danach kommt.

Nachdem die Pferde eines nach dem anderen hinter dem roten Vorhang verschwunden sind und der Direktor mit einer tiefen Verbeugung den Beifall in Empfang nimmt, kommt plötzlich ein schlaksiger Junge mit Besen und Eimer in die Manege gerannt, um die Pferdeäpfel wegzuräumen.
Er trägt eine feuerrote Jacke mit Kupferknöpfen und ein rotes Käppi, auf dem in goldenen Buchstaben Rialto steht.
Das Orchester spielt einen fröhlichen Marsch und genau im Takt verschwinden die Pferdeäpfel in den Eimer.
Erst als der Junge schwungvoll sein Käppi lüftet, sehen wir, dass es Ti ist.

Am letzten Junitag ist Preisverleihung.
Die Lehrer sind müde, der Rektor ist müde, die Schüler sind müde.
Aber morgen fangen die Ferien an. Zwei ganze Monate.
Je mehr Mühe man sich gegeben hat, umso größer ist der Preis, den man bekommt. Bücher. Der Klassenletzte geht mit einem einzigen Exemplar nach Hause, der Klassenbeste mit einem Stapel, den er kaum tragen kann.
Nur Puit hat ein Buch mehr als ich. Aber er trägt eine Brille und darf nie draußen spielen. Später wird er Erfinder, sagt er, um der Menschheit zu helfen. Mit der Brille auf der Nase.
Ein seltsamer Brauch will, dass man während der ersten Ferientage mit seinen Preisbüchern das halbe Dorf abklappert, um sie von Großeltern, Onkeln und Tanten bewundern zu lassen. Allerdings handelt man sich so ein schönes Taschengeld ein. Nur Onkel Albert rückt nichts

heraus und sagt mir jedes Jahr nur, dass ich Anwalt werden soll. Immerhin etwas.
Einmal kehre ich mit meiner Tasche voll Büchern von Mitjemie zurück. Sie hat nicht gesagt, dass ich Anwalt werden soll, und mir stattdessen zwanzig Franken gegeben. Weil der Stapel so hoch war.
Im Dorf begegne ich Ti.
„He, Ti“, sage ich. „Ich dachte, du bist mit dem Zirkus auf und davon.“
Ti trägt wieder seine alte Jacke mit den viel zu kurzen Ärmeln.
„Ti!“, sagt er und deutet auf meine Tasche.
„Da ist nichts zu essen drin, Ti“, sage ich. „Nur Bücher.“
Er fasst mich am Arm. Seine Finger umklammern ihn wie Daumenschrauben. Wir gehen zu der Bank am Springbrunnen und ich zeige ihm meine Bücher.
Ti weiß schon, wie man ein Buch aufschlägt, aber es sind alles Bücher mit Buchstaben. Bis auf eins. *Die Geschichte Belgiens*. Darin sind auch Bilder.
Ti betrachtet aufmerksam Julius Caesar, Ambiorix und Karl den Großen, Jan Breydel und Philipp den Guten. Er nimmt sich viel Zeit. Manchmal blättert er rasch zurück zu einem Bild, das er sich vorhin schon lange angeschaut hat. Ich würde gern wissen, was er denkt. Ganz kurz nur.
Endlich klappt er das Buch zu und gibt es mir.
Schweigend bleiben wir noch eine Weile auf der Bank am Springbrunnen sitzen.
Dann, als fiele ihm mit einem Mal etwas ein, tastet Ti in seiner Innentasche herum und holt vorsichtig eine Postkarte heraus. Es ist ein Foto der schwarzhaarigen Kanonendame. Er hält es behutsam fest, als wäre es aus Porzel-

lan, und als ich das Foto nehmen will, wehrt er mich heftig ab. Ich darf nur schauen.
Die Frau guckt mich mit durchdringenden dunklen Augen an. Sie trägt ihre großen Ohrringe. Darunter steht mit Kugelschreiber geschrieben: Pour Ti. Mercedes.
Mercedes! Eine Frau, mit der man ein Bonbon einwickeln könnte, wenn die Postkarte nicht so steif wäre.

Die große Ferien liegen wie eine Insel im Schuljahr. Eine Insel, von der man Jahre später nur noch weiß, wie heiß es war, dass jeden Tag die Sonne schien und dass man sich die nackten Füße im Sand oder auf den Gehwegplatten verbrannte.
Obwohl es manchmal auch geregnet hat. Logisch. Eine ganze Woche.
Ich sitze am Fenster zur Straßenseite und lese noch einmal meine Preisbücher. Draußen fährt eine nasse Straßenbahn vorbei. Die Menschen sehen trübsinnig aus, und die Bauern klagen. Aber Bauern klagen immer.
Für Kinder, die so wie wir in einem kleinen Haus wohnen, sind die Ferien dazu da, nicht zur Schule zu müssen. Für die, die in größeren Häusern wohnen, bedeuten sie außerdem, dass sie mal weg kommen aus dem Dorf. Sie fahren ans Meer und in die Ardennen oder nach Tirol.
Das Meer soll eine riesige Wassermasse sein, so weit man gucken kann. In den Ardennen leben Wildschweine und Nattern und die Landschaft dort ist überhaupt nicht flach. Und in Tirol tragen alle Menschen kurze Lederhosen und jodeln, dass es von den Bergwänden zurückhallt.
Unser Lehrer hat einen Viewmaster mit Bildern von Tirol und den Niagarafällen. Fast wie echt, als stünde man mitten in der Landschaft.

Der Baron fährt nicht nach Tirol und auch nicht zu den Niagarafällen, sondern an die Côte d'Azur. Dort ist der Himmel immer blau, an den Bäumen wachsen Orangen und Zitronen und abends tragen alle einen weißen Smoking und spielen Karten.
Der Baron besitzt dort eine weiße Villa, hoch oben auf einer Felsenklippe über dem Meer.
Die Baronin trägt einen kleinen Sonnenschirm und ein Kleid aus Mousseline, das sie hochraffen muss, wenn sie durchs Wasser watet.
Aber was der Baron wohl trägt? Am Strand der Côte d'Azur kann man sich nicht in einem dreiteiligen Anzug mit Uhrkette zeigen. Das geht wirklich nicht. Vielleicht zieht er einen gestreiften Badeanzug an, mit Hosenbeinen, die fast bis zum Knie reichen. Den Hut behält er natürlich auf, sei es auch nur, um ihn dann und wann gegenüber einem anderen Baron zu lüften, der noch lächerlicher aussieht als er selbst.
Was sich in Tirol und an der Côte d'Azur abspielt, erfährt man nicht durch einen Viewmaster, sondern vom Postboten. Der trägt nämlich die Ansichtskarten aus.
Dolf sitzt mit nassen Hosenbeinen in unserer Küche. Vor ihm steht eine Tasse Suppe.
Schließlich braucht sein Magen eine ordentliche Grundlage für die Zahlungsanweisungen, die er noch durchzustehen hat.
„Ein mächtig gutes Süppchen, Louisa", sagt er zufrieden. „Mächtig gut. An meinen Hosenbeinen legen sich die Bügelfalten wieder von selbst zurecht."
Meine Mutter lacht. „Noch einen Löffel, Dolf?"
„Falls ich dir keine Ungelegenheiten bereite, Louisa!" Er knöpft seine Jacke auf. „Weißt du, was ich mal gehört ha-

be? Wenn es nie eine gute Suppe gibt, muss eine Ehe früher oder später schief laufen."
„Ach was", sagt Mutter.
„Bieke kann keine Suppe kochen", sagt Dolf. „Weißt du, dass manche heutzutage Bouillon sogar schon aus einem Würfel machen? Pfui! Bouillon macht man aus einem Stück magerem Suppenfleisch. Oder aus einer Beinscheibe. Aber Bieke . . ."
„Hast du noch was aus dem Urlaub, Dolf?", fragt Mutter. Ihre Stimme klingt ein wenig schrill.
Obwohl es eigentlich nicht erlaubt ist, breitet Dolf alle Ansichtskarten seiner Runde auf unserem Küchentisch aus.
Er hebt sie extra für Mutter gesondert in seiner Tasche auf – Urlaubsgrüße dürfen ruhig einen Tag später ankommen.
Dolf und meine Mutter vergucken sich in verschneite Berggipfel, den Eiffelturm, den Rhein, einen kleinen Esel aus der Camargue, einen alten Fischer auf einem Strand in Sardinien, den Petersdom in Rom. Und sie sind sich einig, dass die Welt groß ist und es nur hier bei uns regnet. Nur unsere Briefmarken sind schöner. Bis auf die vom Vatikanstaat. Die sind auch wunderschön.
„Rom!", sagt meine Mutter verträumt.
„Da kommen wir auch noch hin, Louisa!", sagt Dolf. „Warte noch zehn Jahre, dann geht jeder, wohin er will."
„Und wer soll das möglich machen?"
„Die Sozialisten", sagt Dolf der Postbote, im Brustton der Überzeugung. „Merk dir, was ich gesagt habe."
„Mit diesen Leuten habe ich nichts am Hut", sagt Mutter.

„Weil du eben nur die falschen Sozialisten kennst", sagt Dolf. „Deshalb. Da gibt es aber auch Männer mit gesundem Menschenverstand, nicht nur Herren in Anzug und Krawatte."
„Jaja", sagt meine Mutter.
„Alle Leute werden herumkommen", sagt Dolf. „Jeder kriegt ein Auto. Und bei der Bahn wird die dritte Klasse abgeschafft."
„Wieso?"
„Weil das Viehwagen sind, deshalb", sagt Dolf der Postbote. „Und weil das Meer und die Sonne uns allen gehören, ohne dass man dafür sparen muss, deshalb!"
„Bist du ein Sozialist, Dolf?"
„Ich bin Postbote", sagt Dolf der Postbote. „Aber wenn ich abends meine Mütze runternehme, darf ich denken, was ich will."
„Nein, jetzt mal ernst."
Dolf stößt ein tiefen Seufzer aus. „Mein Vater war ein Blauer", sagt er dann. „Mein Großvater war auch ein Blauer. Alles Liberale. Und warum? Weil der Arzt einer war. Deshalb. Die meisten Menschen wählen eben die Farbe von jemandem, zu dem sie aufschauen oder der etwas für sie tun kann." Er deutet auf das Kreuz auf dem Kaminsims. „Unser Herrgott hat uns den Sonntag geschenkt und die Sozialisten möchten uns den Samstag schenken. Also, wenn ich samstags nicht mehr arbeiten muss, hänge ich bei mir zu Hause auf der Stelle das Porträt von Spaak neben unseren Herrgott. Auf der Stelle."
„Aber Dolf!"
„Na ja, vielleicht nicht auf gleicher Höhe", sagt Dolf der Postbote. „Aber trotzdem."

Er packt die Urlaubskarten zusammen, steht auf und schlägt seinen Umhang um.
„Morgen gibt es wieder was aus dem Urlaub“, sagt er.
Draußen regnet es immer noch.

Für Vater bedeutet Urlaub, dass er zwei Wochen nicht zur Arbeit muss.
Was nicht heißt, dass er nicht arbeitet.
Morgens steht er etwas später auf, liest in aller Ruhe die Zeitung und macht sich dann pfeifend auf, um das Schlafzimmer zu tapezieren, die Treppe zu streichen oder den Hinterhof zu weißeln. Und alles, was seit Monaten eine Schraube braucht, bekommt endlich eine Schraube.
Abends arbeitet er an der Kutsche.
Einem Blumenkübel aus Sperrholz, der von sechs Pferden gezogen wird. Die Wände der Kutsche werden auch mit Blumen geschmückt. Rosen, Fresien, Lilien und Tulpen, Margeriten und Stiefmütterchen. Ganz langsam schlüpfen sie unter der Laubsäge meines Vaters hervor.
Für meine Mutter bedeutet Urlaub ein Tag Antwerpen.
Das macht sie jeden Sommer. Das ganze Jahr über spart sie dafür, wie ein nickendes Negerlein für die Mission. Sie quengelt meinem Vater die Ohren voll, dass er mitkommen soll, doch er hält nichts von Schaufenstern, in denen Dinge gezeigt werden, die man sowieso nicht bezahlen kann. Und ohne uns kommt er besser voran.
Zu einer unmenschlichen Zeit stehen Mutter und ich auf und steigen am *Haus auf halbem Wege* in die Straßenbahn. Gemächlich folgt diese sämtlichen Scheldekrümmungen und hält unzählige Male. Das ist aber nicht weiter schlimm, denn an jeder Haltestelle steigen Menschen ein, die alle eine eigene Geschichte mitbringen.

Punkt acht stehen wir in Sint Anneke. Auf der anderen Seite des Flusses liegt die Stadt in einem merkwürdig goldenen Licht, wie ein Versprechen, aber vielleicht gilt dieses Versprechen nicht uns.
Wir gehen durch die Fußgängerunterführung und lassen uns vom bunten rauschenden Leben treiben. Wir machen uns gegenseitig auf die Wunder und die Menschen der Stadt aufmerksam. Nichts sieht hier schäbig aus, alles ist elegant. Sogar die Verkäuferinnen wirken wie Komtessen, die für kurze Zeit ihren Landsitz verlassen haben, um diesem Wunder Glanz zu verleihen.
Mittags essen wir unsere belegten Brote auf einer Bank im Park und danach spendiert meine Mutter uns ein Eis auf einer Terrasse. Sogar das Eis hier ist formvollendet wie die Arbeit eines Architekten.
Wir schreiben Vater eine Karte und mitten auf dem Groenplaats, zwischen Tausenden von Tauben, gebe ich meiner Mutter plötzlich einen Kuss. Einfach so.

Bücher sind irgendwann aus.
Einige kann man zwei- oder dreimal lesen und dann entdeckt man immer wieder Neues. Aber das passiert selten. In den meisten Fällen ist aus aus.
Aber *Die Geschichte Belgiens* muss ich immer wieder lesen. Oder besser gesagt: Ich lese nicht, ich schmökere. Ich schmökere in der Vergangenheit.
Vor mir haben Menschen gelebt, die alle zusammen diese Welt zu dem gemacht haben, was sie jetzt ist. Ich selbst stehe auf einem Grund, den ich Schicht um Schicht abtragen kann. Wie eine Zwiebel, von der man Schale um Schale abzieht. Ich bin der äußerste Jahresring eines Baumes.

Was muss ein Mensch tun, damit er nicht in Vergessenheit gerät? Damit sein Name erhalten bleibt und später auch in einem Geschichtsbuch erwähnt wird? Das erreicht man nur durch außergewöhnlichen Mut und unbeschreibliches Heldentum, mit Geduld und Glaubensstärke, Schönheit oder Gehässigkeit. Nur die Tapferen und die Verbrecher bleiben einem im Gedächtnis. Sie werden weitergetragen von der grauen namenlosen Masse, die bestenfalls Stamm oder Volk oder Schicht genannt wird.

Wie wird man zum Unterrichtsstoff für Schuljungen? Indem man sich in Reims taufen lässt, das Lamm Gottes malt, Jakob von Artevelde ermordet, Amerika entdeckt, eine Druckerei am Vrijdagsmarkt gründet, sich auf die Suche nach Livingstone macht, das Bakelit erfindet, sechs Millionen Juden umbringt.

Zeit und Erde haben die Vergangenheit zugeschüttet. Was uns bleibt sind einige Schriftstücke und Bücher, Schlösser und Kathedralen, Münzen, Gemälde, Tonscherben und Schmuckstücke.

Manchmal hört man, dass ein einfacher Landwirt beim Umpflügen plötzlich auf die Vergangenheit stößt und einen Krug mit Goldstücken an die Oberfläche holt. Wenn er den Mund hält, ist er reich und braucht nie mehr Buchweizenbrei zu essen.

Möchte er jedoch beweisen, was für ein toller Kerl er ist, erscheint er in der Zeitung und bekommt Besuch von einigen Herren aus Brüssel. Die lassen seinen ganzen Acker umgraben, denn *ein* Krug ist kein Krug, sie haben ja sowieso keinen blassen Schimmer, dass es sich um einen hervorragenden Frittenkartoffelboden handelt.

Egal wie nackt Jan van Eyck Eva gemalt hat, wie unerschrocken Gottfried von Bouillon Jerusalems Mauern stürmt, wie tapfer Gabrielle Petit mich auch ohne Augenbinde anguckt, immer wieder blättere ich zum Drachen zurück. Das Drachenschiff der Wikinger.

Das hat einen Grund.

Vor Jahren hat irgendein Spaziergänger die Galionsfigur eines Drachenschiffs gefunden, einfach so, am Fluss. Sein Name wird zwar nicht in Geschichtsbüchern erwähnt, aber aller Anfang ist schwer.

Wo genau hat diese Galionsfigur mehr als tausend Jahre gelegen? Kein Mensch weiß das. Wasser und Erde, sie nehmen und geben. Es geht nur darum, just in dem Moment vorbeizukommen, wenn sie am Geben sind. Und wenn man nicht so lange warten kann, muss man graben. Graben!

Eines Tages gehe ich zum Fluss, obwohl das streng verboten ist. Ich klettere den Deich hoch und setze mich ins Gras.

Vor tausend und noch mehr Jahren kamen sie mit ihren flachen Schiffen daher. Bärtige wüste Männer mit grässlichen Helmen. Die Schädel ihrer Feinde benutzten sie als Trinkschalen und mit Feuer und Schwert belagerten sie das Hinterland.

Ich versuche mir vorzustellen, wie sie unten am Deich ein Feuer machten und darüber ein Kalb oder Schwein brieten. Wie sie nach und nach betrunken wurden, während der Abend sich senkte. Wie ihre rotblonden Bärte in der rötlichen Feuerglut aufleuchteten.

Manchmal starben sie auch, die Wikinger. Es war eben ein Beruf mit Risiken. Aber sie fürchteten sich nicht vor dem Tod. Im Gegenteil. Wer ein mutiger Wikinger gewe-

sen war, kam in eine Art Himmel, wo reichlich Honigwein floss und schöne Mädchen einem den Bart kämmten, wo man nach Herzenslust reiche Abteien stürmen konnte, tagtäglich, unter dem wohlwollenden Lächeln der Götter.
Starb ein wichtiger Wikinger, wurde er in kompletter Rüstung an Bord eines Drachenschiffs aufgebahrt. Dann wurde das Schiff angezündet und in den Fluss gestoßen, der träge Richtung Antwerpen floss. Aber Antwerpen hieß damals noch nicht Antwerpen.
Und deshalb findet man hier Galionsfiguren. Während der Chef loderte wie ein alter Mantel und sein Geist ins Walhalla hinaufstieg, sanken die Überbleibsel des Drachenschiffs in die Arme des Flusses.
Ein Drache ist *kein* Drache.
Mit einer Brille kann man vielleicht schöne Dinge zum Nutzen der Menschheit erfinden, aber mit Graben kann man auch berühmt werden.
Und zwar an der frischen Luft.
Ich brauche dringend einen Spaten.

Vater gräbt schon sein ganzes Leben lang.
Aber einen Krug mit Goldstücken hat er noch nie gefunden.
Das kommt natürlich daher, dass Vater an der falschen Stelle gräbt.
Er gräbt dort, wo schon seit Generationen Radieschen, Sellerie und Lauch wachsen und Kartoffeln gedeihen – riesige Dinger.
Lässt sein Spaten mal ein helles Scheppern erklingen, stößt er nicht auf einen Krug oder eine eisenbeschlagene Truhe, sondern auf einen Stein oder eine verrostete Sardi-

nenbüchse. „Die Erde arbeitet“, pflegt Vater dann zu sagen. Aber trotzdem wundert er sich jedes Jahr wieder über den Schrott, den er an die Oberfläche schaufelt. Einmal ist er sogar auf ein komplettes Vorderrad gestoßen, das irgendwann von jemandem aus was für einem Grund auch immer in unserem Garten verbuddelt wurde.
Die Gartengeräte meines Vaters befinden sich im Gartenhäuschen. Spaten, Gabel und Hacke blinken einem entgegen. Nur was benutzt wird, glänzt. An der hinteren Wand, an den Schubkarren gelehnt, steht ein alter verrosteter Spaten. Er sieht zwar noch funktionsfähig aus, doch mein Vater wird ihn nicht gleich vermissen.
Eine ganze Weile bin ich mit dem Säubern des alten Spatens beschäftigt und bearbeite ihn sorgfältig mit Schmirgelpapier. So richtig glänzen will er zwar nicht, aber das kommt ganz von selbst beim Graben.
Am schwierigsten ist es, den Spaten ungesehen zum Fluss zu transportieren. Das nehme ich mir an einem regnerischen Mittag vor, während alle beim Essen sind. Mein Herz klopft bis zum Hals, als ich mich gebückt durch den Garten davonstehle. Meiner Mutter habe ich gesagt, dass ich zum Essen bei Etienne bleibe.
Ich gelange auf die Straße, ohne von jemandem zurückgerufen zu werden, und gehe unbehelligt am Haus des Schmieds und dem Lädchen von Mon und Rachel vorbei. Häuser haben scharfe Augen, die sich zwischen den Schulterblättern festheften.
Am Bahnübergang sitzt Maurice auf einem Stuhl in der Türöffnung seines Häuschens und starrt in den Regen. Er raucht eine große schwarze Pfeife.
„So, du willst graben?“, fragt Maurice. Er scheint diese Vorstellung auf irgendeine Art witzig zu finden.

Ich werde krebsrot. „Nein, nicht ich“, stammle ich. „Mein . . . mein Großvater.“
„Hab ich’s mir doch gedacht“, sagt Maurice. „Bis du mit so einem Spaten graben kannst, musst du noch einige Brote essen.“
„Nächstes Jahr werde ich elf“, sage ich eingeschnappt.
„Elf!“, sagt Maurice und in seiner Stimme schwingt leichtes Entsetzen mit. „Wo bleibt die Zeit! Ich sehe dich noch im Kinderwagen liegen. Willst du nicht einen Moment reinkommen? Du wirst tropfnass.“
„Nein, Maurice“, sage ich. „Ich . . . Großvater braucht den Spaten dringend.“
Ich spüre, wie er mir hinterherschaut, als ich in Richtung Bahnhof gehe. Nachdem ich endlich den Sandberg hinter mir habe, verläuft alles ohne Probleme, denn da habe ich dann auch schon das Dorf hinter mich gebracht.
Auf der ganzen Strecke bis zum Fluss begegne ich nur einem alten Bauern mit einer Kuh. Spöttisch sagt er: „He, Spaten, wohin gehst du mit dem Kerlchen?“ Als er lacht, sehe ich in seinem Mund lauter kaputte braune Zahnstummel. Aber ich tue, als wäre er Luft.
Erst im Schutz des Deichs atme ich erleichtert auf. Der Fluss fließt träge und grau an mir vorbei. Welche Geheimnisse bergen Wasser und Erde wohl, die die Menschen schon längst vergessen haben?
Ich blicke zur Flussbiegung, durch die vorsichtig einige Kähne gleiten, als hätten sie Angst, am Ufer aufzulaufen. An dieser Stelle könnte es geschehen sein. Hier könnte das brennende steuerlose Drachenschiff unterhalb des Deichs gestrandet sein, außer Sichtweite der Wikinger. Ja, so war es, denn wie sonst hätte die Galionsfigur hierher geraten können?

Nur, wie alt ist die Biegung? Flüsse sind launisch. Hin und wieder verlegen sie ihren Lauf und bilden neue Krümmungen. Und wie alt ist wohl der Deich, der die Krümmungen bändigt? Solche Dinge lernt man nicht in der Schule. Man findet sie auch nicht in Büchern – zumindest nicht in den Büchern, die ich kenne.
Ich seufze. Es ist ja auch keine Kleinigkeit, einen Drachenkopf auszugraben. Wäre es einfach, wäre jeder berühmt.
Ich krieche unter den jungen Weiden hindurch, die am Fuß des Deichs wachsen. Nasse Zweige schlagen mir ins Gesicht, aber schließlich finde ich ein gutes Versteck für meinen Spaten. Eins, wo niemand ihn suchen wird.
Oben auf dem Deich bleibe ich dann noch lange sitzen. Man kann nicht vorsichtig genug sein. Ich habe oft gehört, dass die Konkurrenz nicht weit ist, wenn jemand es auf einen Schatz abgesehen hat. Zwielichtige Elemente, die nicht immer die besten Absichten haben.
Doch jetzt erstreckt sich vor mir nur die stille, trübe Landschaft, in der sich lediglich der Regen rührt.
Ich stehe auf und kehre über einen anderen Weg zum Dorf zurück. Das muss so sein, steht in den Büchern. Eine falsche Fährte legen heißt das. Nur der große Winnetou könnte aus den paar abgebrochenen Weidenästen folgern, was ich im Schilde führe. Aber Winnetou ist sowieso auf meiner Seite, paw . . .!
Der Regen schlägt übermütig Blasen in die Pfützen. Kalt ist es nicht.
Nach einer Weile fange ich an zu pfeifen, die Hände in den Taschen. Das macht man eben so bei einem Regen wie diesem.
Als ich die ersten Häuser des Dorfes erreiche, ist es noch

ziemlich früh. Und weil ich meine Mutter kenne, gehe ich gleich weiter zu Etienne.
Etienne sitzt in der Küche und liest einen *Suske en Wiske*-Comic. Verwundert blickt er auf. Ich spiele oft bei Etienne. Hinter dem Haus hat sein Vater eine große Zimmerei und für Jungen, die nächstes Jahr elf werden, ist das ein traumhaftes Terrain.
„Aber Junge, wie siehst du denn aus!“, ruft Etiennes Mutter. „Du bist ja völlig durchnässt.“
„Ach, das trocknet schon wieder.“
Aber damit gibt sich Etiennes Mutter nicht zufrieden. Zehn Minuten später hängen meine Kleider über den Türchen vom Küchenherd und ich trage eine Hose und einen Pulli von Etienne. Wie alle Mütter befürchtet auch Etiennes Mutter, dass man sich beim erstbesten Windstoß eine Lungenentzündung holt.
Nachdem sie nörgelnd die Küche verlassen hat, klappt Etienne *Die Insel Amoras* zu und fragt: „Wieso bist du so nass?“
„Musste was erledigen“, sage ich ohne ihn anzuschauen. „Am anderen Ende des Dorfs.“
Als ich abends in meinen eigenen Kleidern heimkomme, fragt meine Mutter: „Und, was hast du bei Etienne gegessen?“
Obwohl ich fast vor Hunger sterbe, sage ich: „Fritten!“, weil das mein Lieblingsessen ist und meine Mutter sie nur einmal in der Woche macht. Am Freitag.
„Dann hast du jetzt wohl kaum Hunger“, sagt meine Mutter.
Trotzdem esse ich mit Appetit sechs Scheiben Brot.
Sie schaut mir verwundert zu. „Manchmal denke ich, du hast einen Bandwurm“, sagt sie seufzend.

Das ist reichlich viel für einen einzigen Tag: eine Lungenentzündung und ein Bandwurm.
Ein Glück, dass mein Haar fast trocken und der Sirup gegen Bandwürmer auf ist.

Während der letzten Tage zieht Ti ziemlich ruhelos durch das Dorf. Das hat er manchmal und nach einiger Zeit verfällt er von selbst wieder in seinen üblichen, etwas lahmen Trott.
Das Dorf ist für Ti wie ein Mantel, der ihm genau passt. Ein Bild, das ihm vertraut ist und sich nicht oder nur unmerklich verändert.
Schwieriger wird es erst, wenn Bilder von außerhalb des Dorfes hinzukommen.
Mercedes bekommt allmählich Eselsohren und einen leichten Tabakgeruch, und wenn er sie betrachtet, schmeckt er Hammelfleisch mit Bohnen.
Den einen Tag ist Ti ein Cowboy, den nächsten ein Indianer. Cowboysein ist aber auf die Dauer ziemlich langweilig. Er schießt mit dem Zeigefinger auf den Schmied, auf Dolf den Postboten und auf Maurice. Aber keiner von ihnen ist gewillt zu sterben. Wohl deshalb, weil sie keine schwarzen Sachen tragen und vor allem deshalb, weil man beim Schießen „Peng!“ sagen muss. Und Ti bringt nur „Ti!“ heraus, wie sehr er seinem Kehlkopf auch Gewalt antut.
Nein, Indianersein ist vielleicht doch besser. Es ist zwar gemeiner, doch solange das Licht nicht angeht, kann man sich voll austoben.
Einen Marterpfahl hat Ti schon. Ein Stück Treibholz, das er am Fluss gefunden hat. Ein schöner gedrechselter Balken, hart wie Granit.

Ti schleppt ihn zum Innenhof des Schlösschens und streicht ihn rot an. Als die Mennige trocken ist, stellt er den Marterpfahl auf. Wie ein komischer roter Finger steht er da im Innenhof, aber nachts, mit einem Feuer daneben, sieht er wie echt aus.

Das Schwierige ist nur, ein blondes Mädchen zu fangen. Das ist nicht einfach. Da muss man ganz behutsam vorgehen.

Im Dorf laufen nicht weniger und nicht mehr blonde Mädchen herum als anderswo auf der Welt, doch ein Marterpfahlmädchen ist schwer aufzutreiben. Und es soll ein Mädchen sein, keine Frau.

Ti sucht angestrengt. In der Kirche, auf dem Markt, am Bahnhof.

Manchmal folgt er eine Zeit lang einem Mädchen, das von hinten zwar viel versprechend aussieht, von vorne seinen Erwartungen aber nicht entspricht. Entweder die Stirn stimmt nicht oder die Nase, der Mund oder die Bluse. Vor allem die Bluse ist wichtig. Die muss noch atmen können, auch mit einem Seil drum.

Oft geht neben einem blonden Mädchen ein Mann. Zwar ohne Cowboyhut, doch vor Männern, die neben blonden Mädchen gehen, nimmt man sich lieber in Acht. Ohne Ausnahme sind sie Wichtigtuer, wie man sie nie neben rot- oder schwarzhaarigen Mädchen sehen würde.

Ti hockt betrübt im Schneidersitz neben seinem Marterpfahl. In Gedanken wandert er durch das Dorf und landet wie von selbst beim Schloss.

Das Schloss des Barons!

Dass ihm das nicht früher eingefallen ist!

Ti gehört dem ganzen Dorf, das ganze Dorf gehört Ti.
Es gibt nur wenige Stellen, an denen er sich befangen fühlt.
Das Schloss des Barons ist so ein Ort.
Ti ist einmal mit Cordule dort gewesen, um die Miete zu bezahlen. Doch das war langweilig.
Wer Geld bringt, muss durch die Hintertür!
Rechnet man aber das Schloss zum Dorf, sieht die Sache plötzlich ganz anders aus. Denn das Dorf gehört Ti!
Das Schloss vor dem Dorf abzuschirmen ist die Aufgabe von Amedee. Amedee ist Jagdaufseher, Kutscher, Förster, Gärtner – und noch einiges mehr. Alles, was sich im Bereich des Schlosses unter freiem Himmel abspielt, untersteht Amedee.
Amedee hat eine Doppelflinte, einen Filzhut mit Feder und Rheuma. Und er wacht über die Kaninchen und Eichhörnchen, über die Nüsse und das Obst, über den gesamten Grundbesitz des Barons.
Amedee steht auf gespanntem Fuß mit dem Vermögensverwalter, den er einen Federfuchser zu nennen pflegt, während der Vermögensverwalter der Meinung ist, dass Amedee zu teuer sei, und ihn verdächtigt, an den Cognac des Herrn Baron zu gehen.
Obwohl Amedee kein Käppi trägt, hat er durchaus einen Käppikopf. Und seine Augen sehen einen wie unter einem Käppi hervor an.
Ti ist vor ihm auf der Hut.
Will er zum Schloss, stellt er das äußerst behutsam an. Denn Amedee hat die Farbe der Bäume und kann genauso unbeweglich wie diese stehen. Sogar im Erdbeerbeet könnte er sich unsichtbar machen, außer dass vielleicht seine Nase herausragen würde.

Im ausgetrockneten Graben auf der anderen Straßenseite, gegenüber dem Tor, geht Ti in Deckung. Das weiße Tor steht immer auf. Von hier aus kann man das Schloss nicht erkennen. Man sieht nur Bäume. Stattliche Buchen und Eichen, vor langer Zeit gepflanzt von Baronen, die jetzt zu Porträts geworden sind.

Dann und wann steht Amedee reglos in der Toreinfahrt und lässt den Blick über die Grenze seines Königreichs streifen. Und er erweckt dabei den Eindruck, als würde er eine verhängnisvolle Wende in der Geschichte beklagen. Einen Schritt weiter haben nämlich der Champetter, die Gendarmen und der Bürgermeister das Sagen. Wie es dazu gekommen ist, weiß auch er nicht so genau, aber zusammen mit dem Baron wird er nicht wanken und weichen, solange es ihm seine gichtigen Gelenke erlauben.

Amedees Augen tasten den Horizont ab, wo schnell wachsende, wassergierige Bäume stehen, von denen vier oder fünf in einem einzigen Menschenleben Platz haben. Er kann sich gerade noch verkneifen auszuspucken. Die Kutsche muss er längst nicht mehr vorfahren, da aus dem letzten Pferd vor Jahren schon Wurst gemacht wurde.

Barone verreisen jetzt mit dem Zug, zusammen mit dem einfachen Arbeitervolk. Und die Baronin fährt in einem Auto. Dass sie Französin ist und weitaus jünger als der Baron, ist schon in Ordnung, aber das mit dem Auto nicht. Selbst dann, wenn es Hafer verbrauchte und mit fröhlich bimmelnden Glöckchen ausgestattet wäre, würde es immer noch stinken.

Amedee macht kehrt und geht langsam und leicht humpelnd auf das Schloss zu.

Ti kriecht aus seinem Versteck und folgt ihm wie ein Schatten in sicherer Entfernung. Nach einigen Minuten

schlägt er einen Haken wie ein alter Hase und verschwindet im Gestrüpp.
Zwischen den alten Bäumen hängt eine seltsame Stille, alles ist so reglos, dass es einem den Atem nimmt. Hier ist es egal, dass man nur „Ti!“ sagen kann, denn alles, was hier gesagt wird, ist ohnehin überflüssig.
Unter den Bäumen entfernt sich Ti in einem großen Bogen immer weiter von Amedee.
Wo sich der Wald lichtet stehen Rhododendronbüsche und von dort aus kann man auch das weiße Schloss mit der Terrasse und dem Kutschhaus sehen. Vor dem Schloss liegt ein Teich, in dem Karpfen schwimmen, und über das Wasser führt eine zierliche schmiedeeiserne Brücke.
Ti betrachtet das Schloss. Still und weiß liegt es in der Sonne.
Nach einer Weile taucht Amedee unter den Bäumen auf.
Tis Kopf wird zu einer blonden Rhododendronknospe, die kurz vor der Blüte steht.
Amedee starrt lange Zeit in den Teich und geht dann zum Kutschhaus.
Ti wartet. Denn er weiß, dass es kommt.
Gleich werden sich die Schlosstüren öffnen und das blonde Mädchen wird auf der Terrasse erscheinen. In einem langen, weißen Kleid, das ihr in der Sonne leuchtend wie ein Quinquet-Glas und aufgebauscht wie eine Löwenzahn-Pusteblume um den Körper fällt. Das Mädchen macht immer das Gleiche. Unwirklich wie ein Engel schwebt es über die Terrasse und setzt sich in die Schaukel, die neben dem Kutschhaus steht. Und sie schaukelt. Nie zuvor in seinem Leben hat man etwas Schöneres gesehen. Nie zuvor hat man so sehr danach verlangt, ein

Rhododendron zu sein, der sich dieses Schauspiel immer wieder ansehen darf.
Indianer Ti möchte sie an den Marterpfahl fesseln und Cowboy Ti wird sie befreien, kurz bevor das Licht angeht.
Ti wartet. Er weiß, dass sie kommt. Doch er täuscht sich. In diesem Augenblick watet die von ihm ersehnte Blondine zweitausend Kilometer entfernt in den Fluten des Mittelmeers. Auf kleinen weißen Füßen, deren Existenz man kaum vermutet hätte.

Großvater gräbt längst nicht mehr.
Er ist der Meinung, dass er in seinem Leben genug gegraben hat. Jetzt hat er ein paar kräftige Söhne, die vor dem Umgraben eines winzigen Gärtchens wie dem von Großvater nicht zurückschrecken.
Gärtnern tut Großvater aber sehr wohl noch. Mit größter Genugtuung beäugt er die Fortschritte der Salatköpfe, Bohnen und Selleriestauden. Und hat sich dazwischen mal Katzenschwanzkraut verirrt, ach, dann nickt Großvater auch ihm ermutigend zu.
Für die meisten Menschen muss ein Garten etwas zum Essen hergeben und unbedingt nur das. Und weil Katzenschwanzkraut nicht genießbar ist, nennen sie es Unkraut und rotten es mit Stumpf und Stiel aus. Der Name allein schon! Unkraut! Daraus spricht bodenloser Hochmut. Als müsste ein Garten ständig wie ein frisch gebohnerter Parkettboden aussehen.
Großvater wohnt hinter dem Bahnhof.
Wenn er die Zeitung zu Ende gelesen und ein anregendes Gespräch mit den Prinzessböhnchen geführt hat, schlurft er dann und wann zum Bahnhof. Denn die Möglichkeit,

eine Fahrkarte zu lösen, mit welcher Bestimmung auch immer, aber es doch nicht zu tun, hat etwas zutiefst Beruhigendes.
Vor dem Bahnhof steht ein Denkmal für die Gefallenen aus den beiden Weltkriegen. In goldenen Buchstaben sind ihre Namen alphabetisch geordnet in einen Stein gemeißelt. Namen aus dem Dorf. Von jungen Männern, die weit weg von zu Hause fremdländisches Katzenschwanzkraut rupfen mussten und später mit gebrochenen Augen in den Himmel über der Steppe starrten – einen verwunderten Zug um den Mund. Das sieht man öfter bei Toten, diese Verwunderung. Großvater aber würde am liebsten mit einem Lächeln um den Mund sterben und die Chance ist groß, dass ihm das auch gelingt, denn er ist zu alt, um sich noch zu wundern.
Nachdem er sämtliche Namen der Gefallenen vor sich hin gemurmelt und festgestellt hat, dass alle noch da sind, geht Großvater zu Maurice. Bei Maurice kann man nämlich gut ein Pfeifchen rauchen und sich über Geranien unterhalten. Geranien sind zwar auch nicht essbar, doch sie machen die Zugfahrten fröhlicher. Kein geringer Verdienst.
„Tag, Maurice!“
„Tag, Rie!“
Sie sitzen zusammen auf der Bank, schmauchen ihre Pfeife und trinken ein Bier; und sie sprechen über Geranien im Allgemeinen und über Katzenschwanzkraut im Besondren.
„Und, tüchtig gegraben, Rie?“
„Gegraben?“
„Diese Woche kam der kleine Rie mit einem großen Spaten vorbei. Du bräuchtest ihn dringend, hat er gesagt.“

Großvater stochert mit einem Streichholz im Pfeifenkopf. „Ach, was heißt dringend", sagt er. „So dringend war es nun auch wieder nicht."
„Hab ich's mir doch gedacht", sagt Maurice. „Wer gräbt schon um diese Jahreszeit!"
„Jungen wie er schnappen irgendetwas auf und verwenden es, wie es ihnen passt", sagt Großvater. „Dringend! Kannst du dich daran erinnern, als Kind dieses Wort in den Mund genommen zu haben?"
„Nein", sagt Maurice.
„Heutzutage ist alles dringend", sagt Großvater. „Weißt du, was ich davon halte, Maurice? Wenn es sehr dringend ist, liegt dringend etwas im Argen, stimmt's?"
„Ja", gibt Maurice zu.
„Aber ein Spaten frisst kein Brot", sagt Großvater. „Und der kleine Rie ist ein guter Junge."
„Ein helles Bürschchen", sagt Maurice. „Und er kann reden wie ein Anwalt."
Großvater steht auf und nickt. „Wie ein Anwalt, hm. Er muss nur noch lernen aufzupassen, was er sagt."
„Er ist aber noch jung", sagt Maurice tröstend.
„Ein Spaten, der nicht dringend ist, ist einfach ein Spaten", sagt Großvater. „Ohne dringend."
Tief in Gedanken geht er nach Hause.

Großvater sitzt in unserer Küche.
Es kommt selten vor, dass meine Mutter sowohl die Schnapsflasche als auch die Keksdose hervorholt.
Großvater findet zwar, dass Kekse Hundefutter sind, aber trotzdem knabbert er gemächlich auf einem herum, mit einem schrägen Blick auf die Schnapsflasche.
„So was", sagt Großvater zum soundsovielten Male, „als

ich meine Tauben hinter dem Tkaluiterwäldchen habe fliegen lassen, da habe ich mir gedacht, also, da dachte ich ...“ Er zwinkert mir verschmitzt zu.

Ich saß gerade mit einem Buch am Fenster, als ich ihn kommen sah. Der Schreck fuhr mir in alle Glieder. Irgendwie muss es etwas mit dem Spaten zu tun haben und die Tauben lässt er nie hinter dem Tkaluiterwäldchen fliegen. Und kommt er hin und wieder mal an unserem Haus vorbei, radelt er schnurstracks zum Wirtshaus vom Schmied weiter.

Aber Großvater erwähnt den Spaten mit keinem Wort. Er unterhält sich mit meiner Mutter über dieses und jenes, was ihm beträchtliche Anstrengung verlangt. Großvater ist nämlich der Ansicht, dass man sich mit Frauen nicht unterhalten kann. Zu seinem Glück hat unser Herrgott aber auch die Wacholderbeere geschaffen, die die Unterhaltung etwas erträglicher macht.

Geschickt lenkt er das Gespräch auf Steinguttöpfe im Allgemeinen und auf das Einsalzen von Schnittbohnen im Besondren.

„Und oben auf die Bohnen gehört eine Kachel“, sagt Großvater, „und darauf ein Pflasterstein. Sonst sackt das Ganze nicht.“

Worauf er den Wunsch äußert, die Bohnen seines Sohns zu begutachten, in ungesalzenem Zustand. Aber nein, nein, meine Mutter soll ruhig das Abendessen kochen, der kleine Rie kann ihn begleiten.

Kurz darauf gehen wir über den Gartenweg, Großvater und ich. Obwohl wir uns über das Gemüse unterhalten, handelt das Gespräch von etwas ganz anderem. Zwischen uns hängt eine merkwürdige Spannung, ich fühle mich unbehaglich.

Am Gartenhäuschen setzen wir uns hin, Großvater ein wenig schwankend.
Er fummelt an seiner Pfeife herum. Pfeifen wurden nämlich dazu erfunden, etwas in den Händen zu haben, während man nachdenkt.
„Vielen Dank noch für den Spaten", sagt er plötzlich.
„Wo. . . woher weißt du das?"
„Niemand geht in einem Sack über die Straße", sagt Großvater mit düsterer Miene. „Und hin und wieder besuche ich Maurice."
Natürlich, Maurice!
„Du hättest den Spaten besser zu jemand anderem gebracht", sagt Großvater ruhig. „Ich grabe schon seit Jahren nicht mehr, was soll ich also mit einem Spaten? Außerdem ist Juli."
„Mir ist nichts anderes eingefallen", sage ich unbeholfen.
Er nickt und zündet seine Pfeife wieder an.
„Es gibt auch unbewachte Bahnübergänge", sagt er. „Man erkennt sie an einem Dreieck mit einer schwarzen Lokomotive. Keine Bahnwärter, keine Geranien. Du musst nur nach links und nach rechts schauen, bevor du rüberläufst."
„Ich weiß", sage ich.
Er zeigt mit dem Pfeifenstiel über seine Schulter. „Hast du ihn dort geholt?"
„Ja, er ist sowieso alt und verrostet."
„Und wozu brauchst du einen Spaten?"
Ich finde es blöd zu sagen, das sei ein Geheimnis. Geheimnisse hat man vor seinem Vater und seiner Mutter, nicht vor seinem Großvater. Mit Großvätern schließt man einen Bund gegen den Rest der Welt.

„Ich will graben“, sage ich.
Großvater nickt. Er findet die Idee offenbar ausgezeichnet.
„Nicht umgraben, sondern graben“, sagt er beifällig. „Das kommt selten vor . . . mit einem Spaten.“
„Ich möchte einen Drachen ausgraben“, sage ich.
Mein Großvater gehört zu der Sorte von Menschen, denen man nicht erst erklären muss, was für ein Drache einem da so vorschwebt.
„Weißt du denn, wo einer liegt?“, fragt er.
„In der Scheldebiegung“, sage ich. „Vielleicht. Dort wurde immerhin vor einiger Zeit einer gefunden.“
„Der liegt jetzt in der Stadt in einer Museumsvitrine“, sagt Großvater missbilligend. „Angeblich weil es hier kein Museum gibt. Ha! Man soll sich nie auf die Kerle aus der Stadt verlassen. Die schmücken sich mit fremden Federn und machen auch noch Geld damit.“
„Wenn man dort den Bug gefunden hat, muss der Rest des Schiffs auch irgendwo abgeblieben sein.“
„Mit dem Holz haben die Bauern schon längst ihre Scheunen umgebaut“, sagt Großvater. „Recht haben sie. Woher sollen die wissen, was das mit dem Schiff auf sich hat.“
„Ja, aber was ist mit dem Schild? Und dem Helm und dem Schwert?“
„Die Chefs“, sagt Großvater, „die nehmen immer ihr ganzes Zeug mit. Aber unterschätz bloß die Bauern nicht! Rate mal, wo dreihundert Jahre nach dem Kirchenbrand das Taufbecken gefunden wurde? In einem Hühnerstall, als Futterkrippe.“
„Glaubst du denn, dass man nichts mehr von dem Drachenschiff finden wird?“

„Das habe ich keineswegs behauptet“, erwidert Großvater. „Das habe ich nicht gesagt, nein!“
Er versinkt in ein Grübeln und murmelt dann: „Man müsste die Stelle am Pflanzenwuchs erkennen können.“
„Am Pflanzenwuchs?“
„In einem Garten ist das anders“, sagt Großvater. „Einen Garten pflegt man ja. Und dann bekommt man einen Mordsschreck, wenn die Kartoffeln von Käfern wimmeln und der Lauch voller Maden ist. Können Pflanzen sich jedoch frei bewegen, suchen sie sich ein schönes Fleckchen. Auf einem toten Wikinger wachsen andere Pflanzen als auf vermoderten Stalltüren.“
„Meinst du?“
„Da bin ich mir sicher! Nimm zum Beispiel das Katzenschwanzkraut. Das wächst nicht einfach an jeder beliebigen Stelle. Nein, Katzenschwanz sucht sich ein bestimmtes Fleckchen und an seinem Wurzelstock befindet sich ein Krug mit Gold.“
„Katzenschwanz hat aber sehr lange Wurzeln, die leicht abbrechen.“
„Ja, deshalb eben.“
„Glaubst du denn, dass . . .“
„Aber nein“, sagt Großvater. „Nein. Ich denke, dass Menschen, die Katzenschwanz nicht mögen, sich diese Geschichte aus den Fingern gesogen haben. Sonst wäre mein Garten voller Gold.“
„Wäre ja nicht schlecht.“
„Ach was, mein Junge“, sagt Großvater. Lange Zeit starrt er kopfschüttelnd auf seine Hände. „Hast du schon angefangen?“
„Morgen“, sage ich.

„Grabe nicht einfach aufs Geratewohl ein Loch“, sagt Großvater. „Sondern eine Schneise. Das tun richtige Gräber auch.“

„Eine Schneise?“

In diesem Moment betritt mein Vater den Garten. Ziemlich fassungslos ruft er aus: „Vater! Was machst du denn hier? Und noch dazu am Boden. Als hätten wir keine Stühle.“

„Wer den Kontakt mit dem Boden verliert, ist ein armer Tropf“, sagt Großvater doppeldeutig und richtet sich stöhnend auf.

Mein Vater sieht ihn misstrauisch an. „Was führt ihr beide im Schilde?“, fragt er, denn er kennt seinen Vater schon etwas länger.

„Nichts“, sagen Großvater und ich gleichzeitig.

Denn Großväter sind Jungen, die ein wenig mit den Füßen schlurfen.

Der Deich ist ein Wall, der das Dorf vor dem Fluss schützt.

Auf dem Fluss fahren Kähne, auf denen immer Wäsche flattert.

Auf der gegenüberliegenden Flussseite beginnt ein unbekanntes Land. Wie auch hinter dem Deich. Land, das kaum noch zum Dorf gehört.

Wem gehört eigentlich das Land zwischen Deich und Fluss?

Es sieht so verwildert aus, dass der Champetter dort wohl nichts zu sagen hat. Vielleicht die Gendarmen, denn die haben überall das Sagen.

Dies ist das Land der Nesseln und Disteln, der Schnecken, Wasserratten und jungen Weiden und der seltsamen

Pflanzen, die aussehen, als würden sie eigentlich ins Wasser gehören, doch gemeinsam beschlossen haben, an Land zu gehen.
Der Spaten ist noch da.
Es ist ein warmer Julitag. Man hört nur das leise Schwappen des Wassers und hin und wieder das schwere Tuckern eines Dieselmotors, wenn ein Kahn vorbeifährt.
Ich erkunde das Gebiet gründlich, die ganze Flussbiegung entlang.
Ich suche nach einer Toter-Wikinger-Pflanze, aber die gibt es natürlich nicht. Was könnte wohl auf einem toten Wikinger wachsen? Vielleicht eine Eiche oder eine Buche. Eicheln werden nicht vom Wind herangetragen, Bucheckern auch nicht. Weiden und Birken leben vom Wind. Und Nesseln befreien den Boden von Rheuma, fühlen sich wohl, wo sich sonst nichts wohl fühlt. Auch kein Wikingerchef. Oder eben doch?
Ich beginne in Ufernähe und mache einen ein Meter breiten und etwa zehn Meter langen Erdstreifen frei von Nesseln. Eine mühsame Arbeit, der Spaten ist schwer und zu groß für mich. Die Nesseln sind mit zähen Wurzeln im Boden verankert, wimmelndes Kleingetier versucht hastig zu entkommen.
Ich komme nur langsam voran und schwitze wie ein Affe. Hin und wieder lege ich eine Verschnaufpause ein und schaue mich um. Das Ergebnis meiner Schufterei sieht ganz schön entmutigend aus. Und bis zum Horizont nichts als Nesseln, die mich auslachen. Ich verstehe es noch nicht, eine Sache langsam und stetig anzugehen, sondern werfe mich wie ein tollwütiger Hund auf die Arbeit.
Die Verlockung ist groß, lieber doch aufs Geratewohl ein

Loch zu graben. Aber richtige Gräber graben eine Schneise. Also gut, dann eben eine Schneise, die Ferien dauern noch lange.
Als die Glocke auf der anderen Seite das Angelus läutet, setze ich mich mit meinem Brotbeutel in den Schatten des Deichs.
Spaten klaut man, Brotbeutel bekommt man mit auf den Weg. Zum Glück macht es Mütter unruhig, wenn ihre Kinder den ganzen Tag mit der Nase in Büchern sitzen. Sie verstehen dann sofort, dass Jungen bei diesem Wetter mal raus wollen, erst recht, wenn sie selbst nicht mehr als einen einzigen Tag Antwerpen zu bieten haben. Solange man nur nicht zum Wasser geht. Das verbieten alle Mütter und alle Väter immer allen Kindern. Nur Großväter wissen sehr gut, dass Kinder trotzdem zum Wasser gehen, allein schon, weil es verboten ist.
„Wohin gehst du?"
„Weiß nicht, Mama, irgendwohin halt."
„Irgendwohin, dort steht bestimmt keine Kirche."
„Vielleicht zur Eidechsengrube."
„Zeig mal, wie tief."
„Das ist ein Bach, Mutter. Das Wasser reicht einem nicht mal bis zu den Knien."
Meine Mutter schmiert Brote. „Sind das die Tiere, die ihren Schwanz verlieren, wenn man sie erwischt?"
„Eigentlich sind es gar keine Eidechsen, Mutter, sondern Salamander. Aber jeder sagt Eidechsengrube, keine Ahnung wieso."

Ich fange kaum Salamander, ich arbeite an der Schneise. Das Schwierigste ist, ungesehen zu der Stelle zu gelangen und von dort wieder zu verschwinden. Ich nehme mir viel

Zeit für Umwege und das Überqueren von unbewachten Bahnübergängen.
Zweimal muss ich mich schleunigst vor dem Champetter ducken und einmal werde ich vom Schäfer, der seine Herde oben auf dem Deich weiden lässt, aufgehalten.
Bin ich einmal hinter dem Deich, werde ich von den Weiden verschluckt, die mich jedem Blick entziehen.
Das Spatenblatt glänzt wie ein Spiegel. Wenn ich mich darin betrachte, sehe ich das verzerrte Bild eines Jungen mit großen Augen, den ein seltsames Fieber gepackt hat.
Unter den Nesseln befindet sich eine dicke Sandschicht mit kleinen Muscheln. Meeressand!
Nachdenklich starre ich auf den Sand in meinen Händen und die sonderbarsten Gedanken gehen mir durch den Kopf.
Sand aus dem Meer, das vor Urzeiten von wüsten, unerschrockenen Kriegern befahren wurde, die in begnadeten Augenblicken zu Berserkern wurden.
Früher, lange vor den Wikingern, reichte das Meer bis hier und noch weiter. Der Boden, auf dem ich stehe, ist gewonnenes Land, von alten Belgen mit Pfahlhütten besiedelt, von mutigen Mönchen eingedeicht, mithilfe von Mühlen trockengelegt und beschleust von Schleusenwärtern.
Die meisten Muscheln sind kaputt und zu klein, um sie ans Ohr zu legen und das Meer rauschen zu hören.

Eines Nachmittags, es ist schon spät, sehe ich Ti auf dem Deich, als ich unter den Weiden hervorkrieche.
Ich kriege einen mächtigen Schreck und ziehe mich blitzschnell zurück. Mein Herz klopft bis zum Hals. Erst nach

einiger Zeit spähe ich vorsichtig durch die Weidenäste, wie durch Wimpern.
Ti sitzt noch immer da. Wie eine Statue. Er blickt in meine Richtung. Ich frage mich, ob er etwas spitzbekommen hat. Aber dann fordert ein vorbeifahrender Kahn seine gesamte Aufmerksamkeit.
Ich denke fieberhaft nach.
Ti kann nicht sprechen und mich demzufolge auch nicht verraten. Aber andererseits verspüre ich keine große Lust, fröhlich aus den Büschen zu springen und dadurch das Risiko einzugehen, ihn künftig tagtäglich am Hals zu haben. Das Problem ist, dass ich Mitleid mit Ti habe und mich gleichzeitig vor ihm fürchte. Mitleid wegen der Wörter, die er nicht aussprechen kann, Furcht vor dem, was in seinem Kopf umgeht.
Während ich so an Ti denke, bekomme ich einen Krampf im großen Zeh und es juckt mich am Rücken. Aber ich rühre mich nicht.
Stunden scheinen zu vergehen, bis Ti endlich aufsteht. Sekunden später ist er hinter dem Deich verschwunden, als wäre er nie da gewesen. Bäuchlings liege ich im Gras und sehe, wie er Richtung Dorf zockelt.
Ich kann jetzt gehen, wohin ich will, mein Geheimnis bleibt ein Geheimnis und trotzdem folge ich ihm in sicherer Entfernung, ohne zu wissen warum.

Ti blickt weder auf noch schaut er sich um, sondern stapft zügig voran. Einmal bleibt er stehen, um sich eine Zigarette zu drehen, und ich kauere mich in ein Kornfeld.
Es macht mir keine große Mühe ihm zu folgen und nach einer Weile frage ich mich, warum ich es überhaupt tue. Den Deich haben wir längst hinter uns gelassen, sodass

ich ihn bedenkenlos einholen und mit ihm gehen oder einen anderen Weg einschlagen und nach Hause gehen könnte. Trotzdem tue ich das nicht.
Auf den Weiden sind die Bauern beim Kühemelken. Ti hebt immer wieder grüßend die Hand, denn jeder kennt Ti und Ti kennt jeden.
Einige hundert Meter hinter ihm komme ich. Keiner kennt mich und ich kenne keinen, und Bauern, die einen nicht kennen, gucken misstrauisch.
„Tach!“, sage ich nur, im Dorfdialekt.
Sie murmeln irgendwas Unverständliches oder schweigen.
Als zwischen dem Grün die ersten Häuser des Dorfes sichtbar werden, biegt Ti nach links ab, in einen mit Pappeln gesäumten Weg. Er geht jetzt langsamer, als würde er etwas suchen.
Links von uns erstreckt sich das flachere Land bis zum Fluss, rechts reicht das wogende Korn bis zum Dorfrand. Hoch in der Luft rüttelt eine verspätete Lerche und über den Bäumen schwirren die Schwalben – morgen wird es wieder so warm oder noch wärmer.
Plötzlich bückt Ti sich und zu meinem Erstaunen hält er im nächsten Augenblick ein strampelndes Kaninchen in der Hand.
Gesunde Kaninchen sind zu schnell, um sie einfach mit der Hand zu fangen, aber beim dritten Kaninchen wird mir klar, was los ist. *Ti legt Schlingen.* Und offenbar mit großem Erfolg.
Ti mit seinem Grinsen. Ti mit seiner Einkaufstasche. Straßenbahn-Ti. Er wildert Kaninchen!
Als ich meine Gedanken wieder einigermaßen geordnet habe, geht Ti schon wieder ein ganzes Stück von mir ent-

fernt unter den Bäumen, die toten Kaninchen in seiner Hand. Dann ist er weg, wie vom Erdboden verschluckt. Als hätte es ihn nie gegeben.

Dort wo sich das Korn öffnet, steht das Schlösschen. Die Straße liegt verlassen da, das Blau des Himmels färbt sich dunkler und hinter den Bäumen sinkt langsam und glutrot die Sonne. Ich habe keine Ahnung, wie viel Uhr es ist, die Zeit steht still und es ist so und so zu spät.
Beim Schlösschen regt sich nichts. Die rissige weiße Fassade wird von der Sonne rosa gefärbt und sieht nahezu freundlich aus. Am Schlösschen traut man sich nur zu zweit vorbei, falls überhaupt. Merkwürdige Geschichten machen die Runde, die die Erwachsenen sich nur erzählen, wenn sie denken, dass keine Kinder lauschen.
Der letzte Wirt des Schlösschens hat sich erhängt, weil er völlig verrückt geworden war. Wäre man nicht verrückt, würde man sich ja nicht erhängen, weil einem dann die Zunge aus dem Mund quillt und man sich in die Hose macht.
Im Wirtshaus des Schmieds wird gemunkelt, dass es im Schlösschen spukt. Humpeljan hat es mit eigenen Augen gesehen. Ein altes Spukgespenst mit Schlafmütze und Nachthemd. Und mit einer Doppelflinte.
„Hör auf, Jan, mach mal halblang!“
Doch Humpeljan nickt mit ernster Miene. Er befeuchtet zwei Finger der rechten Hand und hebt sie feierlich. „Ich schwöre es!“
„Wie viele Gläschen hattest du schon intus?“, fragt der Schmied. Denn jeder weiß, dass Humpeljan ein eingefleischter Trunkenbold ist, der sein ganzes Krankengeld versäuft.

„Genügend“, sagt Humpeljan. „Genügend. Aber beim Anblick eines Gespenstes ist man auf einen Schlag stocknüchtern.“
„Und weiter?“
„Da habe ich mich aus dem Staub gemacht“, sagt Humpeljan. „Das könnt ihr euch denken.“
„Du musst ein Kreuz schlagen“, sagt einer der Männer. „Das hilft.“
„Als unser Herrgott gestorben ist, hat es aber noch keine Doppelflinten gegeben“, wendet Humpeljan ein.

Mit pochendem Herzen schleiche ich mich an eins der Fenster heran. Im Wirtssaal ist es dämmrig und leer. Bis auf eine Matratze und die Theke.
Vorsichtig krieche ich um das Haus, bis ich von einer Ecke aus den Innenhof sehen kann. Neben einem merkwürdigen roten Pfahl lodert ein Feuer und an der Scheunenwand sind die Kaninchen an einem Seil aufgehängt. Blut tropft aus ihren Mäulern und Ti ist dabei, sie mit einem Messer zu häuten.
Ich sehe so etwas nicht zum ersten Mal und doch bleibt mir der Mund offen stehen. Seine Messerbewegungen sind rasch und zielsicher wie die eines Chirurgen. Die Äste knistern im Feuer und aus Tis Hals steigt ein kehliges Geknurre, als versuche er etwas zu summen.
Trotz der Wärme des Sommerabends zittere ich. Wenn ich wollte, könnte ich ungesehen verschwinden und heimgehen, aber ich tue es nicht. Von einer seltsamen Verwunderung ergriffen bleibe ich hocken und beobachte Ti.
Ein Kaninchen häuten ist eine Kunst. Schneidet man Löcher ins Fell, wird man sie bei keinem Geflügelhändler

mehr los. Aber Ti geht äußerst fachmännisch vor und entfernt das Fell, als ziehe er jemandem den Mantel aus. Hin und wieder macht er einen Schritt zurück, um die Tiere zu begutachten und einen Schluck aus einer Weinflasche zu trinken.

Als die Kaninchen ganz nackt sind, wirft Ti noch ein wenig Holz auf das Feuer und geht ins Haus. Ich höre ihn im Wirtssaal rumoren und eine Tür zuschlagen. Dann herrscht Stille.

Ich mache es mir etwas bequemer und blicke von den Kaninchen zum merkwürdigen roten Pfahl neben dem Feuer, der irgendwie nicht hierher gehört.

Hinter mir knackt es. In meinem Nacken stellen sich sämtliche Härchen auf, langsam drehe ich mich um.

Dort steht Ti. Er hält eine brennende Stalllaterne in der Hand. Sein Gesicht schimmert gelblich und seine Augen ähneln schwarzen Löchern. Er knurrt nicht mehr, er sagt nicht mal „Ti!“. Er steht nur da, mit diesem Lächeln, mucksmäuschenstill.

Ich möchte schreien, doch ich bringe keinen Ton heraus und pinkle mir in die Hose. Langsam stehe ich auf.

Ti duckt sich ein wenig. Vorsichtig. Er hebt die freie Hand, ich tauche unten durch und renne zur Straße.

Wir rennen zwischen Kornwänden hindurch.

Mit meinen kurzen Beinen rase ich durch den lockeren Sand Richtung Dorf. Hinter mir höre ich Tis schwere Schuhe. Sein Laufrhythmus ist schwerfälliger, doch seine Beine sind länger und außerdem gerät er nicht so schnell aus der Puste wie ich.

Ich spüre Stiche in der rechten Seite. In der hereinbrechenden Dämmerung wird das Korn zu einem gelbgrünen Streifen. Ich muss unbedingt Menschen finden, ein

Haus. Aber das Dorf scheint wie vom Erdboden verschwunden. Als gäbe es nur noch das Korn, Ti und mich.
Unglaublich, dass es solche Mengen von Korn gibt. Nach jeder Kurve beginnt wieder ein neues, endloses Feld. Meine Hose fühlt sich feucht und kalt an, der nasse Stoff scheuert meine Schenkel wund.
In Gedanken sehe ich mich kopfüber an der Scheune des Schlösschens hängen. Ti zieht mir langsam die Haut ab, ohne unnötige Löcher zu machen, denn sonst rückt der Geflügelhändler keinen *Centime* heraus.
Ti holt mich langsam aber sicher ein.
Ich strauchle, rapple mich wieder auf. Ich bin völlig außer Atem und würde am liebsten auf dem Sandpfad liegen bleiben, doch meine Mutter wartet mit dem Essen und ich muss auch noch den Drachen ausgraben.
Der Drache!
Plötzlich höre ich Ti nicht mehr. Ich blicke über die Schulter und sehe ihn mitten auf dem Sandpfad stehen, die Stalllaterne immer noch in der Hand. Aus der anderen Richtung kommt ein Fahrrad, das gelbe Licht leuchtet mir freundlich entgegen.
Vater!
Mir ist, als würde ich ein Gespenst sehen, aber er ist es wirklich.
„Wo hast du dich rumgetrieben?“, fragt er.
Ich kriege kaum Luft und das Einzige, was ich herausbringen kann ist: „Ti ... Ti ...“ Ich zeige über meine Schulter, doch der Sandweg liegt verlassen da.
Vater gibt mir eine so gewaltige Ohrfeige, dass ich im Kornfeld lande. Er wirft sein Fahrrad zu Boden, zerrt mich hoch und tritt mich in den Hintern.

„Marsch, beweg dich“, sagt er leise.
Ich gehe und Vater radelt langsam hinter mir her.
Das Korn lichtet sich, vor mir liegt das Dorf. Die Menschen sitzen vor ihren Häusern und wünschen uns einen guten Abend, doch Vater erwidert ihren Gruß nicht, und ich auch nicht.
„Junge!“, sagt Mutter. „Wie siehst du denn aus! Ich habe gedacht, wir haben gedacht . . . Ich habe deinem Vater gesagt, du wolltest vielleicht zur Eidechsengrube und . . . mein armer Junge!“
Sie will mich umarmen, doch Vater sagt: „Bloß kein Verhätscheln, Louisa!“
Mutter putzt geräuschvoll ihre Nase in ein winziges Taschentuch. „Ich habe dein Essen warm gestellt“, sagt sie mit einem fremden Klang in der Stimme. „Du hast bestimmt Hunger . . .“
„Essenszeit war vor zwei Stunden“, sagt Vater. „Ins Bett mit dir!“
Im Schlafzimmer hängt eine bleierne Wärme. Mit allen Kleidern lege ich mich aufs Bett und fange an zu weinen.
Unten sitzt mein Vater hinter seiner Zeitung. Im Wohnzimmer, im ganzen Dorf könnte man eine Stecknadel fallen hören.

Großvater sitzt in der Küche und isst sein Abendbrot. Vor ihm auf dem Küchentisch steht eine Büchse Sardinen. Er schneidet dicke Scheiben von einem großen Laib Graubrot, die er nacheinander in die Büchse tunkt.
„So, kleiner Rie!“
„Ich bin von daheim ausgerissen“, sage ich. „Ich will bei dir wohnen.“

Großvater schweigt.
Auf dem Schrank, neben dem Trauerbildchen meiner Großmutter, tickt ein großer alter Wecker und in einem Korb unter dem Herd liegt Roosevelt, der dicke weiße Kater.
„Hast du schon gegessen?“, fragt Großvater schließlich.
„Ich habe keinen Hunger.“
Er steht auf, nimmt eine Sardinenbüchse aus dem Schrank und öffnet sie. Er schneidet noch eine dicke Scheibe Brot ab und holt zwei Flaschen Bier aus dem Keller.
„Alle Gläser sind dreckig“, sagt er. „Wir halten es also wie die Maurer. Prost!“
„Ich gehe entweder nach Amerika oder nach Australien“, sage ich rebellisch.
„Manche Menschen schütten das Öl weg“, sagt er. „Aber das ist natürlich dumm. Hast du schon eine Idee, wie du nach Amerika oder Australien kommst?“
„In Antwerpen liegen große Schiffe“, sage ich. „Man muss sich nur die Fahnen anschauen.“
„Hm“, sagt er.
Mit langsamen Bewegungen stopft er seine Pfeife, doch ehe er sie anzündet, trinkt er in einem Zug seine Bierflasche leer.
„Wo ist dein Koffer?“
„Koffer?“
„Wer ausreißt, sollte einige Dinge mitnehmen“, sagt er. „Etwas Unterwäsche, ein Handtuch, einen Waschlappen, Seife, Rasierzeug ...“
„Aber ich habe doch noch gar keinen Bart!“
„Rasierzeug kann man immer mitnehmen, falls der Bart kommt“, sagt er und lässt einen lauten Rülpser aufsteigen.

„Oder vielleicht sollte man erst ausreißen, wenn man schon einen Bart hat."
„Du machst dich über mich lustig."
„Der Koffer", sagt er. „Ohne Koffer kommt man in keinem anständigen Hotel unter."
„Ich . . . ich habe nur *Die Geschichte Belgiens* mitgenommen", sage ich.
„Immerhin besser als gar nichts", sagt Großvater. „*Die Geschichte Belgiens*! Da werden die staunen, dort in Amerika."
Ich tunke mein Brot in die Sardinenbüchse.
„Und was hat Maurice gesagt?", fragt Großvater plötzlich.
„Maurice?"
„Er sieht dich auch ohne Spaten."
„Ich habe den unbewachten Übergang genommen", sage ich.
„Sehr gut", sagt Großvater. „Knaben, die um diese Uhrzeit mit der *Geschichte Belgiens* die Gleise überqueren, sind nämlich ziemlich verdächtig."
Ich wische meine Büchse sauber und rülpse ebenfalls. Zwar nicht so laut wie Großvater, aber dennoch.
Dann ist es mucksmäuschenstill in der Küche. Im Dämmerlicht schaut Großvater mich ernst an, doch seine Augen leuchten.
Endlich steht er auf und holt eine Flasche Schnaps und zwei kleine Gläser aus dem Schrank.
„Erzähl mir mal, was vorgefallen ist", sagt er ruhig. „Vermisst dein Vater etwa einen alten Spaten?"
„Er hat seit drei Tagen kein Wort mit mir gesprochen", sage ich. „Und Mutter weint nur noch und putzt sich dauernd die Nase mit Vaters Taschentüchern."

„Das will schon was heißen“, sagt Großvater. „Zum Wohl!“
„Aber Großvater . . . Ich habe noch nie in meinem Leben Schnaps getrunken. Ich bin noch nicht mal elf.“
„Schon elf“, sagt Großvater. „Fast schon elf. An Bord der großen Schiffe wird auch Genever getrunken. Wenn Sturm aufkommt oder wenn sie Gefahr laufen, geentert zu werden, bekommen alle Matrosen einen Genever.“ In einem Zug trinkt er sein Gläschen leer und füllt es sofort von neuem. „Was hast du angestellt?“
Und endlich kann ich jemandem erzählen, was passiert ist.

„Dein Vater hat dir ja nur den Hintern versohlt, weil er sich gefreut hat, dich wieder zu sehen“, sagt Großvater.
„Meinst du?“
Großvater nickt entschieden. „Ich weiß, wie Väter sind. Ich bin ja selbst auch einer. Mindestens achtmal.“ Er lacht glucksend. „Noch einen Genever?“
Der Schnaps liegt wie eine warme Kugel in meinem Magen, zusammen mit den Sardinen.
„Ich . . . ich habe noch.“
„Dann trink mal aus!!“ Die Flasche gluckert. „Tatsache ist, dass man hin und wieder nicht umhinkommt, sein Kind zu verdreschen, aber es darf nicht zur Gewohnheit werden. Und meistens, hinterher betrachtet, schlägt man eigentlich sich selber.“
„Er wollte mir die Haut abziehen“, sage ich nach längerem Schweigen.
„Aber nein“, sagt Großvater. „Ti hat sich bloß erschreckt. Noch mehr als du. Und du hast das Dümmste getan, was du tun konntest. Wegrennen! Hättest du das nicht ge-

macht, hättest du später zusammen mit ihm Kaninchen gegessen."
„Meinst du?"
„Da bin ich sicher. Aber so hat er natürlich befürchtet, du würdest ihn verraten und vielleicht Hilfe holen."
„Er sucht mich bestimmt", sage ich mit zittriger Stimme.
„Nicht unbedingt", sagt Großvater. „Man weiß nicht, was bei solchen Jungen hängen bleibt und was nicht." Er seufzt. „Ich denke, solche Menschen haben keine Vergangenheit. Sie leben im Jetzt, und ein Morgen gibt es für sie auch nicht. Glaube ich. Ich weiß nicht, was sie denken und ob sie überhaupt denken. Sie reagieren einfach auf Reize, wie Tiere."
Roosevelt räkelt sich, sein Korb quietscht.
Großvater holt eine enorme Taschenuhr aus seiner Weste, als traue er dem Wecker nicht. „Jetzt ist es schon zu spät, um nach Amerika oder Australien zu reisen", sagt er. „Komm mit." Er geht mir voran zum kleinen Kellerraum. Dort steht ein Bett mit einer roten Tagesdecke.
„Früher haben hier die Mädchen geschlafen", sagt Großvater. „Die Jungen schliefen auf dem Dachboden. Was hältst du davon?"
Meine Beine fühlen sich an wie Watte, mein Kopf ist leicht.
Großvater hilft mir, die Schuhe und Strümpfe auszuziehen, und deckt mich zu. Draußen auf dem Dach gurren die Tauben.
„Was macht die Schneise?", fragt er.
Die Schneise, welche Schneise? Ach ja, die Schneise. „Dort liegt ein Haufen Sand", sage ich. „Voller Muscheln. Meeressand. Verrückt, was?"

„Überhaupt nicht verrückt“, sagt Großvater. „Aufgespült eben.“
Aber das höre ich nicht mehr. Ich schlafe wie ein Klotz.
Großvater schaut mir noch ein Weilchen schmunzelnd zu. Dann schleicht er leise die Kellertreppe hoch. In der Küche trinkt er mein Glas aus, guckt sich die Schnapsflasche an und stellt sie in den Schrank zurück.
Er holt sein schweres, grün lackiertes Fahrrad aus dem Schuppen und verschwindet in den Sommerabend. Vom Dachfirst aus starren die Tauben ihm nach.

Vater und Großvater stehen neben dem Bett im Kellerraum, um nach mir zu gucken.
„Still“, sagt Großvater, der Vaters Gedanken errät. „Lass ihn ruhig eine Nacht hier schlafen. Ich habe Platz genug. Komm!“
Kurz darauf sitzen die beiden schweigend in der Küche. Vater trinkt aus meinem Glas, doch das weiß er nicht. Großvater hat ja schon genug schmutziges Geschirr herumstehen.
„Für Amerika war es schon zu spät, ich konnte ihn nicht mehr gehen lassen“, sagt Großvater. „Deshalb habe ich ihn ins Bett gesteckt.“
„Er wollte nach Amerika?“, fragt Vater. „Lächerlich.“
„Als du so alt warst wie er, wolltest du eines Tages nach Holland“, sagt mein Großvater. „Erinnert du dich nicht mehr?“
Vater sagt nichts und schwenkt unentwegt den kleinen Kelch.
„Die Nachkriegskinder kennen keine Entfernungen“, sagt Großvater feinfühlig. „Wenn sie ausreißen, machen sie es

gleich richtig. Wie weit bist du damals eigentlich gekommen? Bis Koewacht?“

„In meinen Holzschuhen“, sagt Vater. „Und ich habe mich nicht erst vorher bei meinem Großvater beschwert.“

„Nicht alle Großväter sind gleich“, sagt Großvater mit düsterer Miene. „Und Enkel eben auch nicht.“

„Nein“, sagt Vater heiser.

Großvater schenkt noch einmal ein. „Und Koewacht ist schon fast Holland“, sagt er. „Mit ein bisschen mehr Glück hättest du heute eine Heringsbude oder würdest Käsekugeln rollen.“

„Ach was!“, sagt Vater.

„Glaubst du etwa, du hast das damals nicht ernst gemeint?“ Großvaters Stimme klingt mit einem Mal scharf wie ein Messer.

„Natürlich nicht“, sagt Vater schwach.

„Der Junge hat Angst“, sagt Großvater. „Angst vor dir und Angst vor Ti. Du kannst sprechen, Ti nicht. Aber du sprichst nicht. Seit drei Tagen schon. Dabei ist der Junge noch nicht mal elf und blickt zu dir auf wie zu einem Riesen. Wie groß bist du eigentlich? Ein Meter sechzig auf Strümpfen? Von mir aus schlage ihn ruhig. Der Junge wird bestimmt einen Kopf größer als du und dann wird er zurückschlagen.“

Vater holt tief Luft. „Dann hast du bei mir noch einige Prügel ausstehen“, sagt er mit unerwartetem Mut.

„Rotznase, unterschätze mich bloß nicht“, sagt Großvater. „Auch wenn es mir schwer fallen würde, dich übers Knie zu legen, so groß wie du bist. Den Hintern kann ich dir noch einheizen.“

Einen Augenblick lang werfen sie sich zornige Blicke zu.

Großvater und Vater haben die gleichen großen dunklen Augen, doch die von Großvater sind noch eine Spur dunkler.
Plötzlich lacht Großvater los.
Vater starrt ihn einen Moment verwundert an und dann bricht auch er in Lachen aus, bis ihm die Tränen über die Wangen kullern.
„Nach Koewacht!“, brüllt Großvater.
„In Holzschuhen!“, gickst Vater.
Sie sehen sich keuchend an, ein wenig verschämt. Denn weder Vater noch Großvater sind Lacher, höchstens Lächler.
Großvater spielt mit der Flasche, Vater räuspert sich.
„Das Wichtigste am Weglaufen ist das Zurückkommen“, sagt Großvater.
„So sehe ich es auch“, sagt Vater sanftmütig, denn er ist es nicht gewohnt, Schnaps zu trinken.
Als Großvater meinen Vater zur Tür begleitet, ist es sehr spät.
Wie er ihm nachschaut, fällt ihm die Schneise wieder ein.
„Meeressand!“, murmelt er vor sich hin.
Er zieht die Augenbrauen zusammen und versucht sich ins Gedächtnis zu rufen, ob sein Sohn früher auch nach einem Schatz gegraben hat. Er kann sich nicht daran erinnern, aber es muss wohl so gewesen sein. Jeder Junge gräbt gelegentlich nach einem Schatz. Und dann vermissen Väter einen Spaten.
Der dicke weiße Kater buckelt und streicht an Großvaters Hosenbeinen vorbei.
„Komm, Roosevelt“, sagt Großvater.
In der Küche öffnet er eine dritte Büchse Sardinen.
Roosevelt schnurrt.

Großvater setzt sich in seinen Korbsessel und guckt dem Kater zufrieden zu.
„Nicht so gierig, Roosevelt!“, sagt er.
Kater tunken nicht, sie schnappen und schlecken. Als die Büchse unter der Kraft von Roosevelts Zunge scheppernd über den Boden gleitet, setzt er seine dicke Vordertatze darauf.
Kater haben eben ihren eigenen Stil.
„Habe ich ihm auch von der Schneise erzählt, Roosevelt? Nein, die Schneise habe ich nicht erwähnt. Nur das Schlösschen und Ti und die Kaninchen. Ja, das musste sein, das ist nicht weiter schlimm. Man soll Eltern nicht mehr auf die Nase binden, als sie verkraften können.“
Großvater schenkt sich noch einen Schnaps ein.
Auf dem Flaschenetikett ist eine große Glocke abgebildet. Die Glocke hat Augen, die Großvater zublinzeln. „Wer wohl die Idee hatte, einem Genever den Namen *Klokke Roeland* zu verpassen?“, fragt Großvater sich. „Außerdem soll Roeland nicht blinzeln, Roeland soll bimmeln und läuten. Und singen: *Ich bin Roeland, ich läute bei Brand und rufe Triumph übers flämische Land.*“
Großvater rülpst laut. „Wenn der Junge weiter mit seiner Schneise beschäftigt sein will, muss er zusehen, dass er ab und zu einen Salamander heimbringt. Darf ich nicht vergessen, ihm morgen zu sagen.“
Er stellt sein Schnapsglas auf den Tisch, zieht sich den Hut über die Augen und faltet die Hände auf dem Bauch zusammen.
Innerhalb von zwei Minuten schläft er ein.

Als ich aufwache, habe ich einen schrecklichen Durst.
Die Zimmerdecke kommt mir fremd vor, auch die rote

Überdecke und das Bett, in dem ich liege. Draußen höre ich Tauben gurren.
Ach ja.
Auf einem Stuhl neben dem Bett liegt saubere Unterwäsche und über der Lehne hängt ein frisch gebügeltes Hemd.
In der Küche ist niemand.
Großvater sitzt im Hinterhof und liest Zeitung. Zu seinen Füßen trippeln ein paar Tauben, die kleine Steinchen aufpicken.
„Einen guten Morgen", sagt er zu mir. „Gut geschlafen?"
Er selbst sieht ziemlich zerzaust aus, und er hat einen weißen Stoppelbart.
„Wie spät ist es?", frage ich.
„Zehn vorbei", sagt er.
„Woher kommt die Unterwäsche?"
„Dein Vater hat sie gestern Abend noch vorbeigebracht. In dem Eimer dort ist Wasser zum Waschen."
Das kalte Wasser ist wohltuend. Während ich mich abtrockne, beobachte ich, wie die Tauben weiße Streifen am blauen Himmel ziehen. Ein Zug fährt ein paar verspätete Fahrgäste durch die Stille.
Als ich wieder in die Küche komme, ist Großvater dabei, in einer großen Pfanne Eier mit Speck zu backen. In dem Fliegenglas auf dem Tisch summen Fliegen. Roosevelt riecht den Speck, tut aber, als würde er ihn kein bisschen interessieren.
„Seit dem Tod deiner Großmutter frühstücke ich nicht mehr", sagt Großvater. „Allein zu frühstücken ist ganz schön traurig. Also lasse ich diese Mahlzeit ausfallen."
Wir frühstücken.

Mit dicken Scheiben Brot.
Roosevelt bekommt auch ein Stückchen Speck. „Ei mag er nicht“, sagt Großvater. „Allenfalls roh.“
So redet er weiter und kommt vom Hölzchen aufs Stöckchen, bis ich es nicht mehr aushalte und frage: „Was hat Vater gesagt?“
„Ach ja, dein Vater“, sagt Großvater mit unschuldiger Miene. „Wir haben uns wunderbar unterhalten. Es war schon ziemlich spät, als er nach Hause ging.“
Er grinst, aber das tut er öfter. Alte Leute haben dauernd ein stilles Vergnügen.
„Und woher hat er gewusst, dass ich hier bin?“
Großvater ist vollauf mit seinem Speck beschäftigt. „Durch Zufall“, sagt er mit vollem Mund. „Er ist zufällig vorbeigekommen.“
Ich glaube ihm kein Wort.
„Hast du immer noch vor nach Amerika zu gehen, oder wollen wir uns erst die Schneise anschauen?“, fragt Großvater. So ganz nebenbei.
Bei Tageslicht erscheint mir Amerika eine verrückte Idee.
„Lien Van Wesemael ist auch drüben“, sagt Großvater. „Nach der Befreiung ist sie mit einem amerikanischen Soldaten auf und davon. Der hat behauptet, er hätte drüben eine große Ranch, aber in Wirklichkeit arbeitet er in einer Autofabrik und muss Schrauben anziehen. Arbeiten muss man überall, kleiner Rie. Amerika ist ein Traum, aber kein Ort zum Hinziehen.“
„Die Schneise“, sage ich.
Großvater stellt die leere Pfanne in den Spülstein, zu dem Berg mit dreckigem Geschirr.
„Mir ist es egal“, sagt er. „Ich kann dir das Geld für die

Straßenbahn vorstrecken. Und einen Koffer habe ich auch, irgendwo auf dem Dachboden."
Ich schüttele langsam den Kopf.
„Wie du willst", sagt Großvater.
Sein Fahrrad steht noch an der Hauswand. Ich darf hinten drauf, hinter seinen breiten starken Rücken.

Es ist ungewohnt, zusammen mit Großvater den Sandpfad zwischen den Kornwänden entlangzufahren. Es gibt einen kürzeren Weg zum Fluss, doch Großvater radelt schnurstracks Richtung Schlösschen. Mir schrumpfen die Zehen in den Schuhen.
In langsamem aber gleichmäßigem Tempo strampelt er bis zu dem grausamen Ort und lehnt unbekümmert das Fahrrad an die Frontmauer des Schlösschens.
Es ist fast Mittag und das heruntergekommene Wirtshaus wirkt jetzt anmutig und friedlich.
Großvater presst die Fäuste in die Seiten. „Pfuipfui", sagt er. „Ich fahre viel zu selten mit dem Fahrrad."
Und dann schlurft er seelenruhig um das Schlösschen herum, die Hände in den Taschen, wie ein Bauer, der sonntags die Fortschritte seiner Gewächse in Augenschein nimmt. Er späht mal durch ein Fenster, tritt gegen eine Büchse und brummelt etwas Unverständliches.
An der Scheunenwand im Innenhof hängen die drei Kaninchenkadaver, von blauen Schmeißfliegen umschwärmt.
„Schade", sagt Großvater. „Unserem Freund scheint der Appetit vergangen zu sein."
Mich schüttelt es.
Lange betrachtet er den roten Pfahl, dann scharrt er mit dem Schuh in der Asche.

Nur die Fliegen stören die Stille. Sonst ist nichts zu hören. Sogar das Korn hält den Atem an.
Ich will fort, doch Großvater setzt sich in den Schatten der Scheune und stopft seine Pfeife.
„Dieser Ort ist goldrichtig, kleiner Rie", sagt er. „Ein verlassenes Wirtshaus, mitten im Kornfeld, wo der Dorftrottel seine Kaninchen brät."
„Sie sagen, dass es hier spukt", sage ich.
„Es gibt keine Geister", sagt Großvater. „Alles dummes Geschwätz."
„Aber . . ."
„Geister steigen aus der Flasche", sagt Großvater. „Es gibt nun mal Menschen, die nicht ohne Spuk leben können. Jedes Dorf benötigt sein Schlösschen. Aber wenn jedes Haus, wo sich jemand erhängt hat, zu einer Geisterruine würde . . . Nein, mein Junge. Oscar war ein armer Tropf, der am Ende seines Lebens ein wenig gesponnen hat."
„Oscar?"
„Der letzte Wirt. Ich habe ihn gut gekannt. Wenn um Mitternacht alle Wirtshäuser im Dorf zumachten und man noch Durst hatte, war man bei Oscar immer willkommen. Und kreuzte der Champetter auf, um mitzuteilen, dass längst Polizeistunde sei, zapfte Oscar ihm ein großes Bier und dann hat sich irgendein junges Ding auf seinen Schoß gesetzt."
„Wieso?"
„Um ihm das Haar zu kämmen", sagt Großvater und prustet los vor Freude. „Ja, sogar Glatzköpfe wurden hier gekämmt."
„Humpeljan . . ."
„. . . der sieht überall Spuklichter", sagt Großvater. „Kein

Wunder, wenn man selbst zum *eau de cologne* greift, wenn nichts Trinkbares im Haus ist." Er seufzt. „Und die frommen Bauern, die hier im Vorbeigehen ein Kreuz schlagen und sich schleunigst wieder aus dem Staub machen, haben die ganze Einrichtung weggeschleppt. Als Oscar noch nicht unter der Erde war. Spukgespenster, ja ja!"

Er steht auf und betrachtet nachdenklich den roten Pfahl.

„Den habe ich hier nie zuvor gesehen", sagt er. „Eigenartig."

Schweigend gehen wir zum Rad zurück.

„Großvater", sage ich, bevor er aufsteigt. „Gibt es Gott?"

Er fummelt an seinen Hosenklammern herum und hüstelt in die Pfeife. „Gott, kleiner Rie", sagt er, „ist in den Menschen. In jedem Menschen ein klein wenig."

Großvater begutachtet das Häufchen Meeressand in seinen Händen, als überlege er eine Wagenladung davon zu kaufen.

Er sieht sich die Schneise an. „Gute Arbeit!"

Die Schneise liegt wie ein schmales weißes Wundmal im Nesselmeer. Es ist entmutigend. Und vor allem keine gute Arbeit.

„Wie ist dieser Meeressand hierher gekommen?", frage ich.

„Aufgespült", sagt Großvater. „Untendrunter befindet sich eine andere Schicht, die bedeutend älter ist. Hast du keinen Hunger?"

„Nein", sage ich.

„Ich auch nicht", sagt Großvater. „Willst du die Bugfigur sehen?"

„Die ist doch in der Stadt."
„Dieser Tag gehört uns", sagt Großvater. „Und mit dem Fahrrad sind wir in einer halben Stunde dort."

Das Museum befindet sich an der Ecke zum Marktplatz. Ein altes Gebäude mit Treppengiebel und Turm. Und einer verschlossenen Tür.
Aber so schnell gibt Großvater sich nicht geschlagen. Neben der Tür hängt ein Klingelzug. Großvater zieht an dem Griff. Wir hören es drinnen läuten.
Es dauert eine ganze Weile, bis wir hinter der Tür vages Rumoren hören. Ein Schlüssel quietscht im Schloss. Vor uns steht ein schläfriger Mann, der sich den Bauch kratzt.
„Ja?"
„Wir kommen wegen des Drachenkopfes", sagt Großvater in einem Ton, als hätte er diesen höchstpersönlich hier zur Aufbewahrung abgegeben.
Der Mann seufzt tief und sieht nicht besonders erfreut aus. Er betrachtet eingehend Großvaters Hosenklammern, als wollten wir etwas Gefährliches hineinschmuggeln.
„Kommt rein", sagt er schließlich.
Wir betreten eine dunkle Halle mit einer Treppe. Der Mann nimmt eine Mütze von einem Haken, auf der in goldenen Buchstaben *Wärter* steht, setzt sie sich auf und betätigt einige Lichtschalter.
Am anderen Ende der Halle geht eine dicke Frau mit einer Kaffeekanne. Sie trägt einen rosafarbenen Morgenmantel und hat Lockenwickler im Haar. Nachdem sie eine Tür geöffnet hat, auf der *Privat* steht, schlägt sie diese mit einem Knall hinter sich zu.
„Das macht dann drei Franken", sagt der Wärter und

reißt zwei Karten von einer großen Rolle ab. „Der Kleine kostet nur die Hälfte."

Großvater bezahlt und wir poltern die Treppe hoch. Das Museum ist staubig und unordentlich. Mehr eine Art Speicher, der von einem Beamten verwaltet wird. An den Wänden hängen Gemälde und Kupferstiche und von der Decke herab alte Zunftfahnen. In gläsernen Schaukästen liegen kleinere Ausstellungsstücke umgeben von Fliegen, die mehr als tot sind.

„Drei Franken!", sagt Großvater empört. „Um deine eigene Bugfigur sehen zu dürfen. Schau, dort steht sie."

Ich bin ziemlich enttäuscht, als ich das dunkle verwitterte, etwa einen Meter lange Holzstück erblicke. Ein Tierkopf mit Augen und einem Maul. *Gefunden an der Schelde in Zele – 1949.*

„Es gibt schönere", sagt Großvater. „Besser ausgearbeitet. Aber diese hat auch was, finde ich. Der Mann, der diese Figur angefertigt hat, konnte sich gut beherrschen. Er hat rechtzeitig die Finger davongelassen."

Der Scheinwerfer neben dem Kopf wirft dessen Schatten auf die weiße Wand gegenüber. So müssen sie vor über tausend Jahren aus dem Flussnebel aufgetaucht sein. Eine Schattenflotte aus stolzen schwarzen Drachen- und Schlangenköpfen. Der Torfstecher hat den Spaten fallen lassen, der Bauer seinem Ochsengespann den Rücken gekehrt und der Fischer hat das Weite gesucht. Und im Dorf begannen die Glocken zu läuten. „Sie kommen! Sie kommen!"

Eine Viertelstunde später lässt der Wärter uns sichtlich erleichtert hinaus. Hinter uns schließt er die Tür sofort wieder ab.

Großvater lässt den Blick über den schlafenden Markt

und die Caféterrassen auf der gegenüberliegenden Seite wandern. Er hat Hunger und Durst.
Doch er sagt: „Komm, hier haben wir schon genug ausgegeben."

Am Fuß der Scheldebrücke, unter alten hohen Bäumen, liegt *Das Alte Venn – Café und Restaurant.*
„Ich sterbe vor Hunger", sagt Großvater und zieht die Hosenklammern von den Beinen.
Wir betreten die Wirtsstube. Dort warten ordentlich gedeckte Tische mit Tellern und Gläsern, eine große Theke und eine Pendeluhr.
Es ist niemand da.
Eine Tür geht auf und eine kleine alte Frau in einer weißen Schürze trippelt herein. Als sie Großvater sieht, bleibt sie einen Moment wie angenagelt stehen und dann fliegen sie sich in die Arme.
„Rie!"
„Florida!"
Ich stehe ein wenig verdutzt daneben, als sei ich Zeuge von etwas, das nicht für meine Augen bestimmt ist.
Die Frau ist noch einen Kopf kleiner als Großvater, der ohnehin nicht zu den Größten zählt. „Wo hast du die ganze Zeit gesteckt, du Schuft?", fragt sie.
„Du hast es genauso weit wie ich", sagt Großvater.
„Ja, das ist wahr, Rie, aber mit einem Geschäft . . ." Plötzlich sieht sie mich. „Und wer ist das?"
„Mein Enkelsohn", sagt Großvater. „Er wollte den Drachenkopf sehen."
„So ein großer Junge", sagt die Frau und guckt mich mit strahlenden Augen an, als hätte sie zu meiner Existenz beigetragen. „Was darf es sein?"

„Ein Bier gegen den Durst und einen Schnaps gegen die Gicht“, sagt Großvater.
„Und für den Jungen?“
„Eine Orangenlimonade“, sage ich, ehe Großvater antworten kann.
Hinter der Theke macht Florida sich mit Gläsern und Flaschen zu schaffen.
„So was“, sagt sie. „So so.“
„Können wir auch etwas essen, Florida?“, fragt Großvater.
„Die Küche macht erst um sechs auf“, sagt Florida. „Aber was soll’s, du bist ja nicht jedermann.“
„Nein“, sagt Großvater. „Nie gewesen. Jedermann. Das ist mir zu kompliziert.“
„Zweimal Aal also?“
„Aal“, sagt Großvater zu mir, „ist Floridas Spezialität. Ein Geheimrezept.“
„Ja, lecker“, sage ich.
Eine halbe Stunde später sitzen wir an einem Tisch unter den hohen Bäumen hinter dem Restaurant und essen wie die Deicharbeiter. Aal grün mit Fritten.
Florida genießt es sichtlich. Und Großvater erzählt ihr noch einmal die Sache mit den drei Franken.
„Um unseren eigenen Drachenkopf zu sehen“, schließt er aufgebracht.
„Ein richtiger Drachenkopf?“, fragt Florida.
„Die Bugfigur eines Wikingerschiffs“, sage ich.
„Meine Güte. Was für ein schlaues Kerlchen!“, sagt Florida.
„Später wird er Wikingerspezialist“, sagt Großvater und macht den obersten Hosenknopf auf. „Mir geht es nicht um die drei Franken, sondern ums Prinzip.“

„Ja, diese Städter", sagt Florida. „Sie verlangen immer eine doppelte Portion Fritten für den Preis von einer. Will man aber etwas von ihnen, wollen sie gleich das große Geld machen. Noch etwas Aal, Rie?"
Großvater lehnt sich beseligt zurück. „Mein Gott, Florida, ich kann nicht mehr."
„Eine Zigarre? Oder einen Cognac?"
Großvater möchte beides.

Roosevelt sitzt hinter der Gardine und betrachtet uns mit regelrechtem Missfallen. Es ist schon nach sieben.
Großvater stellt das Fahrrad an die Hauswand und grinst. „Du siehst aus wie ein gekochter Krebs, kleiner Rie."
„Und du erst, Großvater. Wie ein halb gekochter Krebs."
„Das liegt am Hut", sagt Großvater. Er bewegt sich etwas unsicher auf die Tür zu. „Eine tolle Frau, nicht wahr?"
„Der Aal war toll", sage ich.
„Der auch", sagt er. „Der auch."
„Ist Florida deine große Liebe, Großvater?" Das hätte ich mich nicht zu fragen getraut, wenn er nicht so unsicher auf den Beinen gewesen wäre.
Er ist vollauf mit seinen Hosenklammern beschäftigt. „Meine Liebe, meine Liebe", sagt er. „Weil sie uns Aal gekocht hat?"
„Nein, aber weil du nicht dafür bezahlen musstest."
„Bei Florida habe ich seit Jahren eine offene Rechnung", sagt Großvater. „Seit Jahren schon." Er keucht. „Wollen wir uns die Tauben angucken?"
„Gut", sage ich.
„Dann hol schnell zwei Flaschen Bier aus dem Keller. Von Cognac wird man nämlich durstig."

Als ich aus dem Keller komme, sitzt er bereits in seinem Korbsessel im Hinterhof. Wir gucken uns die Tauben an.
„Falls du noch nicht vorhast nach Amerika zu gehen, kannst du bei mir bleiben“, sagt Großvater nach langer Zeit.
„Mhm.“
„Die paar Eier zum Frühstück kann ich noch verkraften.“
„Mhm.“
„Wo wir schon mal über Liebe sprechen, hast du eine Freundin?“
„Ich bin noch nicht mal elf“, sage ich. So rot wie ein Krebs bin ich ohnehin schon.
„Liebe“, sagt Großvater, „hat nichts mit dem Alter zu tun.“
„Wirklich?“
„Wirklich. Das ist wie mit den Schlossgespenstern. Alle versuchen dir etwas weiszumachen. Dass man von so alt bis so alt eine Geliebte haben darf. So ein Quatsch! Liebe, die überfällt einen. Ist dir das noch nie passiert?“
„N. . . nein.“
„Also doch.“
„Ich habe zweimal einen Brief bekommen“, sage ich. „Von Sonja.“
„Sommersprossen?“, fragt Großvater.
„Woher weißt du das? Kennst du Sonja etwa?“
„Nein, aber alle Sonjas haben Sommersprossen.“
„Sie ist übersät mit Sommersprossen.“
„Rotes Haar? Zöpfe?“
Ich starre ihn mit offenem Mund an.
„Und, hast du schon mal daran gezogen?“

„Nein“, sage ich. „Ich mag Sonja nicht.“
„So ist es immer“, sagt Großvater. „Der eine ist bis über beide Ohren verknallt und der andere gleichgültig. Ein Wunder, dass noch Kinder geboren werden.“
Ich atme tief durch. „Wenn ich das Drachenschiff finde, heirate ich die Tochter aus dem Schloss.“
Großvater grinst. „Aber du bist doch kein Baron!“
„Nein, aber wenn ich ein Wikingerschiff finde, dann ...“
„Was dann? Dieses Mädchen spricht französisch und nimmt Klavierstunden und wahrscheinlich wurde sie schon jemandem versprochen.“
„Versprochen?“
„In diesen Kreisen läuft das so“, sagt Großvater. „Versprochen, verlobt, verheiratet. Fingerschalen!“
„Fingerschalen?“
„Weißt du nicht, was Fingerschalen sind? Wasserschüsselchen mit einer Zitronenscheibe drin. Darein taucht man seine Finger, wenn man Fisch gegessen hat.“
„Auch nach Aal?“
„Ja, auch nach Aal.“
„Aber ...“
„Bei Florida kehren nur gewöhnliche Leute ein“, sagt Großvater. „Und im Schloss wird nie Aal gegessen. Weißt du, was du machen musst, wenn du das Drachenschiff gefunden hast?“
„Nein.“
„Zusehen, dass die aus der Stadt es dir nicht wegschnappen. Sonst kommt dieser Dickwanst vielleicht noch auf die Idee, demnächst fünf Franken zu verlangen.“
Dann schiebt er sich den Hut über die Augen und schläft auf der Stelle ein.

Eines Abends gehen Großvater und ich Richtung Bahnübergang.
Heimwärts.
Großvater trägt einen Strohhut und eine weinrote Fliege.
In der rechten Hand hält er einen zierlichen Spazierstock, der zu nichts taugt, es sei denn um mir Dinge zu zeigen.
„So so“, sagt Maurice.
„Guten Abend, Maurice“, sagen wir gleichzeitig.
„Tö-ta! Tö-ta!“
Wir springen zur Seite.
Auf dem Straßenbahntrittbrett steht Ti.
Als er mich sieht, fängt er an zu winken.
„Großvater! Da ist Ti!“
Großvater schwenkt seinen Spazierstock zur Begrüßung, in unserer beider Namen.
„Er hat gewunken!“, sage ich.
„Ein freundlicher Junge eben“, sagt Großvater. „Schade, dass er nicht sprechen kann.“
Vater macht im Garten Frühkartoffeln aus.
„Guten Abend, mein Sohn. Guten Abend, Vater“, sagt er freundlich.
„Ich bringe ihn dir zurück“, sagt Großvater. „Er frisst mir die Haare vom Kopf.“
Mein Vater und ich sehen uns einen Moment tief in die Augen. Dann kommt er auf mich zu und nimmt mich hoch.
Er hebt mich auf seine Schultern und trabt wie verrückt mit mir durch den Garten, bis zum Gartenhäuschen und zurück.
Erschrocken kommt Mutter aus dem Haus gerannt. „Aber Vater, was ist denn jetzt los?“

„Nichts“, sagt Großvater mit einem Lächeln. „Die beiden sind soeben aus Koewacht zurückgekommen.“

Wenn der Sommer seinen Höhepunkt erreicht, schnappen die Frauen im Dorf völlig über.
Sie waschen Gardinen und kleben die Fensterscheiben solange mit Zeitungspapier zu.
Sie füllen die Matratzen mit frischem Spreu.
Sie putzen das Haus von oben bis unten.
Sie rücken die Schränke von den Wänden und machen sich unter Entzückensschreien über die alten Spinngewebe her.
Sie dämpfen Anzüge und waschen Hemden.
Sie bürsten Filzhüte ab und sind mit Knöpfen im Allgemeinen und Kragenknöpfen im Besondren zugange.
Sie kratzen mit einem Kartoffelmesser Moos und Unkraut aus den Pflastersteinritzen.
Sie stürzen sich mit schwarzem, nach Schuhcreme riechendem Zeug auf die Herdplatte und geben keine Ruhe, bis man sich darin spiegeln kann.
Sie sind kein bisschen ansprechbar und ihre halb fertig gestrickten Socken gucken verzweifelt aus dem Strickkorb hervor.
Die Männer ergreifen die Flucht in die Gärten. Sie sind völlig überflüssig geworden, bekommen kaum noch etwas zu essen und stoßen tiefe Seufzer aus. Dem einen oder anderen ist es ab und zu vergönnt, Eimer mit Wasser heranzutragen oder beim Verrücken eines schweren Kleiderschrankes behilflich zu sein. Oder beim Einschlagen von Nägeln.
Doch die meisten von ihnen beschäftigen sich so lange wie möglich mit der Kartoffelernte oder unterhalten sich

mit den Lauchstängeln. Und erst wenn die Dunkelheit einbricht, schleichen sie sich wie geschlagene Hunde ins Haus und tasten sich zum Ehebett vor, falls dieses nicht eingewachst wurde.

Irgendwann aber kommt der Augenblick, an dem die Männer auch die Gärten räumen müssen, weil die plötzlich voller Wäsche hängen und weil ihre fettigen Haarschöpfe die Bettlaken oder Kittel für immer beschmutzen könnten.

Dann versammeln sie sich beim Schmied, der von seiner Frau aus dem Wirtshaus gescheucht wurde und sich nun in seiner Schmiede in Geduld übt und trübsinnig auf einem Bierkasten sitzt.

„Es ist jedes Jahr wieder das Gleiche“, beschwert er sich.

Die Männer nicken zustimmend. Sie klopfen die Asche von ihrer Zigarette und spucken auf den Boden, denn dies ist der einzige Ort im Dorf, wo das noch erlaubt ist, und diese Bastion werden sie bis zum letzten Atemzug verteidigen.

Der Schmied verteilt Bierflaschen. „Prost“, sagt er mit finsterer Miene und in einem Ton, als habe er soeben eine geliebte Person der Erde anvertraut.

„Der Blasebalg“, sagt einer der Leidgeprüften, „wie lange ist es her, Schmied, seit der sauber gemacht wurde?“

„Schweig, du Pantoffelheld“, sagt der Schmied. „Am Blasebalg klebt noch der Staub, den mein seliger Vater aufgewirbelt hat. Sollte mein Feuer deswegen etwa weniger gut funktionieren?“

Die Männer geben murmelnd zu verstehen, dass das Feuer des Schmieds in Ordnung ist, in allerbester Ordnung.

„Ha!“, sagt der Schmied. „Ha!“
Er verschwindet ins Wirtshaus, um einen neuen Kasten Bier zu holen. Fast unmittelbar darauf ertönt ein heftiges Gekeife, sodass sich die Männer die Ohren zuhalten und dumm vor sich hin grinsen.
Der Schmied kehrt mit zwei Kästen Bier zurück. Sein Kopf ist puterrot.
„Ich habe gleich zwei Kästen mitgebracht“, sagt er. „Dann muss ich nicht so oft hin und her laufen.“
„Wie weit ist sie denn, Schmied?“
„Im Keller ist sie jetzt“, sagt der Schmied tonlos.
„Im Keller?“
„Jede Flasche Bier, die wir im Haus haben, wird mit einem Fensterleder blitzeblank gerieben“, sagt der Schmied. „Trinkt mal aus, Männer. Ob sie nachher auch noch die leeren Flaschen in Angriff nimmt?“
Dies alles bedeutet: Nächste Woche ist Kirmes.

Nächste Woche ist also Kirmes.
Der Ladentisch von Mon und Rachel biegt sich unter den Kartons mit Honigkuchen, und sie haben eine zusätzliche Tonne Sirup eingekauft. Denn das ganze Dorf backt süße Kirmesfladen.
In den Schuppen hocken fette Kaninchen hinter dem Maschendraht der Käfige. Während der letzten Wochen wurden sie mit frischem Löwenzahn und Ginsterzweigen verwöhnt und haben unverschämt zugenommen, völlig ahnungslos, was ihnen bevorsteht.
Kaum jemand besitzt eine Backröhre, also werden die süßen Fladen der ganzen Nachbarschaft im Ofen von Miel, dem Bäcker, gebacken.
Das ganze Jahr über bringen die Nachbarn Pappe, Papier,

Holz und alles, was sonst noch brennbar ist, zu Miels Schuppen, damit der Ofen für die Fladenbleche geheizt werden kann.
Am Donnerstag vor Kirmes sitzen die Frauen völlig abgekämpft in Miels Küche und trinken Kaffee. Damit sie nicht verwechselt werden, schreibt Miel auf jeden Tonkübel mit Kreide die Initiale der Besitzerin, denn kein Kübel und kein Teig ist wie der andere, da jede Hausfrau ihr Geheimrezept hat. Weitergegeben von der Mutter an die Tochter.
Männer haben keine Ahnung von Fladen – sie dürfen sie nur essen.
Und während aus einer blitzsauberen Kaffeekanne, die von einem blitzsauberen Herd aus einer blitzsauberen Küche kommt, reichlich Kaffee fließt, verbreitet sich im ganzen Dorf der Fladenduft.
Miels Schornstein raucht, als habe man endlich nach einem anstrengenden Konklave einen Papst gewählt. Und der Wind trägt den süßen Duft durchs ganze Dorf und verteilt ihn in den Häusern, Bäumen und Kornfeldern.
Die Männer atmen auf und unterhalten sich erleichtert mit den Kaninchen . . . Am Sonntag ist Kirmes.

Sie kommen von überall her.
Mit Pferd und Wagen. Mit Jeeps und Lastern.
Das Pferdekarussell und die Autoskooter, die Raupe, die Schlange und das Kettenkarussell, die Schießbude, das Monte-Carlo-Spiel und die Rattenlotterie, der Hau-den-Lukas und die Frittenbude.
Der Zauberer trifft mit dem Zug ein und logiert im *Anker*. Der Liedersänger kommt zu Fuß und Madame Blanche mit einem Lastenfahrrad. Madame Blanche ist ein

drahtiges Weibsbild mit kräftiger Trettechnik und einer Glaskugel, in der sie alles sehen kann, außer sich selbst.
Wie ein Schwarm Spatzen lassen sie sich auf dem Kirchplatz nieder, um ein Fest von Licht und Musik auszurichten, eine Illusion, einen Traum, der eine ganze Woche andauert.
Ti ist nicht vom Kirchplatz wegzukriegen. Er ist vom ersten Balken bis zur letzten Zeltplane dabei.
Auf der Terrasse vom *Anker* sitzt der Zauberer. Abwesend holt er sich zwei Billardkugeln aus dem Mund und zieht anschließend unter seiner Achsel an die hundert bunte Tücher hervor.
Ti staunt mit offenem Mund. Noch nie hat er einen Mann mit solch großen Achseln gesehen.
Als der Mann aufschaut und ihm zublinzelt, geht Ti rasch weiter. Hinter der Schießbude bleibt er stehen, um sich die eigenen Achseln abzutasten. Beide. Aber er findet nichts.

Die Kirmes sendet sonderbare Signale aus, die in einem ganz bestimmten Moment zusammentreffen.
Das hat mit den Fladen und den Kaninchen zu tun.
Mit dem Champetter, der die Genehmigungen der Schausteller kontrolliert.
Mit dem Pastor, der sich mühsam zwischen den Buden einen Weg zur Sakristei bahnt.
Mit Cordule, die frische Laken auf die Couch legt.
Es dauert nur einen Moment, niemand muss Ti darauf aufmerksam machen.
Dieser Moment ist nicht später, war nicht soeben. Sondern jetzt.
Und Ti geht nicht zur Kirmes, sondern zum Bahnhof.

Er setzt sich auf die Bordsteinkante in den Schatten der Gefallenen und wartet.
Denn er weiß, dass sie kommt.
Sie.
Sie kommt wie die Kirmes. Mit ihrem eigenen Licht und ihrer eigenen Musik. Eine Illusion, ein Traum, der eine ganze Woche andauert.

Es ist halb zehn. Aus den langen Häuserschatten der Stationsstraat taucht das einzige Taxi auf, das das Dorf besitzt. Taxis schlagen keine Funken auf den Pflastersteinen, sie wiehern und bäumen sich nicht auf – es sind pferdelose Wagen, die nach Leder und Zedernholz und teuren Zigarren riechen.
Am Steuer sitzt Petrolleke. Den Mund voller Goldzähne. Er trägt eine Mütze und weiße Handschuhe. Niemand im Dorf begreift, wie man sich mit einem Taxi ein halbwegs anständiges Brot verdienen kann, doch das ist eine Ermessensfrage. Womöglich hat Petrolleke einen Haufen Bargeld – denn er ist mit der Tochter des Flachsbauern verheiratet – und Taxi fahren ist nur sein Hobby.
Petrolleke umrundet das Denkmal und parkt vor dem Bahnhof. Er steigt aus, winkt Ti zu und zündet sich eine Zigarette an.
Es kann nicht mehr lange dauern.
Aus den Feldern, von weit her, wo sich die Schienen berühren, kommt der Zug gefahren. Bei jedem unbewachten Übergang lässt er die Lokpfeife erschrillen, die Kühe starren ihm nach und vergessen einen Augenblick das Kauen.
Petrolleke wirft seine Zigarette weg.
Inmitten einer Dampfwolke bleibt der Zug stehen. Es

steigen nur wenige Fahrgäste aus. Ein hagerer Mann mit einem kleinen braunen Koffer. Zwei bemützte Männer mit großen Taschen, die an einer Schnur von den Schultern baumeln. Eine dicke Frau mit einem kleinen Jungen. Alle haben es so eilig, als hätten sie schon etwas verpasst, und werden nacheinander vom Dorf verschluckt.
Und dann steht sie plötzlich da und alle Gefallenen halten den Atem an.
Sie trägt ein rotes Kostüm und einen mit Obst geschmückten Hut, hochhackige rote Schuhe und Strümpfe mit kerzengeraden Nähten. Vom Hutrand aus hat sie einen Schleier runtergelassen, der bis unter ihren feuerrot geschminkten Mund reicht.
Einen unermesslichen Moment lang stockt im Dorf jegliches Treiben. Kein Wagen rumpelt, kein Schritt wird vernommen, niemand räuspert sich. Und die Schwalben unterbrechen ihren Tiefflug, die Lerchen verstummen und plumpsen wie Steine ins Korn.
Kaum wahrnehmbar beugt sie das linke Knie. Ihre dunklen Augen spähen über den Platz und ihr Mund schickt sich endlich zu einem trägen Lächeln an.
Ti steht auf und geht verschüchtert in ihre Richtung.
Petrolleke lüpft seine Mütze, öffnet die hintere Wagentür und sagt: „Guten Tag, Mademoiselle Nora!“ Und er zeigt lachend seine Zähne. Er hat sie schon gekannt, als sie noch eine kleine Nora war, doch irgendwann werden aus kleinen Mädchen Mademoiselles.
Aus einigen wenigstens.
„Bonjour, Petrol!“, sagt sie. Sie hat eine etwas heisere Stimme, die einem das Rückgrat runterläuft, und die Art, wie sie ihre R's herausbringt, hat manches Kristallglas zum Erzittern gebracht.

Hinter ihr erscheint Clement. Clement ist zuständig für die Tür des Warteraums, die Fahrkarten und die Weichen und für Yvonne, die den Zeitungskiosk betreibt. Doch heute schiebt er aus besonderem Anlass ein Wägelchen, das mit Koffern beladen ist. Der Bahnhof verfügt nämlich nicht über einen Gepäckträger und Clement macht ein Gesicht, als habe er für dieses eine Mal nichts dagegen einzuwenden.

„Johannes, mein Junge", sagt die Frau. Sie hebt den kleinen Schleier und gibt ihm einen Kuss. Mit dem knallroten Mund. Sie riecht genauso, wie es Ti vom letzten Jahr in Erinnerung geblieben ist, und von all den Jahren davor.

„Ti!", sagt er.

„Darf ich Sie bitten einzusteigen, Mademoiselle?", fragt Petrolleke.

Clement schiebt den Karren zum Kofferraum. Ti ist ihm beim Umladen behilflich.

„Wie der auf einmal schwätzt! So was von stinkvornehm", brummelt Clement. „Zu Cordules Tochter!"

Als Petrolleke ihm zwanzig Franken zusteckt, hellt sich sein Gesicht jedoch ein wenig auf. Bei der Bahn steht einem zwar eine hübsche Rente zu, doch bis dahin muss man sich durchwursteln.

„Fährst du mit, Ti?"

Ti steigt von der anderen Seite ins Auto und setzt sich neben Nora. Der Ledersitz knarzt vornehm. Obwohl reichlich Platz zwischen ihnen ist, spürt er die Wärme ihrer Schenkel.

Aus einer roten Ledertasche holt Nora eine Schachtel Zigaretten. Ti nimmt sich eine und sie reicht ihm Feuer mit einem goldenen Feuerzeug.

In Dorf sieht man nie Frauen rauchen, doch Nora bläst

den Rauch durch die Nase, genau wie es sich gehört. Sie hat eine gerade, zart geformte Nase mit leicht zitternden Flügelchen, wie die einer Libelle.
Die Kofferraumklappe fällt mit einem dezenten Schlag zu, wie ein Tresor.
Fast geräuschlos gleitet das Auto durch die Straßen. Über den Bahnübergang, die Straßenbahnschienen entlang. Wo das Taxi vorbeifährt, bleiben die Menschen stehen. Männer zögern, ob sie ihre Mützen runternehmen sollen, Frauen scharen sich zusammen und krakeelen wie die Spatzen, die im lockeren Sand versuchen ihre Flöhe loszuwerden.
Doch Nora scheint von alldem nichts zu merken. Sie blickt gerade vor sich hin. Wie eine kostbare alabasterne Statue beim Transport. Nur aus ihrer Nase qualmt es.
Aus dem Wirtshaus kommt Dolf der Postbote und gesellt sich zum Schmied, der im Toreingang seiner Schmiede steht. Gemeinsam schauen sie dem Taxi nach, bis es die Kurve beim *Haus auf halbem Wege* genommen hat.
„Jetzt kann die Kirmes richtig losgehen", sagt Dolf der Postbote.
„Ja", sagt der Schmied. „Ganz meiner Meinung."
„Das gibt einen Haufen zusätzliche Arbeit", sagt Dolf. „Alles Luftpost. Aus Amerika. Und Telegramme."
„Postboten tragen doch keine Telegramme aus."
„Nein, das nicht", sagt Dolf. „Ich meine nur . . ."
„Sei's drum", sagt der Schmied. „Ein Mädchen wie Nora hält das Geschäft am Laufen."
„Das schon", sagt Dolf. „Aber ich bekomme trotzdem nicht mehr in die Tasche. Ich darf nur kurzfristig die Arbeit eines Brüssler Postboten übernehmen."

Cordule hat Kaffee und Kuchen gemacht. Guten Kaffee, ohne Zichorie. Und leckeren Kuchen, den man mit einer kleinen Gabel von einem kleinen Teller isst.

Gewöhnlich wird um zwölf gegessen, aber Stadtmenschen essen nicht so früh. Sie frühstücken erst spät oder gar nicht und laufen stundenlang im Schlafrock oder Morgenmantel herum.

Aber was soll's. Die Kartoffeln sind geschält, die zarten Böhnchen geputzt und die Koteletts gerichtet.

Nora hat ihren Hut abgenommen und die Jacke ihres Kostüms aufgeknöpft. Darunter bewegt es sich wie beim Marterpfahlmädchen. Aber Nora ist nicht blond, sondern schwarz. Schade. Ti würde sie gerne befreien, aber vielleicht ist sie schon befreit worden. Wer weiß.

Mit Cordule unterhält sich Nora im Dorfdialekt. Hin und wieder sucht sie nach einem Wort, doch verlernt hat sie es nicht.

Sie sitzt am Küchentisch mit übereinander geschlagenen Beinen. Ihre Knie sind atemberaubend schön. Einer der roten Schuhe hat sich von der Ferse gelöst und klammert sich flehend um die Zehen.

„Menschenskinder“, sagt Nora, „ich habe ganz vergessen, wie warm du es immer hast.“

„Der Herd muss halt zum Kochen geheizt werden“, sagt Cordule.

Ti nimmt sich noch ein Kuchenstück. Mit den Fingern.

„Warum willst du kein Gas?“

„Das Gas reicht nicht bis hier“, sagt Cordule. „Und Flaschen sind teuer.“

Nora wirft einen Blick durch die geöffnete Hintertür. In der Küche ist es ziemlich dunkel, doch draußen zeigt sich der Tag als blendend helles Rechteck.

„Ich schau mich mal im Garten um“, sagt Nora und nimmt ihre Sonnenbrille. „Kommst du mit, Johannes?“

„Ti!“, sagt Ti.

Und sie spazieren an den Sonnenblumen vorbei, am Suppengemüse, an den Bohnen und Kartoffeln. In kleinen roten Schuhen und in schweren Armeestiefeln. Auf dem Misthaufen liegen die Gedärme zweier Kaninchen – belagert von einem riesigen Fliegenschwarm. Nora geht mit schnellen Schritten daran vorbei und hält sich ein winziges Taschentuch vor Mund und Nase.

Ti hängt sich die Gedärme gerne wie einen Kranz um den Hals, weil sich jeder davor ekelt. Einen Augenblick lang zögert er, doch jetzt lässt er es lieber bleiben. Stattdessen wandert sein Blick über die Nähte von Noras Strümpfen. Streifen, die man ausziehen kann, um sie dann in eine lauwarme Seifenlauge zu legen. Wie weit sie wohl reichen?

Hinten im Garten bleibt Nora stehen und guckt sich die kleinen Häuser an, die dem Baron gehören. Wie weiße Flecken flimmern sie im Sonnenlicht und über ihnen drehen sich die Sonnenblumen langsam durch die Zeit.

Sie sagt nichts und es lässt sich nur schwer erraten, was sie denkt.

Schweigend kehren sie zum Haus zurück.

An der Hintertür gießt Cordule das Kartoffelwasser ab.

Nora isst nur eine einzige Kartoffel und vier Böhnchen und ein halbes Kotelett. Winzige Bissen nimmt sie, die wie Kostbarkeiten zwischen ihren roten Lippen verschwinden. Cordule sieht sie besorgt an. Kein Wunder, dass sie so dünn ist. Aber in der Stadt scheint das eine Mode zu sein. Vor allem ist es schade um die Koteletts.

Ti hat keine Probleme damit und verputzt sie munter eins nach dem anderen. Dann wischt er mit einem Stück Brot die Bratpfanne sauber.
„Wo steckt der Junge das bloß hin?", fragt Nora entsetzt.
„So viel wie er unterwegs ist, ist er das bald wieder los", sagt Cordule.
„Nach seiner Jacke zu urteilen wächst er immer noch", sagt Nora und drückt ihre Zigarette aus. „Da werden wir noch heute Nachmittag was unternehmen."

Um halb drei fährt Petrolleke erneut mit dem Taxi vor.
Er geht in seinem schönen hellgrauen Anzug und mit sämtlichen Goldzähnen zu Cordule in die Küche und versucht sie zu beruhigen – in ihrem eigenen Haus. So wie es auch der Kaplan und der Arzt und die Baronin tun. Was alles nur noch schlimmer macht.
Nervös trippelt Cordule auf und ab. „Sie kommt bestimmt gleich, Herr Charel. Sie muss sich nur noch ein wenig frisch machen."
Wenn Cordule sich frisch macht, fährt sie sich schnell mit einem Kamm durch das Haar und putzt sich mit einem Taschentuchzipfel die Ohren, aber bei Nora dauert es länger.
„Alle nennen mich Petrolleke", sagt Petrolleke freundlich.
„Ich dachte, dass sei ein Spitzname, Herr Charel."
„Ist es ja auch", sagt Petrolleke.
„Bleiben Sie doch nicht so stehen, Herr Charel. Nehmen Sie sich einen Stuhl. Eine Tasse Kaffee? Oder lieber was anderes?"
„Nein", sagt Petrolleke. „Kaffee ist gut."

Er ist bei seiner zweiten Tasse, als Nora aus dem Schlafzimmer kommt. Mit einem Strohhut und in einem bildhübschen Kostüm, das in genau demselben Blau ist wie ihre Schuhe und die Handtasche.

„Ich bin fertig“, sagt sie. Sie trägt keinen Schleier, aber dafür sind ihre Augenlider blau geschminkt, was auch eine Art Schleier ist, den man nach Belieben runterlassen kann.

Ti und Nora steigen ins Taxi.

„In die Stadt!“, sagt Nora, denn von den Einzelhändlern im Dorf hält sie nicht viel. Geizkragen sind das, die keine Auswahl haben, Nein-Verkäufer, die sagen, sie könnten es eventuell bestellen. Pah!

In der Stadt lässt Nora Petrolleke vor einem großen Bekleidungsgeschäft anhalten. Einmal drinnen, kommt ein feiner Herr in einem dreiteiligen Anzug auf sie zu. Er weiß nicht recht, was er von dem merkwürdigen Paar halten soll, doch lässt sich nichts anmerken.

Um von Tis schäbigem Anblick ein wenig abzulenken, hält Nora es für besser, französisch zu sprechen.

Der Herr hält den Kopf schräg wie ein Vogel, während er Nora zuhört. Er strotzt vor Bereitwilligkeit, denn schließlich sind Kunden Patienten, deren wunder Punkt die Kasse ist.

Nach Noras Erläuterung schleppt er geschäftig Hosen und Sakkos heran.

Ti muss in eine Ankleidekabine und Nora hilft ihm aus Jacke, Hose und Schuhen. Nur mit seinem Hemd bekleidet und mit schmutzigen Füßen steht er auf dem sauberen Teppich.

„Kommen Sie zurecht?“, fragt der Herr hinter dem Vorhang.

„Prima“, sagt Nora. „Ich brauche nur noch ein Paar Socken.“
Der Mann zieht die Augenbrauen zusammen. „Socken? Aber sicher, Madame. Welche Größe?“
„43“, sagt Nora.
Ein paar Minuten später steht Ti vor einem großen Spiegel. Wie ein Herr. Er trägt eine mausgraue Hose mit messerscharfen Falten und ein dunkelblaues Jackett mit Kupferknöpfen und einem wunderschönen Schildchen auf der Brusttasche. Nur die alten Schuhe wirken komisch unter der Hose.
Nora wirft einen kritischen Blick in den Spiegel. „Gefällt es dir?“
„Ti!“, sagt Ti und streicht vorsichtig über das Schildchen.
„Nicht wahr?“, sagt der Herr und reibt sich geschäftig die Hände.
Er hält zwei weitere Sakkos bereit, die seiner Meinung nach auch ausgezeichnet zur grauen Hose passen.
Ti verfolgt mit Spannung, was er mit dem Schildchensakko macht. Zum Glück bleibt es in der Nähe.
Ti probiert noch drei, vier andere Sakkos an und jedes Mal tritt der Herr einen Schritt zurück, bleibt wie vom Blitz getroffen stehen, kneift ein Auge zu und sagt: „Es sieht immer wieder anders aus. Aber schick, Madame. Sehr schick! Und vornehm.“
„Was findest du selbst, Johannes?“, fragt Nora.
Ti betrachtet den fremden Jungen im Spiegel. Solche Jacketts sitzen sonntags auf den Kissenstühlen in der Kirche, aber mit anderen Schuhen. Er zieht den Sakko aus, nimmt den mit dem Schildchen und schlüpft hinein. „Ti! Ti! Ti!“, sagt er entzückt.

Nora lacht. „Die Kupferknöpfe und das Schildchen haben es ihm angetan“, sagt sie.
„Eine gute Wahl, Madame!“, kräht der Herr. „Eine gute Wahl.“
Nora kauft noch eine Hose und drei Hemden und sechs Paar Socken. Bei den Krawatten zögert sie einen Moment und schüttelt dann den Kopf. Ti wird wohl nie einen Krawattenhals haben.
Der Herr schlägt alles in Seidenpapier und legt es in eine schöne Schachtel. Nora reicht achtlos ein Bündel Banknoten über den Ladentisch, das der Herr achtlos nachzählt.
Als er sieht, dass Ti ein Zigarettenpapier hervorholt, hält er ihm ein Kistchen mit langen Zigarren vor.
„Ti?“ Zögernd schaut er Nora an. Sie nickt ihm ermutigend zu.
Ti nimmt sich eine Zigarre, steckt sie sich hinters Ohr und nimmt eine zweite, die er sich in den Mund steckt.
Nora prustet los und der Herr gibt ihm lachend Feuer.
„Ein Glück, Madame, dass hin und wieder auch jemand kommt, der nicht raucht“, sagt er.
„Und jetzt noch Schuhe“, sagt Nora energisch, als sie wieder draußen stehen.
Eine gute Stunde später sitzen beide völlig erschöpft auf einer Terrasse.
Nora isst ein Eis.
Ti trinkt ein Export und dreht sich stolz in alle Richtungen, um allen seine große Zigarre zu zeigen.
Und Petrolleke bleibt beim Filterkaffee, auch wenn er auf dem besten Weg ist, seinen Jahresumsatz zu verdoppeln.

Nach kaum einem Tag hat Nora bereits auf friedliche Weise vom ganzen Haus Besitz ergriffen.
Es ist nicht zu übersehen.
Im Aschenbecher liegen neben Tis angesabberten Kippen Zigarettenstummel mit goldenem Mundstück und Lippenstiftflecken.
Auf einer Vase auf dem Schrank sitzt der Hut mit dem Obst.
Im Schlafzimmer stehen Koffer um das Bett herum. Sie sind voller Kleider, Hüte, Unterwäsche und Schuhe in allen Farben.
Und im Bottich werden seltsame Dinge eingeweicht, die kurze Zeit später an der Wäscheleine hängen.
Cordules Wäscheleine sieht ganz anders aus als Noras Wäscheleine. Cordule hängt nur gediegene Wäschestücke auf. Sogar ihre Unterröcke sind wie Zelte, in denen man wohnen könnte.
Noras Wäsche dagegen gleicht einem Schwarm farbenfroher spielender Schmetterlinge, die, könnten sie die Wäscheklammern abschütteln, bestimmt mit dem Sommerabendwind auf und davon wären.
Nora schläft im Schlafzimmer. Cordule auf der Couch in der Küche – auf dem Kirmesbett. Zwar hat Nora heftig protestiert, doch Cordule behauptet, auf der Couch schlafe es sich ausgezeichnet. Vielleicht sogar besser als auf ihrem alten Bettgestell.
„Wollen wir uns noch einen Moment nach draußen setzen?“, fragt Nora nach dem Abendessen. „Das Wetter ist so schön.“
Cordule zögert. Im Sommer sitzt sie jeden Abend auf einem Stuhl vor ihrem Haus, wie alle anderen auch. Aber zusammen mit Nora . . . Die Menschen sagen so viel und

sie denken noch mehr, ja, manche sagen sogar, was sie denken.
„Im Hinterhof ist es jetzt angenehm kühl“, sagt sie und guckt Nora dabei nicht an.
„Aber alle sitzen an der Straße“, sagt Nora. „Also, warum wir nicht auch? Ich habe doch keinem etwas getan?“
„Nein“, sagt Cordule zögernd. „Nein, natürlich nicht.“
Irgendwann mal haben sie sich darüber gestritten, aber das ist lange her.
„Ti!“, sagt Ti und er stapft los zum Schmied.

Beim Schmied sind Dolf und drei andere Männer beim Kartenspielen. Der Lärm schlägt einem bis zum Bahnübergang entgegen.
Immer wenn Dolf eine Trumpfkarte ausspielt, knallt er sie mit Wucht auf den Tisch. Und er hat viele Trümpfe aufzuweisen an diesem Abend; solche Abende gibt es hin und wieder mal. Neben ihm stehen drei volle Biergläser – alle gewonnen – aber er hat keine Zeit, sie auszutrinken.
„Pass auf dein Rad auf, Dolf. Da kommt Ti!“
Mit seinem dicken nassen Daumen wischt Dolf einen Kreidestrich von der Tafel und sagt gelassen: „Heute ist schon alles ausgetragen. Wenn er eine Runde mit meinem Fahrrad kurven möchte, kann er das von mir aus. Aber gib ihm zuerst ein Export, Schmied.“
Der Schmied ist schon beim Zapfen und lacht Ti mit breitem Grinsen an. Die meisten Wirte sehen es gern, wenn Ti aufkreuzt, weil er von allen, die sprechen können, einen ausgegeben bekommt.
„Wo wir gerade bei Ti sind“, sagt einer der Männer, „sie scheint eingetroffen zu sein.“

„Wie jedes Jahr, wenn Kirmes ist“, sagt Dolf der Postbote. „Pik ist Trumpf.“
„Die wäre mir noch eine Sünde wert“, sagt einer der anderen Kartenspieler, ein hagerer Mann mit Kittel und Hut. Er lacht dreckig und entblößt seinen einzigen braunen Oberzahn.
„Bei der hast du keine Chance, Gerard“, sagt einer. „Bei der nicht. Vor allem du nicht!“
Der Schmied bringt frisches Bier. „Für das, was diese Frau am Leib trägt, musst du ein ganzes Jahr arbeiten, Gerard“, sagt er.
„Übertreib mal nicht“, sagt Gerard.
„Ganz zu schweigen von dem, was man nicht sieht“, sagt Dolf der Postbote geheimnisvoll.
Die Männer legen allesamt ihre Karten nieder und schauen Dolf erwartungsvoll an.
„Hast du sie etwa ohne Kleider gesehen, Dolf?“, flüstert einer von ihnen.
„Das gerade nicht“, sagt Dolf der Postbote. „Das gerade nicht. Aber ich habe ihre Unterwäsche gesehen. An der Wäscheleine.“
„Seit wann gehst du bei Cordule hintenherum?“, fragt der Schmied.
„Psst, Schmied! Lass ihn doch erzählen!“
„Viel schwarz. Und rot. Und hellblau. Alles zum Wegpusten.“
„Ich könnte bestimmt alles mit einem Mal wegpusten“, sagt Gerard. „Alles. Ich habe immer schon kräftig Puste gehabt.“
Die Männer lachen, nur Dolf nicht. „Mesjös“, sagt er, „ich bin nur dienstlich dort gewesen und ein Beamter muss einiges verkraften können.“ Er senkt die Stimme.

„Aber was ich dort gesehen habe, war eine Wäscheleine voller Sünden. Stück für Stück. Ich frage mich, was der Champetter davon hält. Es ist zwar kein öffentlicher Weg, aber sehen kann es jeder."
„Ach was", sagt Gerard. „Kamiel würde auch pusten, wenn er Gelegenheit dazu hätte."
Alle brechen in schallendes Gelächter aus.
Dolf starrt trübsinnig in sein Bier. „Richtige Esel sind wir", sagt er. „Jeder von uns. Was tragen unsere Frauen? Diese rosa Dinger mit Schnürsenkeln und Fischbeinstäbchen. Und wisst ihr, woher diese Stäbchen stammen? Von Walfischen!" Mit schweren Augenlidern blickt er im Kreis herum. „Angenommen, meine Bieke würde auch mal so ein kleines rotes Höschen anziehen ..." Seine Unterlippe zuckt heftig. „Und sollte das Sünde sein, dann beichte ich es eben einige Tage später einem halbwegs hochwürdigen Vater."
Und zur Bestürzung aller legt Dolf den Kopf auf den Tisch und weint herzzerreißend los.

Ti schläft in einem Bett unter den Dachziegeln. Um dort hinzugelangen, muss er durch Cordules Schlafzimmer, wo sich in einer Ecke die Leiter befindet, die zum Dachboden führt.
Tis Magen ist voller Export. Das macht zwar schläfrig, aber trotzdem kann er nicht schlafen. Es ist viel zu warm. Er liegt auf der Bettdecke, nur in seinem Unterhemd. Das Dachfenster steht sperrangelweit auf, aber das bringt nur den Mücken etwas, die zornig herumsummen. Draußen summen die Menschen, die noch vor ihren Häusern sitzen und sich flüsternd unterhalten. Morgen ist Sonntag, also haben sie alle Zeit.

Hin und wieder torkelt ein Betrunkener vorbei, der vom Schmied kommt und die ganze Breite der Straßenbahnschienen braucht.
Ab und zu bleibt er stehen, die Mütze schief auf dem Kopf, und schaukelt leicht mit dem Oberkörper. Dann hebt er warnend den Zeigefinger und sagt leise, aber eindringlich: „Tö-ta! Tö-ta!"
Unten in der Küche unterhalten sich Cordule und Nora. Das ist ein ganz anderes Gesumme. Aus Worten, die sich ein ganzes Jahr lang angehäuft haben und nun in weitem Bogen empfindliche Stellen umgehen. Auf dem Tisch steht ein Einmachglas mit *Boerenjongens*, aber dieses Zeug ist Nora zu süß. Sie trinkt Whiskey aus einer flachen Flasche. Whiskey ist schlecht für die Figur, aber gut für eine heisere Stimme, die einem jeden Wirbel des Rückgrats bespielt, als wäre es ein Xylofon.
Ti kniet sich aufs Bett und steckt den Kopf durch das Dachfenster. Es ist Vollmond und die Gärten baden in einem sanften milchweißen Schimmer. Weit dort hinten tummeln sich Kaninchen. Hätte man ein Licht, das heller als der Mond wäre, könnte man sie erschießen. Mit einer Doppelflinte. Peng-Peng. Dann wären sie aber voller Schrot. Schrot schmeckt nicht gut. Aber Schießen macht bestimmt Spaß.
Unten an der Treppe wird Licht angeknipst. Wie ertappt zieht Ti schleunigst den Kopf zurück und legt sich wieder aufs Bett. Er hört Wasser laufen und Kofferdeckel auf- und zuklappen. Und einige andere Geräusche, die er nicht sofort erkennen kann.
Es dauert sehr lange, bis das Licht wieder ausgeht. Cordules Bett quietscht kurz auf und dann wird es still.
Cordule ist nie still. Sie wälzt sich dauernd hin und her

und sie schnarcht. Auf ihrem Kissen liegt ein kleiner alter Kopf, der pustet und schnauft und einen braunen Damenbart hat. Der Bart ist altersbedingt und das Braun stammt vom Schnupftabak mit dem Hähnchen auf der Dose.

Ti wartet.

Er ist hellwach. Das Export ist noch in seinem Bauch, aber nicht mehr im Kopf.

Am Fußende seines Betts hängen die neue Hose und der neue Sakko, darunter stehen die neuen Schuhe. Schuhe mit vornehmen kleinen Löchern an den Spitzen.

Leise steht Ti auf und zieht den Sakko an, über das Hemd.

Er sieht ziemlich komisch aus mit den Hemdzipfeln und den nackten Beinen, die unter dem Sakko hervorgucken. Langsam streicht er über das Schildchen und sagt: „Ti!“ Nicht mit einer Exportstimme, sondern mit einer Whiskeystimme.

Der Sakko riecht angenehm neu. Er ist wie für Ti geschaffen. Mit einer großen Innentasche, wo Mercedes gut Platz hat. Und mit Außentaschen, die bald voll mit Tabakfitzelchen sein werden, und mit kleinen Schnurstücken und schönem Papier, und mit Schrauben, die man auf der Straße findet und die nirgendwohin passen. Und er hat Ärmel, auf denen Rotzbläschen trocknen können.

Ti hockt sich auf die obere Leitersprosse und lauscht.

Noras Atem ist leicht wie eine Frühlingsbrise. Sie wird bestimmt nie einen Schnurrbart haben und auch keinen eingefallenen Mund. Mit Sicherheit nicht.

Ti steigt drei Sprossen tiefer. Das Zimmerfenster ist weit geöffnet, die Vorhänge sind nicht zugezogen. Mitten in einem großen Fleck Mondlicht steht das Bett. Noras Gesicht ist noch weißer als der Mond, von einem Zeug, das aus einer Tube kommt, und auf ihren Augen liegen zwei dunkle runde Scheiben.

Sie liegt auf der Tagesdecke und trägt nur ein kurzes Hemd aus Gaze. Ein Knie ist leicht angewinkelt. Ihm ist, als würde sie ihn mit Augen, die zehnmal größer sind als sonst, angucken, doch sie schläft tatsächlich.

Ti betrachtet sie lange und streicht verwirrt über das Schildchen. Sein Atem hat den gleichen Rhythmus wie ihrer, als hätten sie ein und denselben Atem. Sie ist noch schöner als der Sakko, viel schöner sogar. Und sie atmet, als stünde sie an einem Marterpfahl. Man kann es durch das Hemd hindurch sehen. Dort sind auch Augen, dunkle kleine Augen, die mitatmen.

Ti geht die Leiter runter und stellt sich neben das Bett. Langsam zieht er den Sakko aus und wirft ihn über einen Stuhl.

Sie riecht anders als der Sakko. Wie kurz vor einem dräuenden Gewitter riecht sie, wenn die Düfte schwer sind und befreit werden müssen vom Regen, der aber nicht kommen will.

Ganz vorsichtig legt er sich neben sie. Das Bett quietscht, sie seufzt. Ihre Hand gleitet über sein Hemd, sie zieht ihn zu sich und schlingt ein Bein um seine Hüfte.

Sie ist warm und alles an ihr ist weich und glatt wie Seide. Seine Hand streicht vorsichtig über ihren Schenkel, als wäre er ein Schildchen. Dieselbe Hand, die blitzschnell nach der Straßenbahnstange greift und mit einem einzigen Hieb den Kaninchen die Nackenwirbel bricht. Diese Hand gleitet jetzt hoch bis zu einem winzigen Höschen, das noch weicher als ihre Haut ist. Weicher und kühler.

Sie öffnet ihre Arme und sagt heiser: „Komm!“ Und sie wiegt ihn behutsam. Und er riecht, wie sie wirklich

riecht – nicht wie aus einer Flasche. Diesen Duft sollte man in Flaschen abfüllen, sodass man sie immer riechen kann, wann immer man möchte.
„O Junge!", sagt sie. „Mein armer Junge."
Und langsam schläft Ti ein.

Die Glocken bimmeln übers Land.
Hinter der Gardine scheint die Sonne und man hört Cordule über den Innenhof stampfen.
Einen Moment noch bleiben sie still liegen, ihr Bauch an seinem. Dann steigt ein Brummeln aus Noras Hals und sie flüstert in sein Ohr: „Du musst jetzt ganz leise die Leiter hoch."
Ti gräbt seinen Kopf zwischen ihre Brüste und seufzt. Wie Kissen fühlen sie sich an. Nie mehr will er von hier fort.
Aber sie löst sich vorsichtig aus seiner Umarmung und zieht ihn aus dem Bett. Sie hören den Riegel vom Klohäuschen und dann, wie Cordule hineingeht. Noras Gesicht ist voller weißer Streifen, auf dem Kopfkissen liegen zwei Gurkenscheiben.
Ti schnappt sie sich, und ehe sie sich's versieht, sind sie in seinem Mund verschwunden.
„Verrückter Junge!", sagt sie.
Sie zündet eine Zigarette an, steckt sie ihm zwischen die Lippen und zündet sich selbst auch eine an.
Er setzt sich neben sie auf die Bettkante. Ihr Hemd ist schwarz und dünn und hat schmale Träger, einer ist ihr von der Schulter gerutscht. Und ihre Beine haben keine Naht, aber sie sind so braun wie mit Strümpfen. Ihr schwarzes Haar ist wie ein Vorhang, in dem man sich ausweinen kann.

Sie drückt ihre Zigarette aus und räkelt sich wie eine Katze.
„Jetzt musst du nach oben!“, sagt Nora. Und drückt ihn behutsam aber entschieden die Leiter hoch.

Die Küche duftet nach Kaffee. Nach echtem Kaffe, ohne Zichorie, die zwar gut für Herz und Blutgefäße ist, aber so armselig schmeckt.
„Die habe ich heute Morgen vor der Tür gefunden“, sagt Cordule. Und sie deutet auf eine große weiße Papiertüte, als würde diese eine Zeitbombe enthalten.
„Ha, die *Pistolets*“, sagt Nora.
Sie trägt einen kurzen roten Morgenmantel und hat nackte Füße.
Nora öffnet die Tüte und nimmt die Brötchen heraus. Knusprige weiße Brötchen, mit einer hellbraunen Kruste.
Dazu gehört gute Butter und eine Unmenge Kaffee.
Die Haustür steht offen, auf der Straße ist es ruhig. Sogar die Straßenbahn scheut sich, die Stille zu durchbrechen.
Ti hängt ziemlich verpennt herum, wie es sich bei einem Kirmessonntagfrühstück gehört.
Cordule hat den Kopf voller *Boerenjongens*. Sie trägt eine neue, vor Stärke krachende Schürze. Frisches Weißbrot!, denkt sie. Und sieht zu, wie Nora ein zweites Brötchen aufschneidet, den Inhalt rauspult und auf den Tellerrand legt. Ob sie den Krieg völlig vergessen hat?
Nora hat aber nichts vergessen. Gerade deshalb isst sie nur die knusprige Kruste. Und auch kein Roggenbrot, das ist gut für Pferde und für den Stuhlgang und für die Leute, die in einem Miethäuschen vom Baron wohnen.
Ihr Gesicht sieht nackt aus, so ohne Rouge, ohne Lippen-

stift, ohne Wimperntusche und ohne blaue Läden vor den Augen.
„Hast du gut geschlafen?“, fragt Cordule.
„Wie ein Murmeltier“, sagt Nora. „Und du?“
„Um zwei hat noch einer angeklopft“, sagt Cordule. „Peeke Gepast, nehme ich an, im Vollrausch. Er klopft immer an, wenn er getrunken hat.“
Nora kichert. „Trinkt er sich etwa vorher Mut an?“
„Man hat es nicht leicht als Frau allein“, sagt Cordule ernst. „Einmal habe ich ihn reingelassen und er hat sofort angefangen zu weinen. Und am Tag darauf hat er mir einen Blumenkohl gebracht. Kein Mensch hat schönere Blumenkohlköpfe als er. Zwei Tage haben wir davon gegessen und den Rest habe ich den Hühnern von Doke gegeben.“
„Ein Witwer?“ Nora zündet sich eine Zigarette an und Ti nimmt noch eine Hefeschnecke, wegen der Rosinen.
Cordule nickt. „Ein braver Mann, aber er sollte nicht trinken.“
Mit Schrecken schaut sie auf den Wecker und zieht die Schürze aus. „Zeit für die Messe!“
„Bestell dem Pastor einen Gruß“, sagt Nora. Es klingt schärfer, als sie es beabsichtigt hat, aber auch den Pastor hat sie nicht vergessen. Genauso wenig wie den Krieg.
„Aber sicher“, sagt Cordule. Und mit dem Gebetbuch unterm Arm rennt sie aus dem Haus.

Nora gießt Wasser in den Krug und wäscht Ti von oben bis unten. Wie ein kleines Kind. Danach betrachtet sie seufzend seine Unterwäsche. Menschen auf dem Land tragen noch immer diese Dinger, die man endlos kochen muss und bei denen man das Gefühl hat, man würde eine

graue, viele zu große Wohnung beziehen. Alles wird zum Reinwachsen gekauft, auch wenn sich nichts mehr tut.
In Hemd und Hose und den vornehm knarrenden Schuhen sieht Ti schon besser aus.
„So!“, sagt Nora. Sie hilft ihm in den Sakko und einen Moment lang, ganz flüchtig nur, steht sein Vater vor ihr. Ganz flüchtig. Ganz, ganz flüchtig. Er hatte das gleiche widerspenstige blonde Haar. „Wartest du einen Augenblick in der Küche? Ich bin gleich fertig.“
Gleich fertig. Das gibt Ti noch genügend Zeit, wie ein Hahn um den Küchentisch zu stolzieren. Seine Füße sehen jetzt viel kleiner aus und sind voller Löcher. Seine Knie kribbeln in der grauen Hose. Und das Hemd hat keinen Schoß, sondern hört knapp unter den Hüften auf.
Er stellt sich in die Hintertür und steckt die Hände tief in die Hosentaschen. Es ist ein Papier darin. *En cas de réclamation, rappelez le n° 147*. Das sieht so wichtig aus, dass er es sorgfältig in die Tasche seines Sakkos steckt.
Hinter der Schlafzimmergardine hört er Nora summen. Und Wassergeplansche. Die Sonnenblumen drehen langsam die Zeit. Wie Wecker, die nicht ticken. Die Kartoffelpflanzen dörren allmählich aus, der Sellerie schießt und irgendwo kräht ein Hahn, der verschlafen hat.
„Darf ich so mit dir zur Kirmes?“
Sie steht hinter ihm im engen Durchgang. Eine blaue Schleife im Haar, weiße Bluse, blaue Jeans, flache Schuhe. Die Hose sitzt wie angegossen. Zusammengepresste Pobacken und Beine wie bei den Cowboys.
„Ti!“
Er streicht über ihren Hintern, so wie über das Schildchen.

„Verrückter Kerl!"
Sie schlägt kurz ihre Augenläden nieder, die so blau wie ihre Hose sind. Und ihr Mund ist rot wie eine Erdbeere. Wie Johannisbeeren. Wie Vierfrucht-Konfitüre.
Sie geht leicht in die Knie. „Die Hose gefällt dir, ja? Weißt du was? Morgen kaufen wir für dich auch so eine. Einverstanden?"
Sie schließen die Haustür ab und gehen Hand in Hand zum *Haus auf halbem Wege*.
Die Sonne steht brennend heiß über den Kuhweiden, aber in den kurzen Schatten der Häuser ist es kühl.
„Tö-ta! Tö-ta!" Die Straßenbahn kommt.
Einmal im Jahr steigt Ti in die Bahn, wie es sich gehört. Nora löst Fahrkarten und Ti setzt sich brav auf die Holzbank ihr gegenüber. Da ist schon das Haus vom Bäcker und die Schmiede von Pier und der Laden von Mon und Rachel, der Bahnübergang, das Kino mit den unanständigen Bildern, der Freiheitsbaum und der Garten mit der Schildkröte.
Es ist schön, auf dem Trittbrett zu stehen, aber Noras Hose ist vielleicht sogar noch schöner.

Hoch über den Köpfen der Gläubigen tänzelt der Pastor auf der Kanzel hin und her. Die Kanzel wird gestützt von zwei Engeln, die sanft vor sich hin lächeln, denn im Vergleich zu den klobigen Missionspatern ist der Pastor nur eine leichte Last.
Über seinem Kopf hängt eine weiße Taube. Der Heilige Geist. Er ist zwar noch nie mit den anderen Tauben nach Quiévrain ausgeflogen, ist aber dafür ein Fachmann für unbefleckte Empfängnisse und feurige Zungen – und muss dringend mal abgestaubt werden.

Der Pastor regt sich ziemlich auf.
Was vollkommen überflüssig ist.
Die eine Hälfte der Kirchenbesucher schläft ihren Kater aus, die andere Hälfte denkt an die Suppe und das Kaninchen, die nachher aufgetischt werden müssen.
Das Licht, das durch das Johannes-der-Täufer-Glasfenster fällt, lässt das schüttere rotblonde Haar des Pastors wie ein wirres Kupferdrahtknäuel wirken. Johannes' Kopf liegt auf einer Goldschale, seine Augen blicken hinauf zu Sankt Antonius mit seinem Schwein, der eine Miene macht, als hätte er einen Anpfiff bekommen.
Draußen bleibt die Kirmes still, bis der Pastor fertig ist. Er habe gar nichts gegens Spaßmachen, sagt er mit Spuckebläschen in den Mundwinkeln, gesunde Entspannung zu gegebener Zeit sei durchaus gestattet. Selbst spiele er hin und wieder auch gern eine Partie Karten und ein frisches Export schmecke gut bei diesem Wetter. Auch ihm. Sogar ihm. Als Junge sei er ein begeisterter Stangenkletterer gewesen und habe so manche Schinken erobert, sogar im Sackhüpfen sei er gar nicht so schlecht gewesen, auch wenn er es selbst sage. Die Kirmes sei ein Fest, vor allem ein Kirchenfest. Der Jahrestag der Kirchweihe.
Das gerät manchmal in Vergessenheit, denn die Kirche ist schon alt und die Kirmes auch, doch der Pastor hat es nicht vergessen.
Aber zum Feiern brauche man nicht den Rock bis über die Knie zu kürzen. Und sich maßlos betrinken und den Bauch voll schlagen solle man auch nicht. Schon manch einer habe mit einem dicken Schädel einen oder sogar mehrere Finger, ja selbst eine ganze Hand in der Spinnmaschine oder im Webstuhl verloren. Das halte nicht nur die Produktion auf, sondern bringe auch für die Betroffe-

nen großes Elend mit sich. Auf dem Kirchplatz werde Spaß gemacht, doch innerhalb der stillen Mauern des Pfarrhauses klage das Elend. Und Pfarrhaus und Kirchplatz liegen nah beieinander.

Der Pfarrer lässt seine Worte ein wenig nachwirken – bedeutungsschwere Stille.

Aus der Orgel verirrt sich ein Ton, der wie ein abgezwickter Furz klingt.

Einer der Gemeindemitglieder wacht mit einem Ruck auf, federt hoch und verschiebt dabei seinen Stuhl. Verdutzt steht er eine Weile wie ein Blitzableiter inmitten der sitzenden Herde, ehe er mit hochrotem Kopf sein Missverständnis kapiert.

„Ein Fest!", beschließt der Pastor. „Ein richtiges Fest. Amen!" Und er poltert mit flatterndem Chorhemd die Kanzeltreppe runter.

Eine Viertelstunde später verlassen die ersten Menschen die Kirche.

Über dem Platz hängt bereits der Duft von Ölkrapfen und die kleine Drehorgel räuspert sich. Langsam setzen sich die Karussellpferde in Bewegung.

Madame Blanche putzt mit einem weichen Tuch ihre Glaskugel.

Cordule überquert den Platz, vorbei an Zelten, Farben und Musik. Es ist lange her, dass die Kirmes für sie ein Fest war, das sie Tage zuvor in Aufregung versetzte. Auf einer Kirmes kann man nicht nur Finger verlieren – manchmal bekommt man auch etwas dazu. Ein Kind zum Beispiel, ohne Vater. Und so ein Fest dauert sehr lange.

Die Straßenbahn drosselt die Geschwindigkeit, denn vor dem Freiheitsbaum defiliert die Musikkapelle. Männer in

geschniegelten blauen Uniformen spielen einen schwungvollen Marsch. Fehlerlos, denn die Kirmes ist noch jung. Hinter der Musikkapelle stapfen die Vorstandsmitglieder. Sie spielen keine Instrumente, sondern rauchen dicke Zigarren und grüßen wohlwollend die Menschen auf dem Gehweg, als führten sie einen Wahlkampf.
Hinter dem Vorstand gehen die Frauen der Musikanten. Faltige Matronen, in Korsetts gezwängt und darüber groß gemusterte Blumenkleider.
Jede von ihnen trägt eine riesige Handtasche, die zweifellos mit Proviant gefüllt ist.
„Ti!", sagt Ti.
Auch Noras Augen leuchten. Kapellenmusik fährt sofort in Bauch und Beine.
„Wollen wir?" Sie nimmt Ti an die Hand, springt mit ihm aus der Bahn und zusammen tanzen sie hinter den Blumenkleidern her.
Wo sie vorbeikommen, fangen die Frauen an zu tuscheln. Aber die Männer starren gebannt auf Noras Hintern und denken an frühere Sünden.
Hoch oben am Laternenmast der Kirche flattern die Dorf- und Landesfahnen. Rot-gelb-grün sind die Farben des Dorfes, ein freundliches Lächeln neben der recht strengen Nationalfahne.
Die Musikkapelle macht Halt vor dem *Anker* und während sich die Musikanten auf der Terrasse niederlassen, schauen sich Nora und Ti außer Atem an. Dann lacht Nora los, einfach so. Auf dem Rummelplatz ist es so laut, dass man sie nicht hört, aber man kann ihren offenen Mund mit den weißen Zähnen sehen.
„Zuerst die Autoskooter!", schreit sie.
Sie erobern einen roten Wagen. Ti setzt sich hinter das

große weiße Lenkrad. Noras Schenkel an seine, ihr Arm um seine Schultern.
Ti ist ein ernster Fahrer. Er hat gut aufgepasst, wie Petrolleke es gemacht hat, und gibt sich große Mühe, den roten Wagen wie ein Taxi zu fahren. Das heißt, ohne Schrott aus ihm zu machen.
Aber die hoch aufgeschossenen Burschen in den anderen Skootern sehen die Sache anders. Kaum haben sie Nora erspäht, da verwandeln sie sich in rücksichtslose Jäger, die eine Hetzjagd auf den roten Wagen veranstalten, ihn schneiden und gnadenlos rammen.
Auch eine Art Anmach-Ritual. Man legt einen schützenden Arm um die Schulter seiner Liebsten und erklärt zugleich alle anderen Mädchen für vogelfrei.
Wham!
Nora schreit über die Musik hinweg. Ihr Körper schaukelt ruckartig hin und her, ihr Vierfrucht-Konfitüre-Mund reißt zu einem sprudelnden Lachen auf und mit dem Geld aus ihrer blauen Tasche kauft sie sich eine neue Runde Spaß.
Ihre Wangen sehen rosig aus, sie zwickt Ti in den Oberschenkel. „Toll, was? *Forrrmidable*!“
„Ti!“
Seine Hände umklammern das Lenkrad, dass die Knöchel weiß werden. Er wird auch zu einem Jäger, der erbarmungslos hinter den Burschen herjagt. In seinen Augen ist ein finsteres Glimmen. Er kriegt sie, einen nach dem anderen, ihre Körper schütteln sich wie leblose Puppen.
Nora lacht nicht mehr. Sie hat seine Augen gesehen und weiß, dass es vorbeigeht. Es dauert nie lange. „Komm!“, sagt sie. Und ehe die nächste Fahrt losgeht, springen sie

aus dem roten Wagen, der sofort von zwei Wartenden beschlagnahmt wird.

Vor dem *Anker* trommelt einer aus der Kapelle die anderen zusammen. In der Tuba neben der Tür fängt sich die Kirmes wie in einem Zerrspiegel.

„Willst du was trinken?"

Sie nehmen auf der Terrasse Platz und schauen der Musikkapelle nach, die zum nächsten Gasthaus marschiert.

Bedächtig dreht Ti sich eine Zigarette. Er will keine aus dem Päckchen, das Nora ihm hinhält. Auf seine Hose fällt etwas Tabak, doch sie traut sich nicht es wegzuwischen.

Es werden zwei Export gebracht. Und noch zwei. Sie scheinen Ti gut zu tun.

Vorsichtig nimmt sie seine Hand und redet leise auf ihn ein. Worte, die von vielen anderen übertönt werden, Worte, die er vielleicht irgendwo gespeichert hat, aber sie nicht an seinem Kehlkopf vorbeibringt. *Sie werden nicht alt, Madame*. Tröstliche Aussage. Ohne Worte wird man nicht alt. Die Worte drängeln sich hinten im Rachen und suchen sich schließlich einen Fluchtweg über die Augen. So ungefähr muss es sein.

Aus ihren Augen kullern langsam zwei Tränen. Ihre Hand drückt seine, sie gibt ihm einen Kuss. „Willst du Karussell fahren?"

Die Karussellpferde jagen einander ohne sich jemals einzuholen. Geschweige denn, dass sie aufeinander prallen. Weiße Pferde mit kleinen Spiegeln auf dem Bauch und roten Satteln. Sie schaukeln auf und nieder an glänzenden Kupferstäben vorbei, aus perforierten Karten kommt alte Musik, eigens aufgehoben für die Orgel.

Nora sitzt vor ihm im Sattel, er riecht ihr schwarzes Haar

und ist der weiße Cowboy. Doch jetzt ist das Licht an. Und auf seiner Sakkotasche ist ein Schildchen.
In wie vielen Armen ist sie wohl so gesessen, hoch und runter auf einem Karussellpferd? In sehr vielen Armen, die zu zählen sie aufgehört hat. Einer der Jungen hatte genauso widerspenstiges Haar wie Ti und genau das gleiche Grinsen. Wenn er sie küsste, bekam auch er ein seltsames Glimmen in den Augen, aber er hatte Wörter. Nicht viele, aber sie reichten aus, um das Augenglimmen zu vertuschen und ihr dieses und jenes zu versprechen. Er war ein Versprecher, jemand, der später ihre Briefe ungeöffnet zurückgeschickt hat.
Das Karussell hält an und Ti hebt sie vom Pferd, als wäre sie leicht wie eine Feder. Er stellt sie auf den Boden. Seine Augen sind klar, als lachten sie, und er legt ihr einen Arm um die Schultern. Sie kauft eine Zuckerwatte bei Barbapapa und sie geben sich große Mühe, keine Schweinerei zu veranstalten.
Vor der Kirche steht das Lastenfahrrad von Madame Blanche. Daneben ist ein roter Baldachin aufgespannt, wie über dem Allerheiligsten in einer Prozession. Unter dem Baldachin befindet sich ein kleiner Tisch, auf dem die Glaskugel und ein Glas Trappistenbier stehen. Dahinter kauert alt und zahnlos Madame Blanche. Ihr kleines Mumiengesicht ist bemalt mit den Kriegsfarben einer Frau, die glaubt, alles schon mal erlebt zu haben. Aber man kann nie wissen. Sie macht eine Miene, als wenn es ihr völlig egal sei und man gefälligst selbst entscheiden solle, ob sie einem nun die Zukunft vorhersagt oder es bleiben lässt.
Nora legt Geld auf den Tisch und setzt sich auf den Klappstuhl ihr gegenüber.

Madame Blanche schnappt sich das Geld und seufzt. Sie nimmt einen großen Schluck Trappistenbier und tickt mit einem Fingernagel auf die Kristallkugel, als sei sie eine stehen gebliebene Uhr. In der Kugel leuchtet ein Lämpchen auf. Es stammt aus dem Rücklicht des Lastenrads und glüht nur noch schwach. Madame Blanche sollte dringend eine neue Batterie kaufen, sonst übersteht sie die Kirmes nicht.

Sie murmelt einige unverständliche Wörter. Die Menschen hören es gern, wenn sie jiddisch redet. Es klingt wie Deutsch, aber ist es doch nicht – ätsch. Und es passt genau zu einer Kristallkugel.

„O Schätzchen“, sagt sie plötzlich. „Dein Mund wird viele Münder küssen! Und ich sehe Geld, einen Haufen Geld. Alles knisternde Schleusenwärter. Sie knistern wie knusprige *Pistolets*, haha!“ Und sie linst verstohlen zum Trappistenbier herüber, kann sich aber gerade noch beherrschen.

„Gibt es noch was?“, fragt Nora, denn sie findet Madame Blanche eine amüsante Person.

Einen Meter hinter ihr steht Ti. Er hat den Rest der Zuckerwatte aufgegessen und knabbert auf dem Stiel herum.

Madame Blanche tickt erneut auf die Glaskugel. „Fahr bloß nie ohne Rücklicht, Schätzchen“, sagt sie zerfahren. „Das sieht die Polizei nicht gern und sie hat Recht. Es ist in deinem eigenen Interesse. Bevor man sich’s versieht, knallt einer von hinten auf dich drauf. Ein Lastenfahrrad oder so.“

Plötzlich fährt sie heftig zusammen. „Ich sehe ein Tier“, sagt sie. „Ein großes Tier.“ Ihre Finger krallen sich in den Blusenkragen, als fröstele es sie.

„Was für ein Tier?“
„Groß ist es. Und stark. Voller Haare. Und Klauen hat es auch. O Beelzebub. Sein Bauch öffnet sich, ja, sein Bauch. Aber dein Mund wird seinen nie küssen, Schätzchen.“
Unter dem Tisch lockert Madame Blanche einen dünnen Draht. Das Lämpchen geht aus. Sie murmelt noch ein wenig vor sich hin, wie ein sich verziehendes Gewitter, und fragt dann in sachlichem Ton: „Soll der junge Mann auch?“
Nora steht auf. „Nein“, sagt sie. „Er hat keine Zukunft.“
Madame Blanche nimmt einen großen Schluck von ihrem Bier und schaut Nora und Ti nach. „Wohin soll das führen?“, sagt sie. „Jetzt kommen sogar schon Menschen zur Kirmes, die keine Zukunft haben.“
Sie schüttelt den Kopf und kramt aus ihrer Rocktasche eine braune Tonpfeife, die sie nörgelnd anfängt zu stopfen.

„Ti! Ti!“, ruft Ti aufgeregt und zieht Nora mit sich zur Schießbude.
Dort stehen zwei Soldaten, die auf Röhrchen schießen, an denen eine Flasche Schaumwein baumelt.
Der Schaumwein von der Schießbude ist kaum genießbar, doch das zählt nicht. Der Spaß liegt darin, ein Soldat zu sein und mit jedem Schuss ein Röhrchen zu zerfetzen, damit dein Kirmesschatz voller Bewunderung zu dir aufschaut.
Das Mädchen, das für die Bude zuständig ist, kaut auf ihrem Kaugummi herum und guckt zu Tode gelangweilt, als wäre ihr alles lieber als dies. Sie kaut vor sich hin wie eine Kuh.

Ti nimmt eins der Gewehre und strahlt übers ganze Gesicht.
„Möchtest du auch mal schießen?“, fragt Nora zögernd.
Das Mädchen zählt fünf Bleikügelchen ab, legt sie in einen Aschenbecher und händigt den Soldaten die Flasche Schaumwein aus.
„Auf was willst du denn schießen?“
An der hinteren Budenwand sind fünf scheußliche Gesichter abgebildet, pockennarbig von den vielen Kügelchen, die an ihnen abgeprallt sind. Sie haben breite, grinsende Münder, in denen sich jeweils fünf Zähne befinden.
Alle Zähne raus = 1. Preis
„Ti!“
Er klinkt das Gewehr auf und steckt ein Kügelchen in den Lauf, so wie er es bei den Soldaten gesehen hat. Dann zielt er auf einen der Zähne, wie der weiße Cowboy. Das Gewehr macht nicht peng, sondern gibt ein hohes klickendes Geräusch von sich. Die Kugel trifft eines der Gesichter ins Auge.
„Tiefer, Johannes!“, sagt Nora. „Du musst auf die Zähne zielen, auf die Zähne.“
Ti fährt sich langsam mit der Zunge über die Oberlippe. Es sieht so einfach aus, die Männer mit den Zähnen sind ganz nah.
Zweimal trifft er eine komische Vase, für die man eigentlich fünfzig Zähne rausschießen muss, aber zum Glück hat sie schon Schlimmeres abbekommen. Das Budenmädchen lächelt freudlos. Worauf Ti prompt zwei Zähne hintereinander trifft.
„Jippieee!“, schreit Nora. „Toll war das!“

„Ti!“, sagt Ti und zeigt auf die drei übrigen Zähne. Richtige Zähnezieher mögen nämlich keine halbe Arbeit.
Nora lacht und kauft noch mal fünf Kügelchen. Ti schießt alle drei Zähne aus dem Mund und auch noch zwei aus dem Mund nebenan.
Er strahlt.
Das Mädchen löst eine große rote Papierrose von einem Haken. „Voilà!“, sagt sie.
Vorsichtig nimmt Ti die Rose und riecht daran. Nie zuvor hat er etwas so Schönes gesehen. Er zögert einen Moment und überreicht dann Nora die Rose.
„Wie lieb von dir“, sagt Nora, „aber ich weiß noch etwas Besseres.“
Und sie steckt die Rose in das Knopfloch seines neuen Sakkos.
Die Rose ist riesig und leuchtet rot auf dem Blau seines Sakkos. Klar, dass mit so einer Trophäe auch der Brustumfang zunimmt. Da kann eine Flasche Schaumwein nicht mithalten.

Schräg gegenüber dem Gemeindehaus steht eine gigantische Bude, die sich biegt unter den vielen Lampenschirmen, Vasen, Figuren, Gemälden und Plüschtieren. Alles Zeug, was einfache Leute schick finden. Die Stehlampen haben ohne Ausnahme rosafarbene Schirme. Die Vasen glitzern einem entgegen. Und die Figuren stellen überwiegend Damen dar, die gerade aus der Badewanne steigen und mit einem verschwommenen Lächeln ein Handtuch vor die Schamgegend halten. Auf den Gemälden sind dunkeläugige Zigeunerinnen abgebildet, die vergessen haben, ihre Bluse zuzuknöpfen.
Die Preise tragen Städtenamen. Madrid für die Zigeune-

rinnen, Brüssel für die Vasen und für die nackten Damen Paris.

Vor all diesen verlockenden Herrlichkeiten trippelt ein kugelrunder kleiner Mann mit einem Mikrofon auf und ab. Er redet unentwegt. „Wer nicht wagt, der nicht gewinnt, meine Damen und Herren. Das große Städtespiel, das Spiel ohne Verlierer. Jede Stadt ein Gewinn, meine Damen und Herren. Jedes Los ein Treffer!" Er schüttelt den Korb mit den Städtenamen. „Heute geht es richtig rund, meine Damen und Herren! Paris wurde schon zweimal gezogen und vor dem Hochamt sogar Madrid mit nur einem Fünffrankenlos. Wohlgemerkt, jede Stadt landet sofort wieder im Korb! Wird es Paris oder Brüssel? Nur zu, sie müssen der Steuer keine Erklärung abgeben."

Die Menschen lachen.

Ein Bauer zieht zweimal Dendermonde und gewinnt ein Päckchen Kaugummi.

„Ja, meine Damen und Herren, Dendermonde, für einen frischen Atem. Vielen Dank, Madame. Poperinge, Poperinge. Schauen Sie her, eine Tüte Zuckerwerk! Sie gewinnen mehr, als sie bezahlen, ai-ai-ai, die großen Städte sind noch zu haben. Meine Frau pflegt zu sagen: ‚Mach die Bude endlich zu! Wir können uns doch ein gutes Leben machen.' Jawohl, ich besitze einen Haufen Geld, habe zwanzig Jahre lang Hühneraugenpflaster verkauft. Sie haben es richtig gehört: Hühneraugen. Und heute das Städtespiel! Ich bin ein Schausteller mit Leib und Seele. Ich bin glücklich, wenn ich anderen zu ihrem Glück verhelfen kann. Aber was schwätze ich. Kaufen Sie ein Los, kaufen Sie zwei. Sieh mal einer an, der Herr hat wieder Dendermonde. Was ist bloß los mit dieser Stadt? Und das

mit einem Kunstgebiss! Ziehen Sie noch einmal, fürs gleiche Geld. Ich will keine Scherereien mit Ihrem Zahnarzt, ich habe mit meinem eigenen schon genug Ärger."
Natürlich kauft Nora auch ein Los. Sie hofft auf Dendermonde, weil Ti verrückt nach Kaugummi ist. Aber auf dem Zettel steht Toronto.
„Toronto!" Der Mann verstummt einen Augenblick. „Aber gnädige Madame!" Er muss sogar kräftig schlucken und zerrt dann Nora auf das Podest. „Toronto! Kanada!", schreit er und hebt Noras rechte Hand, als hätte sie einen Boxkampf gewonnen. „Kanada! Was fällt Ihnen dazu ein, Madame? Sie haben keine Ahnung? Wirklich nicht?"
Er schleppt einen riesigen bestimmt einen Meter großen Plüschbär heran, der gutmütig aus seinen braunen Augen guckt.
„Toronto! Bitte schön! Schluss mit den kalten Füßen im Bett. Jederzeit als Sitzkissen zu benutzen."
Mit hochroten Wangen steigt Nora vom Podest, wie ein einziger großer Bär.
In der Straßenbahn muss sie nichts zuzahlen.

Cordule weiß nicht, was sie sich zuerst anschauen soll. Den Bären, Noras Hose oder Tis Anzug.
„Ein Herr!", sagt sie. „Ein Herr!" Und sie muss sich sogar eine Träne wegwischen.
„Nicht wahr?", sagt Nora. „Und wie findest du seine Rose?"
„Gehört die dazu?"
„Nein, natürlich nicht. Auf der Kirmes geschossen!"
„Ti? Mit einem Gewehr?" Cordule guckt bedenklich.
„Die Kügelchen sind ganz winzig", sagt Nora. „Damit

kann man noch nicht mal einen Spatzen erlegen. Was sagst du zu meinem Bär? Toronto!"
„Heißt er so?"
Nora überlegt. „Vielleicht. Aber Toronto ist eine große Stadt in Kanada. Und je größer die Stadt, desto größer der Preis. Eigentlich habe ich nur mitgemacht wegen Dendermonde, denn das ist ein Päckchen Kaugummi. Aber dann habe ich den Bär gewonnen. Fühl mal, wie weich er ist. Überall!"
Wie ein übergroßes Baby liegt der Bär in Noras Armen. Sie knuddelt ihn und wiegt ihn ganz leicht, so wie sie in der Nacht Ti gewiegt hat.
„Er ist aber sehr groß", sagt Cordule vorsichtig.
„Ein Bettbär eben!", sagt Nora und kichert.
Sie öffnet die Schlafzimmertür und setzt den Bären ans Kopfende ihres Bettes. Da hockt er mit ausgestreckten Vordertatzen und guckt mit seinen Schokoladenaugen Ti, Cordule und Nora an.
„Er muss sich noch ein wenig eingewöhnen", sagt Nora, als handele es sich um ein lebendiges Tier. „Stell dir vor, sein ganzes Leben hat er in der Kirmesbude verbracht und lauter Bauern gesehen, die Dendermonde ziehen."
„Das Essen ist fertig", sagt Cordule.
Ti setzt sich hin, den Rücken dem Schlafzimmer zugekehrt.
Zuerst gibt es Suppe mit Klößchen. Tomatensuppe. Ti isst drei Teller davon.
Als er noch ein viertes Mal zulangen will, legt Cordule entschieden den Deckel auf den Topf. „Nein Ti, es gibt noch Kaninchen."
Und Cordules Kaninchen sind eine Köstlichkeit. Kein zerkochter Matsch, sondern festes, helles Fleisch, das

trotzdem auf der Zunge zergeht. Allein schon für die Soße könnte man jemanden umbringen.
Sogar Nora isst mehr als üblich. „Menschenskinder“, sagt sie. „Ist das lecker!“
Cordule lächelt. „Ein Geheimrezept“, sagt sie kokett. „Wird nur von der Mutter auf die Tochter weitergegeben.“
„Ist es dann nicht an der Zeit, dass du es für mich aufschreibst?“, fragt Nora. „Ich meine, bevor du ...“
„Bevor ich was?“ Es klingt ungemein scharf aus Cordules Mund.
„Oh, pardon“, sagt Nora erschrocken. „Ich red ja daher wie ein kopfloses Huhn.“
„So schnell werde ich noch nicht sterben“, sagt Cordule leise. „Ich muss doch für Ti sorgen? Du hast viel zu tun und das hier ist sein Dorf. In Brüssel, in einem Appartement ...“ Sie hebt hilflos die Hand, die Gabel noch umklammert. *Sie werden nicht alt*, Madame. Nein, sie werden nicht alt. Ohne Worte nicht.
„Es tut mir Leid“, sagt Nora, „wirklich.“
Eine Weile bleibt es still.
Ti hat den Gürtel gelockert und sieht feuerrot aus. Der Wein, den Nora mitgebracht hat, tut sein Werk.
„Wer möchte den Kopf?“, fragt Cordule schrill. Mit dem Schaumlöffel fischt sie im Topf herum.
„Igitt, nein“, sagt Nora, „das erinnert mich zu sehr an das Tier.“
„Mein Vater hat behauptet, der Kopf habe sieben verschiedene Sorten Fleisch“, sagt Cordule, die das vorige Thema möglichst schnell vergessen will. „Im Krieg hat man ihn immer dazugelegt, damit sich alle überzeugen konnten, kein Katzenfleisch zu essen.“

Ti nimmt den Kopf vom Schaumlöffel und fängt an zu knabbern.
„Katzenfleisch?“, fragt Nora.
„Das waren schwere Zeiten“, sagt Cordule. „Auch für Katzen. In Frankreich wurde sogar Hundefleisch gegessen. Es hing einfach beim Metzger am Haken.“
Nora schüttelt sich und wirft einen besorgten Blick auf Ti, der über seinem Teller immer wieder einnickt. „Macht er das öfter?“
„Das kommt vom Wein“, sagt Cordule. „Wir trinken nie Wein, nur Tafelbier.“
„Am besten legt er sich ein Weilchen hin“, sagt Nora. „Komm, Johannes.“
Sie zieht ihn vom Stuhl und hilft ihm die Leiter hoch. Oben fällt Ti sofort schnarchend ins Bett. Nora zieht ihm Schuhe, Strümpfe und Hose aus.
Es ist warm auf dem Dachboden, aber kühler als in der Küche.
Durch das geöffnete Fenster regt sich kein Lüftchen. Alles ist mucksmäuschenstill. Ti schläft, das ganze Dorf schläft.
Unten hört sie Cordule mit Tellern und Besteck klappern. Der Wasserkessel pfeift.
„Armer kleiner großer Junge“, sagt Nora. Dann geht sie die Leiter runter.

Ti träumt.
Zusammen mit Nora sitzt er in einem weißen Autoskooter. Sie atmet wie an einem Marterpfahl. In den anderen Skootern sitzen Indianer mit Äxten und Lassos und brüllen, dass einem Hören und Sehen vergeht. Die Indianer haben nicht bezahlt, der Skooterchef rennt wütend zwi-

schen die Wagen und schreit, dass er den Champetter holen lässt. Nein, die Gendarmen, zum Teufel noch mal.
Neben dem Musikautomaten steht der Besitzer vom *Moderne* und schlägt sich vor Vergnügen auf die Schenkel. Er steckt fünf Franken in den Schlitz und drückt zweimal C5, Bobbejaan Schoepens *Ich bin ganz verrückt auf meinen Taubenschlag*.
Ein schönes Lied, aber zweimal hintereinander...
Die Taubenzüchter von *Flink und Frisch* stehen in ihren Kitteln um ihren Wagen herum. Sie haben sich untergehakt und schunkeln im Takt der Musik.
Der Skooterchef hat aus seinem Wohnwagen eine Doppelflinte geholt und sich eine Pickelhaube aufgesetzt. Um die Hüften trägt er einen Patronengurt. Der Schuss gilt Bobbejaan Schoepen, der noch einmal herzzerreißend aufjodelt, was vermuten lässt, dass edle Körperteile getroffen wurden.
Die Luft ist voller Pulverdampf. „Musik oder meine fünf Franken her!", schreit der Besitzer vom *Moderne*. Auch ihn erwischt es und er sinkt zu Boden, aus seiner Brust sprießt blitzschnell eine rote Rose.
Die Indianer treten den Rückzug an. Auf ihren hitzigen Pferden traben sie über den Kirchplatz. Auf die Schnelle schnappen sie sich noch den Pfarrer, wegen seinem ausgefallenen Skalp, und das Schießbudenmädchen, weil sie so hinreißend atmet. Am Rathaus reiten sie noch geschwind zwei Gendarmen über den Haufen – die dorthin dienstlich beordert wurden – und warten dann geduldig auf die Straßenbahn.
Der Skooterchef sinkt auf einen Klappstuhl und wischt sich mit einem großen Handtuch den Schweiß aus dem muskulösen Nacken.

Und mit einem Mal sitzen Bären in den Skootern, lebensgroße Plüschbären. Rote, rosafarbene, hellblaue, braune und weiße Bären. Alle haben sie die gleichen Honigaugen. Sie halten aber das Lenkrad nicht fest, sondern strecken ihre Tatzen nach den Taubenzüchtern aus. Ihre Skooter wirbeln wild im Kreis.
„Toronto! Toronto!“, schreien die Taubenzüchter, als forderten sie einen transatlantischen Taubenflug, der ihnen jedoch vom Landwirtschaftsminister immer wieder untersagt wird, wenn auch diesbezüglich im Parlament dringende Anfragen gestellt werden.
Nora keucht. Sie klammert sich krampfhaft an Ti und trägt nur ihr schwarzes Nachthemd, unter dem, auf den Spitzen kleiner weicher, doch fester Wölbungen dunkle Bärenaugen hervorgucken.
„*I'll kill them all, darling, those bloody bastards!*“, sagt Ti. Denn plötzlich kann er sprechen, sei es auch nur auf Englisch, aber aller Anfang ist schwer.
„*They'd better take the tram, sweet*“, lispelt Nora, „*before you go really berserk!*“ Und sie fährt mit blutrot – nein, Vierfrucht-Konfitürrot – lackierten Fingernägeln über seine behaarte Brust.
Da wird der Bärenanführer aktiv. Er trägt eine bunte Patchwork-Latzhose und einen Filzhut. Seine Augen sind dunkelgrüne Mantelknöpfe, angenäht mit Bauernzwirn. Er springt behände aus dem Wagen und linst gierig auf Noras Nachthemd. Wenn es nach ihm ginge, gäbe es bestimmt eine nicht-jugendfreie Vorstellung, vielleicht sogar eine, von der jedem abzuraten wäre. Eine, bei der man, schon wenn man im Pfarrblatt darüber liest, große Augen bekommt, um sich danach heimlich in die Stadt zu begeben, wo keiner einen kennt. Etwa in ein Kino, wo die

Lichter nie angehen, weil sich sonst herausstellt, dass das halbe Dorf dort sitzt.
Der Bärenanführer grinst. Ganz nah an ihrem Gesicht. Nora schreit in Tis Ohr und alle englischen Wörter verlassen plötzlich in alphabetischer Reihenfolge seinen Kopf – von *abandon* bis *zero*. Er versucht sie aufzuhalten, denn er braucht sie, um mit Nora zu sprechen. Katzen miauen, Hunde bellen, Kühe muhen, warum also darf er nicht sprechen?
„*Help!*“, schreit er, weil dieses Wort in die Ferne verschwindet und rasch immer kleiner wird, lesebrillenklein.
Der Skooterchef richtet seine Doppelflinte, der weiße Autoskooter wirbelt im Kreis, und wirbelt, und wirbelt . . .

Mit einem Ruck wacht Ti auf.
Seine Kleider sind völlig durchgeschwitzt.
Verdutzt starrt er die Dachziegel an. Draußen hört er leises Stimmengemurmel. Er hat schrecklichen Durst und blickt verwundert auf seine Unterhose. Die Bären sind weg, es riecht nicht mehr nach Pulverdampf. Aber die Stimmen sind noch da, mit Worten, die sie aus seinem Kopf geklaut haben. Eine Straßenbahn fährt vorbei. Sollten sich darin Indianer befinden, dann verhalten sie sich seltsam ruhig.
Ganz langsam steht Ti auf. Der allerschwerste Hammer vom Schmied dröhnt in seinem Kopf.
Er guckt aus dem Dachfenster. Im Schatten des Schuppens sitzen Nora und Cordule. In Korbsesseln. Cordule strickt an einem grauen Socken, Nora hat die Füße auf einen Stuhl gelegt und schwenkt ein Glas Cognac in den

schmalen Händen. Zwischen ihnen auf dem Boden steht die Kaffeekanne.
Sie haben aufgehört zu murmeln. Und ahnen nichts Böses, obwohl das Kartoffelbeet voller Bären sein könnte. Ganz bestimmt sind da welche. Wenn der Bärenanführer in der Latzhose die richtigen Worte spricht, werden sie auf der Stelle so klein wie Koloradokäfer. Das liegt an den mit Zwirn angenähten Knopfaugen.
Vorsichtig schleicht Ti zur Leiter. Kaum ist er zwei Sprossen runtergestiegen, bekommt er einen Riesenschreck. Das Schlafzimmer schimmert in einem merkwürdigen Licht. Das Fenster ist auf, der Vorhang aber vorgeschoben. Auf dem Bett sitzt ein Bär. Völlig nackt. Aber Ti lässt sich nicht reinlegen. Natürlich hat er seine Latzhose ausgezogen und den Filzhut abgenommen.
Der Bär rührt sich nicht. Er wartet. Denn er weiß, dass es kommen wird. Und wartet mit ausgestreckten Tatzen. Psaw! Er hat wohl nicht mit Ti gerechnet, dieser gottvergessene Lump!
So geräuschlos wie möglich klettert Ti wieder nach oben. Er zieht sich hastig die alte Hose und die alte Jacke an. Und seine Straßenbahnschuhe. In der Hosentasche ist das Messer.
Unten hört er Stühle quietschen.
Einen Moment lang bleibt er mucksmäuschenstill neben dem Bett stehen. Dann steigt er darauf und sieht Nora und Cordule in den Garten spazieren, die Hände auf dem Rücken.
Tis sämtliche Nackenhaare stellen sich auf. Die beiden laufen direkt in die Klauen der Koloradobären, mit offenen Augen.
Er nimmt das Messer und klappt es auf. Mit dem Daumen

fährt er über die Klinge. Er darf keine Sekunde verlieren.
Behutsam schleicht er die Leiter runter. Der Bär rührt sich immer noch nicht. Seine Augen sind im Schatten. Am Fußende liegt das schwarze Nachthemd. Ti schnappt es mit der freien Hand, in der anderen hält er das Messer auf den Bären gerichtet. Mit einer schnellen Bewegung wirft er ihm das Hemd ins Gesicht.
Dann fasst er ihn am Hals und rammt ihm das Messer in den Rücken. Der Bär krächzt. Mit einem kräftigen Schnitt schlitzt Ti ihm den Rücken auf. Kein Blut, Stroh! Er wühlt darin herum, wie im Inneren eines Kaninchens, wirft das Stroh aufs Bett und reißt dem Tier die immer noch ausgestreckten Vordertatzen ab.
Ti keucht heftig. Der Bär ist nur noch ein komischer Kopf, an dem ein leerer Sack baumelt. Es hat funktioniert, denn die Knopfaugen sind verschwunden.
Abwesend wischt Ti das Messer ab und klappt es zu. Vorsichtig späht er hinter den Vorhang, mit demselben merkwürdigen Augenglimmen wie am Morgen. Cordule und Nora stehen unbehelligt hinten bei den Kartoffeln.
Leise zieht er die Schlafzimmertür hinter sich zu und verlässt das Haus durch die Vordertür.
Aus der Richtung von *Haus auf halbem Wege* nähert sich eine Straßenbahn. Ti ist sofort auf der Hut, was natürlich vollkommen unnötig ist. Denn abziehende Indianer nehmen die Straßenbahn nach Antwerpen, wo die großen amerikanischen Schiffe liegen.
Die Straßenbahn ist leer, der Schaffner döst auf seinem Sitz vor sich hin. Ti lässt sie vorbeifahren.
Was jetzt kommt, muss man nämlich zu Fuß tun.

Die Sonntagnachmittage im Dorf sind meistens still und öde.
Der Tag des Herrn wird geheiligt mit drei Gottesdiensten: das Hochamt um zehn, die Vesper um zwei und um fünf Uhr die Andacht.
Am siebten Tag hat Gott zwar geruht, doch echte Gläubige pendeln unentwegt zwischen Haus und Kirche hin und her.
Eine wirkliche Sünde ist nur das Versäumen der Sonntagsmesse. Vesper und Andacht sind freigestellt und folglich geht es damit in den letzten Jahren bergab. Da kommen nur noch eine Hand voll Nonnen, ein paar alte Bauern, die im Angesicht des Todes plötzlich einen Rappel von Gottesfurcht bekommen, und einige Kinder, die daheim im Weg sind und kein Geld für das Kino haben.
Der ödeste aller Sonntagnachmittage ist der Kirmessonntagnachmittag. Die älteren Dorfbewohner legen sich – entledigt von allem, was stören könnte – auf die Couch oder ins Bett, um sich vom Mittagsmahl zu erholen und neue Kräfte für den Abend zu sammeln. Die jüngeren widmen sich dem Liebesspiel, denn dazu bleibt während der Woche keine Zeit. Und schließlich muss sich ja das Dorf auch verjüngen – in vierzehn Jahren müssen neue Hände die Ernte einbringen, auch die Spinnmaschinen müssen weiterlaufen und die Webstühle weitersingen.
Und währenddessen wacht Gott über das Land, lässt das Korn reifen und die Sonnenblumen drehen. Er lässt die Bienen summen und die Lerchen im Rüttelflug zu sich hinaufsteigen. Und die Menschen lässt er schlafen. Denn das ist auch eine Art Gebet. Das weiß nur keiner.

Die Dorfkinder schlafen aber nicht.
Sie müssen sowieso abends schon viel zu früh ins Bett, also kosten sie den Tag aus.
Sie wollen weiterkommen, es gibt noch so viel Neues zu entdecken und sie wollen alles wissen, um so der Verwunderung, die sie quält, endlich ein Ende zu machen. Sie wollen wissen, wer Sankt Nikolaus ist, woher die Kinder kommen, und dann gibt es noch eine Menge Fragen, die keiner beantworten kann.
Sie streunen durchs stille Dorf und bilden sich ein, es gehöre für kurze Zeit nur ihnen allein und sie könnten alles tun, wozu sie Lust haben.
Also ärgern sie die Hunde, die hechelnd in den Häuserschatten liegen und lustlos an Kaninchenköpfen-mit-sieben-Fleischsorten herumnagen. Sie schauen sich die Bilder vor dem *Royal* an. Sie entriegeln die Fensterläden vom Notarhaus. Und begutachten die Pflaumen vom Küster.
Ich bin da nicht anders.
Ich schlendere durch die menschenleeren Dorfstraßen und verspüre eine seltsame Traurigkeit. Der Gedanke an die Schneise und den Drachenkopf ist mir fern. Wozu auch soll man buddelnd berühmt werden wollen? Warum soll man über das Dorf herausragen? Das werden schon der Sohn vom Arzt, die Tochter vom Baron und die Notarkinder übernehmen.
Am Bahnübergang ist Maurice hinter seiner Zeitung eingenickt.
Der Bahnhof liegt verlassen in der Sonne. Vielleicht wird nie mehr ein Zug kommen und die glänzenden Schienen werden bald zugewuchert sein vom hochschießenden Unkraut, das der Wind herbeiträgt.

Hinter Großvaters Fenster steht ein Schild, auf dem zu lesen ist:
Es ist Kirmes für alle!
Neben dieser rätselhaften Botschaft döst Roosevelt. Er macht langsam ein Auge auf, sieht, dass nur ich es bin, gähnt und döst weiter.
Das Gartentor ist nie verriegelt.
Im Hinterhof fliegen die Tauben erschreckt hoch, neben der Küchentür steht Großvaters Stuhl. Leer. Einen Moment kommt mir ein grauenvoller Gedanke. Doch zum Glück ist das Rad aus dem Schuppen verschwunden. Leise öffne ich die Küchentür.
Das ganze Haus ist erfüllt von Weckergetick und Fliegengesumm. Der Spülstein ist noch voller Geschirr, auf dem Buttertopf liegt ein halber Brotlaib.
Mir ist unbehaglich, hier zu sein ohne Großvater. Als wäre ich ein Eindringling, ein Dieb.
Aus dem Keller hole ich ein Export und setze mich in Großvaters Sessel. Vom Dachfirst aus starren die Tauben auf mich runter. Eine nach der anderen landen sie wieder im Hinterhof.
Das Bier ist kühl, aber es schmeckt mir nicht.

Dolf der Postbote hat es sich gut schmecken lassen.
Erstmalig in ihrer Ehe hat er Bieke überreden können, auswärts zu essen.
Auswärts essen geht ein einfacher Postbote nicht. Und teuer ist es auch. Die Menschen könnten ja auf den Gedanken kommen, er hätte einige Briefmarkenbögen unterschlagen. Erst recht am Kirmessonntag geht man nicht auswärts essen. Als könnte man nicht selbst kochen, als hätte man zwei linke Hände.

Nun kann Bieke auch überhaupt nicht kochen, aber darum geht es ja nicht. Sondern darum, dass die Frauen am Kirmessonntag stundenlang mit einem erhitzten Gesicht am Herd stehen müssen. Am Freitag haben sie sowieso schon Fladen gebacken und am Samstag Suppe gekocht, die ihnen womöglich noch sauer wird, sollte es wieder heiß werden.
Seit Jahren schon bietet der Besitzer vom *Anker* ein Kirmesmenü an. Kochen muss er ohnehin. Für sich und den Zauberer und für noch ein paar Gäste. Und Bieke kann sich bei der Gelegenheit davon überzeugen, dass noch mehr Menschen am Kirmessonntag essen gehen. So. Im Dorf darf ruhig geredet werden, reden tun sie sowieso, wenn nicht über den Postboten, dann über jemand anderen.
Im *Anker* ist es dann gerappelt voll gewesen. Bieke war platt, wer alles dort war. Das hat sie ungemein beruhigt.
Und sie hat einen Port getrunken, da der doch im Preis mit drin war, und wurde davon ein wenig albern.
Der Zauberer zauberte zwei weiße Tauben aus seiner Innentasche, die sich prompt auf dem Balken niederließen, wo keiner sie holen konnte.
Darauf hat er Bier in eine Zeitung geschüttet und sich eine nasse Hose geholt. Nach zwei Gläsern Port gibt es nichts Witzigeres als einen Zauberer, der nicht mehr zaubern kann.
Das Essen war auch in Ordnung und man konnte Nachschlag bekommen, so oft man wollte.
Dolf hat drei Teller Kerbelsuppe mit Klößchen gegessen.
Und dann eine Königinpastete.

Danach Roastbeef mit mehreren Gemüsesorten und Bratkartoffeln.
Riesige Scheiben Roastbeef, auch so viel man wollte, und knusprige Bratkartoffeln.
Dazu Rotwein. Ja, den musste man natürlich extra bezahlen. Aber der Wirt holt ihn selbst aus Frankreich, das macht einen Unterschied.
Und als Nachtisch gab es Eis mit heißer Schokolade.
Der Zauberer versuchte es noch einmal mit einer neuen Zeitung und einem frischen Bier, seine Hose war ohnehin schon nass. Als alle sich vom Lachen erholt hatten, stieg er auf einen Stuhl und sagte, auf dem Kirchplatz klappe es besser, alle sollten es sich später mal anschauen. Und er warf mit dem Hut nach den beiden Tauben, aber daneben.

Jetzt sitzen Dolf und Bieke auf der Terrasse vom *Springbrunnen* auf der anderen Seite des Kirchplatzes. Denn nach so einer Mahlzeit soll man sich die Füße vertreten.
Dolf sieht ungewohnt aus, ohne Mütze und in seinem blauen Sonntagsanzug mit dem weinroten Schlips. Bieke blickt mit großer Zuneigung zu ihm rüber. So etwas wirkt nun mal beflügelnd. Er fängt an zu summen, eine Melodie, die er auf die Schnelle selbst komponiert. Einfach genial. Vielleicht sollte er nächste Woche einige Flaschen Portwein besorgen. Davon wird sie zwar nicht unbedingt eine gute Köchin, aber er färbt ihre Wangen rosig, das ist das Entscheidende.
Dolf wickelt nachdenklich eine Zigarre aus dem Zellophan. Auf der Zigarrenbanderole ist der Kopf eines amerikanischen Präsidenten abgebildet. Eines Präsidenten mit

Bart. Das muss schon eine ganze Weile her sein, denn alle Präsidenten, an die Dolf sich erinnern kann, waren glatt rasiert.
Die Kirmes hüllt sich in Schweigen, die Lichter sind aus.
Die Terrasse vom *Springbrunnen* gehört ihnen, und Dolf seufzt glückselig.
Aus der Kirche kommt Gerard, der Küster.
„He, Gerard!"
Nach kurzem Zögern setzt Gerard sich zu ihnen.
Und Dolf erzählt ihm von der Kerbelsuppe und dem Roastbeef und von dem Zauberer.
„Tja", sagt Gerard. „Postboten . . .!"
„Und man konnte so viel nehmen, wie man wollte", sagt Bieke. „Nächstes Jahr machen wir das wieder, nicht wahr Dolf?"
Dolf wirft ihr einen warmen Blick zu. „Kaninchen kann man immer essen", sagt er zum Küster.

Es hat wohl keinen Sinn, auf Großvater zu warten.
Wahrscheinlich sitzt er in irgendeinem Wirtshaus und spielt Karten mit drei Männern, die ebenfalls die Zeit vergessen haben.
Oder er liegt unter einem Baum und schläft mit dem Hut über den Augen.
Ich mache Küchentür und Gartentor zu und gehe die Straße runter Richtung Kirmes.
Kaum fünfzig Meter vor mir geht Ti. Mir bleibt das Herz stehen, meine Kehle wird trocken, die Zehen schrumpfen in den Schuhen.
Zum Glück weist nichts darauf hin, dass er mich gesehen hat.
Es ist helllichter Tag, ich befinde mich zwischen Häusern

und Menschen, und von der Straßenbahn aus hat er mir immerhin letztens gewunken. Vielleicht hat er alles schon längst vergessen. Schließlich ist er ja mit der Zange geholt worden.
Ich bleibe stehen. Ich könnte auf dem Absatz kehrtmachen. Zurück in die Straße, in der Großvater wohnt. Trotzdem gehe ich hinter Ti her; was mich dazu bewegt, weiß ich nicht.
Ti bleibt keinmal stehen, schaut sich keinmal um. Mit großen Schritten stapft er Richtung Kirchplatz und man kann es seinem Rücken ansehen, dass er etwas vorhat.

Nora schaut auf ihre Uhr. „Er schläft aber lange."
„Alle schlafen jetzt", sagt Cordule.
Sie lächelt vage, als würden alte Bilder lebendig. Einen Moment nur.
Sie setzt sich wieder in den Korbsessel. Nora schenkt noch einen Cognac ein und zündet sich eine Zigarette an.
„Ich mache uns einen frischen Kaffee", sagt Cordule.
Nora nimmt einen Schluck Cognac, zieht zweimal an ihrer Zigarette und wirft sie dann weg. Beiläufig wirft sie einen Blick auf das geöffnete Dachfenster, das das grelle Sonnenlicht spiegelt. Und plötzlich wird sie von einer schrecklichen Vorahnung erfasst.
Sie rennt ins Haus, stürmt an der verwunderten Cordule vorbei und reißt die Schlafzimmertür auf. Sie bringt keinen Ton heraus. Fassungslos starrt sie auf das, was von dem Bären übrig geblieben ist, und kalt läuft es ihr den Rücken runter.
Cordule steht hinter ihr und sieht mit weit aufgerissenen Augen das Chaos auf und neben dem Bett an.

Nora steigt die Leiter hoch. Das Bett ist leer, das Dachfenster lächelt hämisch.
Im Schlafzimmer nimmt Cordule den Bärenkopf vom Bett.
Der Körper mit den Hinterpfoten baumelt schlaff runter, wie ein leerer Sack.
Nora schnappt sich ihre Tasche.
„Ich suche ihn“, sagt sie.

Nur in der Frittenbude brennt Licht.
Der Rest der Kirmes ist dunkel und verlassen.
Bei den Autoskootern werkelt ein schmuddeliger Kerl an den Wagen herum. Die Karussellpferde starren glasig vor sich hin. Die Gewehre der Schießbude sind verstaut.
Hinter ihren Baldachin hat Madame Blanche eine Hängematte gespannt und ihre Schuhe darunter gestellt. Sie schnarcht. Ihr buntes Kopftuch ist über eines ihrer Augen gerutscht, die Zehen haben lange Kalknägel.
Ti überquert langsam den Kirmesplatz, wie in einer Zeitlupenaufnahme. Die Art, wie er Arme und Beine bewegt, hat etwas Schleichendes, Panterhaftes.
„Ti!“, murmelt er vor sich hin.
Eigentlich sieht alles normal aus. Ob die Bären nur ein Spielchen treiben?
Er steckt die Hand in die Hosentasche und tastet nach dem Messer.

Ich habe Ti fast eingeholt. Immer, wenn er stehen bleibt, ducke ich mich hinter einem Zelt, einer Bude oder hinter einem Wohnwagen. Er nimmt mich kein einziges Mal wahr.
Ti geht an der Terrasse vom *Springbrunnen* vorbei. Dort

sitzen Dolf und Bieke, Gerard, der Küster, und ... Großvater!
In schierer Panik tauche ich unter den erstbesten Wohnwagen und stoße mir den Kopf an einem großen Wäschezuber.
So ein Pech! Großvater darf mich jetzt auf keinen Fall sehen.
„He, Ti!“ Das ist Dolfs Stimme. „Eine Zigarre, Ti?“
Aber Ti schaut weder auf noch um.
Ich krieche am anderen Ende unter dem Wohnwagen hervor und gehe um die Kirche herum. Mit einem Mal scheint es mir noch wichtiger, Ti nicht aus den Augen zu verlieren.
Die Kirche ist groß und drum herum stehen viele Stände.
Ich renne. Und finde Ti vor dem Städtespiel. Reglos steht er vor der riesigen Bude. Mir kommt es vor, als würde er zählen, aber Ti kann doch gar nicht zählen.
Die Bären starren auf ihn hinunter. Der rote, der rosafarbene der hellblaue und der weiße. Toronto! Mit einem Ruck dreht Ti sich um und biegt in die Zwaanstraat neben dem Rathaus ein.
Ich zögere einen Moment.
Ti mit der Stalllaterne.
Ti mit den hohlen Augen.

Auf der Terrasse vom *Springbrunnen* wird schallend gelacht.
„So so!“, sagt Großvater.
„Der holt sich natürlich sein Kirmesgeld!“, sagt Dolf der Postbote.
Und er gibt mir ohne weiteres fünf Franken.
Hinter uns leuchten die Lichter des Karussells auf und

zögernd fängt die Orgel an zu spielen. Langsam drehen sich die Pferde schaukelnd im Kreise.
„Kannst gleich eine Runde drehen“, sagt Dolf, „mit deiner Freundin.“
„Ich habe gar keine Freundin“, sage ich und werde rot.
„Dann reicht es für drei Runden allein“, sagt Dolf. „Obwohl, mutterseelenallein auf einem Karussellpferd . . . Da macht man sich ein wenig lächerlich. Beim Karussellfahren muss man ein Mädchen in den Armen halten.“
Zum Glück bestellt Großvater für alle ein Bier und für Bieke eine Limonade.
„Ich habe schon ein Export getrunken“, sage ich. „Aber du warst nicht daheim.“
Großvater sieht mich aufmerksam an. „Wenn man mich fragt, bist du ordentlich gelaufen.“
„Ja, schon.“
„Er hat wohl befürchtet, die Kirmes müsste ohne ihn anfangen“, sagt Dolf. „Prost, Rie!“
„Und woher hast du die Schramme auf der Stirn?“
„Blutet es?“
Großvater tupft mit seinem riesigen rotweiß gepunkteten Taschentuch das Blut weg.
Die Zwaanstraat. Danach kommt man in die Roskotstraat. Und dahinter erstrecken sich die Kornfelder, mit Sandwegen, auf denen man um sein Leben rennen muss.
„Alles in Ordnung mit Roosevelt?“, fragt Großvater.
„Der ist doch schon lange tot!“, sagt Dolf der Postbote.
„Aber er kriegt bestimmt auch eine Zigarrenbanderole, da kannst du beruhigt sein. Bei den vielen Präsidenten hat man ja ein ganzes Jahr lang zu paffen.“
„Er lag hinter der Gardine und hat geschlafen.“

„Hm“, sagt Großvater. „Merkwürdig. Wenn sich jemand außer mir ein Export holt, fängt er für gewöhnlich an zu fauchen und zu kratzen.“

„Entschuldigen Sie . . .“ Vor der Terrasse steht Nora.

In meinem Rückgrat tut sich was, auch bei Dolf und Gerard und Großvater. Bei Bieke aber nicht. Die sitzt nur in ihrem Blumenkleid da und mustert Nora von oben herab.

„Mamsel Nora!“, sagt Dolf, der als Erster die Sprache wieder findet. „Stimmt etwas nicht?“

„Hat jemand vielleicht Johannes gesehen?“ Sie hat große dunkle Augen und einen gierigen roten Mund. Mein Gott, wie schön sie ist.

„Ti“, sagt Großvater. „Er ist vor etwa einer Viertelstunde in die Zwaanstraat eingebogen.“

„Zwaanstraat?“ Sie blickt Großvater verzweifelt an.

„Rue du Cygne“, sagt Dolf der Postbote.

„Ach so, ja, vielen Dank.“

Wir starren ihr nach, wie sie über den Kirchplatz geht. Und bedauern es, dass dieser nicht größer angelegt wurde. Warum bloß ist keiner auf den Gedanken gekommen, ihr etwas zu trinken anzubieten?

Der Küster seufzt.

„Jaja“, sagt Dolf.

Bieke hüstelt. „Eine Frau in einer Hose!“, sagt sie.

„Und in was für einer Hose!“, sagt Großvater.

Nora ist mittlerweile außer Sichtweite.

Der Küster räuspert sich heftig. Für jemand, der tagtäglich mit der Heiligen Apollonia und der Heiligen Godelieve verkehrt, klingt das wie ein ernst zu nehmender Angriff auf den Adamsapfel.

„Ich frage mich . . .“, sagt er.

„Ja?“, fragt Dolf gierig.
„Ob Cygne tatsächlich Schwan bedeutet.“
„Was sollte es denn sonst bedeuten, Küster?“
„Ich weiß nicht“, sagt der Küster. „Was anderes halt.“
„Ich bin gleich wieder da“, sage ich und renne über den Kirchplatz in die Zwaanstraat.

Nora geht die Zwaanstraat entlang, dann die Roskotstraat. Allmählich wachen die Häuser auf. Hier und dort wird eine Haustür geöffnet, durch die der Duft von frischem Kaffee und das Gesumme von schläfrigen Stimmen einem entgegenschlagen. An einem der Gartentore steht ein dicker Mann in Hemdsärmeln. Er trägt breite Hosenträger, sein Haar ist zerzaust und er kratzt sich ungeniert den Bauch.
„Guten Tag!“, sagt Nora.
Mit einem Mal hört er auf zu gähnen und zu kratzen und schaut an seiner Hose hinunter. Er nimmt eine Falte zwischen Daumen und Zeigefinger und schüttelt das Hosenbein. Er überlegt sich wohl, wie sie morgens in ihre Hose steigt.
„Fräulein! Fräulein!“, rufe ich.
Sie bleibt verwundert stehen und sagt freundlich: „Ich heiße Nora.“
„Ja, Fräulein“, sage ich. „Ich bin vorhin auch auf der Terrasse gewesen. Vielleicht weiß ich, wo Ti ist.“
„Er heißt Johannes“, sagt Nora geduldig.
„Ja, aber hier sagen alle Ti. Er sagt es selbst auch.“
„Ich weiß“, sagt Nora. „Er kann es auf sehr viele verschiedene Arten sagen.“
„Er ist mit der Zange geholt worden“, sage ich.
„Wer behauptet das?“

„Alle. Ich meine, die Mütter."
Nora nickt. „Und du weißt, wo er ist?"
„Vielleicht schon."
„Willst du Geld?" Sie nimmt ihre Tasche und öffnet sie.
„Nein, Fräulein", sage ich erschrocken. „Ich habe nicht vielleicht gesagt, weil ich Geld haben will, sondern weil vielleicht vielleicht ist."
Hilflos sehe ich sie an. Diese Augen! Sie bringen alle Wörter durcheinander. Radieren sie einfach aus. Ich senke den Blick und sofort geht es wieder besser.
„Vielleicht ist er zum Schlösschen gegangen."
„Zum Schlösschen", sagt sie langsam. „Ja, ja."
„Das liegt auf der Hand", sage ich. „Jedenfalls, wenn er in die Zwaanstraat einbiegt." Ich schlucke. „Er geht öfter zum Schlösschen."
„Wie heiß du eigentlich?"
„Rikus, Fräulein. Aber alle sagen kleiner Rie, weil mein Großvater auch Rie heißt."
„Der Mann mit dem Strohhut?"
„Ja, der ist prima, nicht wahr? Und er weiß alles über Wikinger."
Sie sieht mich aufmerksam an. „Wikinger", sagt sie. „Ich muss ihn finden."
„Dort ist es aber ziemlich unheimlich", sage ich vorsichtig. „Alles ist kaputt und da wohnt niemand mehr. Außerdem spukt es dort."
„Es spukt?" Sie lacht heiser.
„Dort hat sich mal jemand erhängt und . . ."
Nora langt in ihre Tasche und bietet mir eine Zigarette an.
Ich bringe es nicht über mich, ihr zu sagen, dass ich noch

nicht rauche. „Merci, Fräulein!“ Ich nehme eine Zigarette und stecke sie hinter mein Ohr.
„Vielen Dank, kleiner Rie. Ich muss jetzt weiter.“
Sie geht die Roskotstraat hinunter.
Und lässt mich mit vielen Fragen zurück. Und mit einer seltsamen Sehnsucht.

Die Kirmes ist in vollem Gange. Der Mann vom Städtespiel ruft, dass am Vormittag schon einmal Toronto gezogen wurde und dass Toronto wieder zu haben sei und wenn schon Toronto, ja, warum dann nicht auch Paris oder Tokio oder gar Moskau?
Die Terrasse vom *Springbrunnen* hat sich allmählich gefüllt. Nur der Küster ist zur Andacht gegangen.
„So, da bist du ja wieder“, sagt Großvater.
„Ja“, sage ich. „Ich musste nur Nora schnell etwas sagen.“
„Hast du das gehört, Rie? Nur Nora schnell etwas sagen ... Und dieser Junge behauptet, immer noch keine Freundin zu haben. Zum Teufel noch mal. Hast du wenigstens eine Verabredung ausgemacht?“
Großvater fischt die Zigarette hinter meinem Ohr hervor. Sie hat sogar ein goldenes Mundstück. Er pfeift leise.
„Aber natürlich“, sagt Dolf. „Mit so einem Weibsbild wollte ich auch mal Karussell fahren.“
„Aber Dolf!“, sagt Bieke scharf.
„Schon gut, Bieke. Möchtest du denn mit mir ins Karussell?“
„Du weißt doch, dass mir dann das ganze Essen hochkommt.“
„Sie spielen alte Melodien“, sagt Dolf. „Die passen genau zu den Pferden.“

„Ja, früher", schwärmt Großvater, „da haben sie noch Musik gemacht!"

Nora geht den Weg zwischen den Kornfeldern entlang. Sie bleibt stehen und blickt zum Dorf zurück. Eine Kirche und drum herum ein paar rote Dächer. Wenn die Ziegel dieser Dächer sprechen könnten . . ., denkt sie. Aber Dachziegel schweigen. Und vielleicht ist das auch besser so.
Lange starrt sie auf den Turm, der sich stolz über allem erhebt. In der Stadt sind die Türme schon längst eingeholt worden von Hochhäusern und Bürogebäuden und von großen Hotels, die wie die Lerchen in die Höhe schießen. Die Stadt blickt auf Kirchtürme herab. Das Geläute der Glocken muss gegen den immer währenden Stadtlärm ankämpfen.
„Mein Dorf", sagt Nora leise. „Aber mein Dorf hat mich ausgelacht. Weil ich eine Tochter ohne Vater war. Und ich habe mich bespringen lassen, weil ich wissen wollte, was das ist, ein Vater."
Sie zündet sich eine Zigarette an.
Ihr liegt es nicht, ein Schwätzchen mit dem Korn zu halten. Von den Fersen kann man die Hornhaut mit einem Bimsstein entfernen. Die Hornhaut auf deiner Seele aber wird mit den Jahren nur noch dicker.
Das Korn! Als kleines Mädchen watete sie darin wie im Meer, ganz weit hinein, bis das Dorf verschwunden war. Und dann legte sie sich auf den Rücken, um den Himmel zu betrachten, und der Himmel war immer so blau wie ungebleichte Jeans. Und sie lauschte dem Korn und den Tausenden Insekten, die sich um sie herum bewegten, den Vögeln und Feldmäusen. Und sie wollte auch Korn wer-

den, zu einer Garbe gebündelt, und später duftendes Brot, einen halben Fingerdick bestrichen mit Schmalz. Und noch später wurde das Korn zu einem Bett, aber nicht länger ein Bett, um allein darin zu schlafen. Oh nein. Im Korn hat sie ihre sonderbare raue Stimme gekriegt, das heisere, Schauder erregende Röcheln, an dem die Männer sich aufgeilen.

Über dem Sandweg nähern sich zwei Radfahrer. Ein Bauer mit roten Wangen und Sonntagsmütze und eine ebenso rotwangige Bäuerin.

„Guten Tag zusammen", sagt Nora und tritt ihre Zigarette aus.

Der Bauer brummelt was, die Bäuerin kann sich gerade noch verkneifen, ein Kreuz zu schlagen.

Etwa zwanzig Meter weiter springen sie von den Rädern, sehen sich Nora an und beginnen aufgeregt zu tuscheln.

Nora zuckt mit den Schultern und geht weiter. Die Dummheit dieser Menschen wird erst ein Ende nehmen, wenn das Dorf von der Stadt verschlungen wird. Aber vielleicht sollte das besser nicht passieren, vielleicht ist es besser, dumm zu bleiben. Ein wenig jedenfalls.

Das Schlösschen! Nora kennt es noch aus der Zeit, als jedes Jahr die Fassade geweißelt wurde und die Läden grün und rot gestrichen waren, mit Geranien auf den Fenstersimsen und Blumen im Garten.

In ihrem schönsten Unterrock saß sie damals auf einem Barhocker und die Männer umschwirrten sie wie Fliegen den Sirup. Sich mal schnell das Haar kämmen lassen, nannten sie das. Ein Standardwitz. Alles Männer, denen das Geld locker saß. Jedem einzelnen. Nie waren es arme

Schlucker. Herr Gaston von der Fabrik und sein Bruder mit dem kurzen Arm, der Latein und Griechisch konnte, der Senator, der Notar und Frederiks von der Bank. Alle waren sie versessen auf Unterröcke, alle besorgt um runterrutschende Träger.
Betrogen wurde dort keiner. Der Champagner war kein Zuckerwasser, der Cognac von allerbester Qualität und problemlos konnte man auch ein gutes Bier bekommen. Männer, die nur zum Karten- oder Billardspielen kamen, wurden nicht rausgeekelt. Es war einfach gemütlich und Herr Gaston steckte dir hundert Franken in den BH. Lachhaft. Hundert Franken, für ihn verdient von Spinnerinnen, die sich vom Meister auf einem Ballen Baumwolle mussten flachlegen lassen.
Erst als ihr Bauch zu dick wurde, blieb sie weg aus dem Schlösschen. Anfangs war es noch gegangen, aber auf die Dauer wurde das unmöglich. Ihr Bauch wurde wieder flach in der Stadt, wo die Unterröcke noch kürzer sind und der Champagner so schlecht ist, dass er bestimmt nicht weiß, wo Frankreich liegt.

Großvater und ich sitzen mit einem Schälchen *Escargots* am Rande des Gewühls auf einer Bank beim Springbrunnen. *Escargots* kauft man beim Bücklingshändler. Bücklinge sind ganz schön salzig, sodass man am Ende seines Dursts wieder Durst bekommt.
„Großvater, was sind *Escargots*?"
Großvater fischt eine aus dem Schälchen und steckt sie mir in den Mund. Sie schmeckt auch salzig und ist ziemlich zäh.
„Lecker, was?" Er lacht und leckt sich die Finger ab.
„Man muss halt lernen, sie zu essen. Anfangs meint man

auf einem Stück von einem alten Fahrradschlauch herumzukauen, aber es sind Weinbergschnecken."
„Schnecken?"
„Nein, nicht gleich wieder ausspucken, stell dich nicht so an."
Ich schlucke. Igitt!
„Das sind sehr saubere Tierchen", sagt Großvater. „Sie kommen aus Frankreich. Florida serviert sie im Häuschen und sie macht Knoblauch dran, viel Knoblauch. Davon bekommt man einen starken Mundgeruch. Noch eine?"
„Alle sind für den großen Rie!", sage ich.
„Hier, dann hol dir eine Tüte Fritten!"
Kurz darauf sitze ich wieder neben ihm auf der Bank.
„Großvater?"
„Hm?" Er knurrt genüsslich über seiner doppelten Portion Weinbergschnecken.
„Kennst du Nora?"
„Vom Sehen", sagt Großvater vage. „Vom Sehen."
„Sie wohnt in Tis Häuschen."
„Jedes Jahr zur Kirmes", sagt Großvater. „Sie gefällt dir, wie?"
„Ja."
„Sie gefällt allen Männern", sagt Großvater. „Nora ist eine sündige Frau." Er lacht so laut, dass er einen knallenden Furz von sich gibt. „Nie verkneifen", sagt er. „Ein Furz ist ein Furz und es gibt nicht umsonst vier Windrichtungen."
„Eine sündige Frau, Großvater . . .?"
„Ja, weißt du denn nicht, was Sünde ist?"
„Klar doch."
„Du hast überhaupt keine Ahnung", sagt er. „Sünde, das

ist alles, was Spaß macht. Aber sündige Menschen können wir nicht gebrauchen. Es darf vor allem nicht zu spaßig werden. Sagen die Pfarrer, sagen die Fabrikanten, sagen die Politiker. Sündige Menschen gehören fort. Beten und arbeiten und Gott fürchten, das soll man tun. Gibt es denn etwas Schöneres als eine schöne, warme Frau?"
Ich weiß es nicht.
„Glaub mir", sagt Großvater. „Es gibt nichts Schöneres."
„Was für Sünden begeht Nora denn? Sie kann doch beichten gehen, wie wir alle."
„Der Pastor würde Atembeschwerden bekommen", sagt Großvater. „Oder vielleicht eine Herzattacke. Und es gibt bestimmt Pfarrer, die selbst auch Lust auf Sünden verspüren würden, wenn Nora zur Beichte käme. Das sind vielleicht noch die normalsten."
Großvater spricht öfter in derartigen Kreuzworträtseln. Es kommt nur darauf an, fünf senkrecht finden zu können.
„Aber Großvater, wenn man jemanden umbringt . . ."
„Ja, das darf man natürlich nicht", sagt Großvater. „Außer wenn man die richtige Fahne hat oder Gott einem zur Seite steht. Das ist dann aber erst recht eine Sünde, zu behaupten, dass man Gott auf seiner Seite hat. Ich denke, dass Gott schon oft die Zähne hat zusammenbeißen müssen. Junge, Junge. Sollte Gottes Sohn noch mal zurückkehren, würden sie ihn auf der Stelle aus dem Dorf hetzen, die Prozessionsanführer vorneweg. Gott ist in einer Hostie in einer Monstranz, dort ist er gut aufgehoben, dort kann er nichts Böses tun. Aber Gott schickt keine Söhne mehr, bestimmt nicht. Himmelherrgott, hat er sich gesagt, ein Mal ist mehr als genug. Angenommen, er wür-

de es trotzdem tun, würde Nora seine Füße waschen dürfen. Mit Sicherheit."
Er stößt kräftig auf.
„Großvater?"
„Ja, kleiner Rie?"
„Warum haben sie dich nicht aus dem Dorf gehetzt?"
Entgeistert sieht Großvater mich an. Er setzt zu einem Lachen an, doch beherrscht sich.
„Junge", sagt er. „Ich sündige im Stillen. Soll ich dir noch etwas verraten? Für Männer ist alles etwas einfacher. Männer zeugen die Kinder, Frauen tragen sie aus. Bei Frauen wird die Sünde jeden Tag ein wenig dicker. Willst du noch irgendwo hin?"
„Ich will eine Rose schießen", sage ich.
„Also gut", sagt er. „Das schaffst du bestimmt nicht."
Und zwanzig Franken später habe ich es tatsächlich immer noch nicht geschafft.
„Prima!", sagt Großvater zufrieden. „Weißt du was? Ich bringe dir Billard spielen bei."

Ti sitzt mit dem Rücken gegen den Marterpfahl.
Er hat ein Feuer gemacht und in der Asche liegen drei große grüne Klaräpfel.
Klaräpfel sind sauer und hart, isst man sie aber wie Pellkartoffeln, werden sie süß und weich. Warmes Apfelmus, in das man beißen muss.
Nora geht über den Innenhof des Schlösschens und setzt sich neben Ti ans Feuer. Er wirft einen flüchtigen Seitenblick zu ihr hinüber und starrt dann wieder in die Flammen, reglos wie eine Statue.
„Johannes ...", sagt sie schließlich. Sie schluckt und schweigt.

Aus ihrer Tasche nimmt sie zwei Zigaretten. Sie zündet sie an und gibt Ti eine.
„Ich habe dich ganz schön durcheinander gebracht, stimmt's, Johannes?", sagt sie. „Ich hätte den Bär nicht aufs Bett setzen sollen. Überall sonst, aber nicht auf das Bett. Es ist doch nur ein Kirmesbär, Johannes. Er ist mir wirklich nicht wichtig. Aber du warst eifersüchtig, nicht wahr? Du hast ihn umgebracht, wie ein Kaninchen."
Ti hört zu, ohne sie anzuschauen. Ihr ist nicht klar, ob er sie versteht. Das weiß man nie bei Ti.
Oft denkt sie, der Ton sei ihm wichtiger als das, was gesagt wird.
Sie spricht ganz leise, flüsternd fast.
„Es gibt Dinge, die du nicht verstehst, Johannes, Dinge, die dir Angst machen. Und dann wirst du böse und ganz stark und in deinen Augen erscheint ein finsteres Glimmen. An deinen Augen kann ich es immer erkennen. Du hast schöne Augen, wie er, aber manchmal sind sie trübe wie aufgewühltes Wasser. Das ist nicht gut, Johannes. Du könntest vielleicht mal etwas Falsches tun, etwas ganz Schlimmes. Und dann ..." Sie schluckt. „Dann kannst du nicht hier bleiben. Dann werden sich Menschen einmischen, die glauben, viel Ahnung von aufgewühltem Wasser zu haben. Dann wird es immer genau zweiundzwanzig Grad sein und du bekommst ein Zimmer für dich allein und Pillen, die deine Augen klar halten. Dort gibt es einen Park mit Bäumen, wo du den Rasen nicht betreten darfst. Und solltest du trotzdem noch Schwierigkeiten machen, wenn du große Angst hast, fesseln sie dich und behandeln dich mit Elektroschocks, weil sie es so gut mit dir meinen. Verstehst du?"
Ti sagt immer noch nichts. Er stochert mit einem Stock in

der Asche und holt die Äpfel raus. Einen rollt er bis vor Noras Füße.
„Für mich?"
„Ti", sagt er und seine Augen leuchten wie Sterne.
Erst dann nimmt sie ihn in den Arm und fängt leise an zu weinen.

Der Kirmesmontag ist ein etwas verlorener Tag.
Das ganze Dorf schläft lange, das Frühstück fällt aus.
Die Männer lungern in ihrem zerknitterten Hemd von gestern an der Hauswand oder spazieren lustlos im Garten auf und ab. Sie haben Nachdurst, sie haben gute Vorsätze und schlurfen letztendlich doch noch zum Schmied. Nach dem ersten Bier geht es schon besser.
Die Frauen schauen nach, was von gestern übrig geblieben ist, denn ihnen ist nicht nach kochen. Es gibt noch Kaninchen, es gibt kaltes Suppenfleisch, noch etwas Suppe und Kartoffeln, die man braten kann. Und natürlich noch jede Menge Fladen.
Am Kirmesmontag steht mittags der Tisch voller Töpfe und Pfannen mit den ausgefallensten Resten.
Nachmittags findet das Radrennen statt.
Kirmesrennen sind ein Alibi für etwas ganz anderes. Eine Horde junger Burschen zieht in einem farbigen Streifen bestimmt zwanzigmal durchs Dorf. Sie machen leise surrende Geräusche, wie ein Taubenschwarm. Hin und wieder flucht einer vor sich hin. Sie schnäuzen sich die Nase ohne Taschentuch, einfach auf den Boden und ohne abzusteigen, und ihre Schenkel und Waden glänzen vor Öl. Es wird sogar behauptet, dass sie nicht einmal zum Pinkeln absteigen.
Wo die Rennfahrer vorbeikommen, sind die Wirtshäuser

brechend voll. In Türnähe hält einer Ausschau. Mit einem vollen Bierglas, versteht sich. Ausschauhalter müssen nämlich versorgt sein.

„Leute, sie kommen!"

Im Pulk stürmen sie aus dem Wirtshaus. Die Rennfahrer surren vorbei und schnauben vor sich hin, doch gepinkelt wird nicht. Die Zuschauer schreien und schwenken ihre Mützen.

„Los, Freddie!"

„Schneller, Jan!"

„Noch fünfzehn Runden, Pol!"

Und sie machen Witze über einen Pechvogel, der ein ordentliches Stück hinter dem Hauptfeld dahergestrampelt kommt, weil er einen Platten hatte und sich auf die Schnelle ein schweres Damenrad ausgeliehen hat.

Als auch er am Horizont verschwunden ist, gehen alle wieder in die Wirtschaft.

Vater und ich stehen zusammen an der Theke beim Schmied.

Ich komme mir klein und verloren vor inmitten der wogenden Männermeute, die lacht und schreit und nach Zigarren und alter Bettwäsche mieft. Aber da muss man durch. Lernen, wie man ein Gasthaus besucht, unter dem wachsamen Auge seines Vaters. Und wachsen, bis man mit dem ersten selbst verdienten Geld sagen kann: „Diese Runde geht auf mich." Erst dann hat man ein Wörtchen mitzureden.

In Erwartung dieses glorreichen Moments bleiben Wirtshäuser gefährliche Orte, wo sich unvorhersehbare Dinge ereignen können. Manchmal heben sie einen plötzlich auf den Billardtisch und dann muss man ein Lied singen oder ein Gedicht aufsagen oder, aber dann müssen sie schon viel getrunken haben, die neun Provinzen von Belgien runterbeten. Das ist ganz schön unheimlich, so allein auf dem Billardtisch, auch wenn danach einer mit der Mütze herumgeht. *Es ist gut, ins eigene Herz zu schauen* von Alice Nahon sollte man lieber nicht vortragen, denn dann fangen sie an zu weinen und vergessen in ihre Taschen zu greifen.

Nachdem die Rennfahrer sechsmal vorbeigekommen sind und einer der Stammgäste es meiner Meinung nach zu sehr auf den Billardtisch abgesehen hat, zupfe ich meinen Vater am Hosenbein.

„Ich gehe mal zum Großvater."

„Der schläft", sagt Vater zerstreut, denn er ist in ein lebhaftes Gespräch über die Fünf-Tage-Woche verwickelt.

Ich gehe allein die Straße runter und lasse die Rennfahrer noch einmal vorbei. Nicht einer von ihnen pinkelt.

„So so", sagt Maurice, als ich an den Bahnübergang komme. „So ganz ohne Spaten?" Mit einem breiten Grinsen steht er an seiner Schranke.

„Es ist Kirmes, Maurice."

„Ach ja!", sagt Maurice. „Das ist mir wohl entgangen."

„Tu bloß nicht so, Maurice. Hast du denn die Rennfahrer noch nicht gesehen?"

„Der auf dem Damenrad", sagt er, „gefällt mir am besten. Geklaut natürlich."

„Woher weißt du das?"

„Zwei Runden lang ist eine dicke Frau mit einem Schürhaken hinter ihm hergerannt", sagt Maurice ohne eine Miene zu verziehen. „Als sie zum zweiten Mal hier vorbeigekommen ist, habe ich gerufen, sie soll sich bloß nicht

so abrackern, sonst riskiere sie noch, den Blumenstrauß zu gewinnen. Aber sie hat es aufgegeben. Wahrscheinlich auch einen platten Reifen."
„Schürhaken? Ich habe überhaupt keinen Schürhaken gesehen."
„Oder flache Pantoffeln", sagt Maurice. „Jetzt wo du es sagst, sie ist in flachen Pantoffeln gerannt."
„Maurice!"
„Willst du ein Bier?", fragt Maurice.
„Wenn du nicht so einen Unsinn erzählst."
„Ich erzähle nie Unsinn, wenn ich Dienst habe", sagt Maurice. „Und danach meistens auch nicht. Wenn ich meiner Frau zu lange ernst bin, sagt sie immer: ‚Bitte, Maurice, erzähl doch noch mal einen Witz.' "
Wir setzen uns an die Wand vom Stellwerkhäuschen.
„Maurice", sage ich, „was ist, wenn die Rennfahrer kommen und es kommt auch ein Zug?"
„Ja, dann drehe ich natürlich die Schranken runter", sagt Maurice. „Dazu sind sie ja da."
„Aber was ist, wenn einer einen Vorsprung hat?"
Maurice zuckt mit den Achseln. „Dann hat er eben Pech."
„Ernsthaft?"
„Manchmal steigen sie drüber", sagt Maurice, „samt Rad."
„Und was machst du dann?"
„Ich habe keinen Schürhaken", sagt Maurice. „Jedes Mal, wenn das passiert, denke ich mir: Ich muss doch den Chef mal um einen Schürhaken bitten. Aber ich vergesse es immer wieder."

Großvater sitzt im Korbsessel im Hinterhof und hält ein Nickerchen.
Das ist ein ziemliches Spektakel.
Der Hut hängt ihm über den Augen, die Hände liegen ineinander gefaltet auf dem Bauch, als würde er beten. Und er schnarcht, dass einem Hören und Sehen vergeht.
Hin und wieder hört er auf zu schnarchen, murmelt was vor sich hin, tastet kurz in Westen- oder Hosentasche und schnaubt. Dann schmatzt er einige Male mit den Lippen und lächelt matt, worauf das Schnarchen wieder einsetzt.
Ich beobachte ihn, ohne einen Muckser von mir zu geben. Ob er träumt? Und wenn ja, was er wohl träumt? Von Großmutter oder von Florida?
Plötzlich fährt er mit einem Ruck hoch, sodass ihm der Hut vom Kopf fällt. Mit großen Froschaugen sieht er mich an und schreit: „Was soll das?"
Es ist ein so fürchterlicher Anblick, dass meine Knie anfangen zu schlottern. „N. . . nichts", bringe ich schließlich heraus. Ich schlucke. „Nichts!"
Aber er starrt mich unentwegt an, so wütend, dass sogar die Sonnenblumen vorübergehend aufhören sich zu drehen.
Nach einer Ewigkeit sinkt er in seinen Sessel zurück und schließt seine Furcht erregenden Augen wieder.
Ich fahre mir mit der Zunge über die Lippen und bleibe wie angewurzelt stehen. Es dauert eine ganze Weile, bis ich mich traue, den Hut aufzuheben und ihn vorsichtig auf seinen Kopf zu setzen.
Er gibt ein zustimmendes Geknurr von sich, sonst geschieht nichts.
Auf Zehenspitzen schleiche ich den Gartenweg hinunter

und schließe das Törchen so leise, als würde ich es zupusten.
Ich setze mich auf eine Bank an der Fabrikmauer. Dahinter singen Tag und Nacht die Webstühle, doch jetzt schweigen sie, weil Kirmes ist.
Es ist unerträglich heiß. Die Hitze hängt bleischwer in der engen Gasse, kein Lüftchen regt sich. Die Schwalben fliegen tief. Dräuende Wolken verdichten sich zu einem grauen Vorhang und in der Ferne rumpelt es, als müsste der Himmel sein Völlegefühl loswerden.
Da kommt Nora die Straße entlang.
An ihrem Arm hängt ein zusammengeklappter roter Schirm und sie trägt ihre blauen Jeans. Ihre Augen sind kleiner als gestern, aber immer noch groß genug.
„Ist dieser Platz noch frei, kleiner Rie?“ Sie deutet auf die Bank.
„N. . . natürlich“, sage ich. Ich darf nicht stottern, das passiert mir heute schon zum zweiten Mal.
Sie setzt sich neben mich, als wäre es die natürlichste Sache der Welt. „Deine Mutter hat gesagt, du seist beim Schmied, und beim Schmied haben sie gesagt, du seist hier.“
„Oh!“ Ich sehe Nora das Wirtshaus vom Schmied betreten, nein, ich versuche es mir vorzustellen. Mein Vater hat natürlich einen Kopf wie eine Rote Beete gekriegt. Und was sie ihm wohl alles gesagt haben, nachdem Nora wieder verschwunden war. Womöglich haben sie eine Radrunde verpasst.
„Rie“, sagt Nora feierlich, „heißt eigentlich Henri.“
„Ja.“
„Ein Königsname.“ Sie schaut nachdenklich. „Namen sind ganz wichtig. Man wächst in sie hinein.“

„Wieso?“
„Stell dir vor, du würdest Jan heißen. Ob du dann dieselbe Person wie jetzt sein würdest?“
„Ich denke schon“, sage ich zögerlich.
„Ich aber nicht. Wenn man Jan heißt, wird man auch ein Jan.“
„Und wie ist das denn, ein Jan zu sein?“
Nora ist noch schöner, wenn sie ein wenig hilflos aussieht.
„Das kann ich dir nicht so genau erklären. Aber du musst mal darauf achten. Jemand, der Jan heißt, sieht meistens auch wie ein Jan aus. Ich nenne so jemanden eine Jan-hafte Person.“
Die Bank ist angenehm schmal. Ihr Oberschenkel berührt meinen, aber das scheint sie nicht zu stören. Ob sie den ganzen Weg hierher gekommen ist, um sich über Namen zu unterhalten?
Wir schweigen. Die Stille ist keineswegs unbehaglich, aber es wäre doch besser, wenn die Webstühle singen würden.
„Normalerweise hört man hinter der Mauer die Webstühle“, sage ich. „Tag und Nacht.“
„Ich weiß“, sagt Nora.
„Sie singen hinter deinem Rücken.“
„Und wie!“
„Hast du Ti noch gefunden?“
Sie nickt. „Er war beim Schlösschen, wie du schon vermutet hast.“
„Dorthin geht er oft“, sage ich. „Ich habe ihn da Kaninchen braten sehen.“
„Kaninchen!“ Sie macht große Augen. „Gestern waren es Äpfel, aber das lag vielleicht daran, dass wir mittags schon

Kaninchen gegessen hatten. Woher hat er die Kaninchen?“
„Er wildert.“
„Er wildert? Woher weißt du das?“
„Weil ich es selbst gesehen habe“, sage ich. Und ich erzähle ihr die ganze Geschichte, ohne sie auch nur einmal anzuschauen. Und sie unterbricht mich kein einziges Mal.
„Wie schrecklich“, sagt sie schließlich. Aus ihrer Tasche nimmt sie Zigaretten. „Du auch eine?“
„Ich rauche nicht“, sage ich betreten.
„Sehr vernünftig“, sagt sie. „Was hast du denn mit der Zigarette gemacht, die ich dir gestern gegeben habe?“
„Großvater hat sie geraucht, denke ich mir.“
Sie lächelt. „Großväter sind oft ganz besondere Männer.“
„Nicht immer“, sage ich. „Aber ich habe einen ganz besonderen Großvater.“
„Warum ist er so besonders?“
„Er ist ein bisschen so wie du“, sage ich. „Er erzählt Gedanken. Dinge, die andere dir nicht erzählen. Er hat gesagt, wenn Gottes Sohn zurückkommen würde, dürftest du seine Füße waschen.“
Nora lacht laut los. „Hat er das gesagt? Wann denn?“
„Gestern.“
Sie wischt sich mit einem Taschentuch die Tränen aus den Augen. „Pfuipfui“, sagt sie. „Das sagen die Menschen, nachdem sie ausgelacht haben. Pfuipfui! – Und weißt du, warum? Weil man oft lacht, wenn man nicht weiß, was man sonst tun soll. Der Mensch ist das einzige Tier, das lacht.“
„Roosevelt lacht auch“, sage ich.

„Wer ist Roosevelt?“
„Großvaters Kater. Er lacht nicht so wie wir, haha, sondern mit den Augen. Manchmal jedenfalls.“
„Gottes Sohn!“, sagt Nora abwesend. Und sie sieht ganz ernst aus. „Ja, ja!“
„Er kommt aber nicht zurück“, sage ich. „Großvater sagt, Gott findet, dass einmal reicht.“
„Schade“, sagt Nora aus tiefstem Herzen. „Aber wenn ich Gott wäre, würde ich es auch nicht mehr tun.“
Der Himmel ist fast tintenschwarz. Die ersten dicken Tropfen fallen bereits.
„Herrlich“, sagt Nora.
Sie spannt den roten Schirm auf und hält ihn über unsere Köpfe. „Cordule hat gesagt, dass es bestimmt ein Gewitter gibt. Schön, nicht wahr?“
Der Regen prasselt auf den Schirm und sie legt einen Arm um mich.
„Ja“, sage ich.
Leider besteht wohl keine Chance, dass Dolf der Postbote diesem Wetter trotzt, um uns hier so sitzen zu sehen.
„Johannes“, sagt Nora nach langer Zeit, „ist *au fond* ein ganz lieber Junge.“
„Ja“, sage ich.
„Aber manchmal gerät er etwas durcheinander. Man weiß nie warum. Und dann geschieht etwas mit seinen Augen und er wird böse und ungemein stark.“
„Ja“, sage ich.
Und sie erzählt mir die Geschichte von Toronto, dem Bären. Eine Geschichte, die man nur dem Regen erzählen kann.
Als sie aus ist, schweigen wir beide lange Zeit.

„Wie hast du Ti eigentlich kennen gelernt?“, frage ich leise.
„Oh“, sagt Nora, „ich kenne ihn schon sehr lange. Schon sehr lange.“ Und sie lächelt traurig. So traurig, dass einem kalt wird.
„He, wollt ihr beide ertrinken?“ Großvater steht im Gartentörchen.
„Ist er das?“, fragt Nora.
„Ja“, sage ich. „Nora?“
„Ja, kleiner Rie?“
„Sag ihm lieber nicht, dass ich dir gesagt habe, dass ...“
„Natürlich nicht“, sagt Nora und lacht schallend. „Ich finde diesen Gedanken zu schön, um ihn einfach wieder zurückzugeben.“

„Ja, das hing in der Luft“, sagt Großvater. „Schon den ganzen Nachmittag.“
Wir sitzen im Wohnzimmer bei geöffneter Haustür, doch das nützt wenig, die Wärme hängt drinnen. Über dem Dorf wütet das Gewitter in aller Heftigkeit und auf den stetig wachsenden Pfützen bilden sich Regenblasen.
Großvater stellt die Schnapsflasche auf den Tisch.
„Schon als Kind fand ich es herrlich, durch den Regen zu spazieren. Und durch die Pfützen“, sagt Nora.
„Und hinter einer Streichholzschachtel herzurennen, die in der Rinne schwamm, um dann im Gully zu verschwinden“, sagt Großvater. „Über dem Gully hat sie sich noch ein paar Mal gedreht, erinnerst du dich? Sie ist nicht sofort darin verschwunden.“
„Richtig“, sagt Nora und genießt die Erinnerung.
„Hat es damals, als du klein warst, schon Streichholzschachteln gegeben, Großvater?“, frage ich.

Großvater zögert einen Moment, die Flasche *Klokke Roeland* in der Hand. „Mal überlegen", sagt er. „Wann wurde denn die Streichholzschachtel erfunden? Na ja, es kann auch ein wenig später gewesen sein, als ich schon älter war. Wenn man als Kind schon ganz vernarrt in Regen ist, verlernt man es nie mehr." Er wirft mir einen strafenden Blick zu. „Du sollst nicht immer solch schlaue Fragen stellen, kleiner Rie, während ich den Leuten Schnaps einschenke."

„Haben Sie selbst auch noch Wikinger gekannt, Herr Rie?"

„Rie, Nora, ohne Herr", sagt Großvater. „Bloß kein Herr. Wikinger, mal überlegen. Nein, Wikinger kenne ich nur aus Büchern."

„Aus welchen Büchern?"

„Wenn ich ein Buch aushabe, verschenke ich es immer", sagt Großvater.

„Ich habe ein Geschichtsbuch mit einem Bild von den Wikingern", sage ich. „Das werde ich aber nie verschenken."

„Wie kommt es, dass ihr beiden so verrückt auf Wikinger seid?", fragt Nora.

„Wegen dem Drachenkopf", sage ich.

„Die Galionsfigur eines Wikingerschiffs", sagt Großvater mit rollenden Augen. Und er erzählt ihr die ganze Geschichte des Drachenkopfs, ohne auch nur ein Wort über die Schneise zu verlieren.

„So", sagt Nora. „Ach so." Bedachtsam schwenkt sie mit beiden Händen ihr Gläschen. „In der Stadt muss es aber Bücher geben, die nur von Wikingern handeln. Soll ich mich mal in Brüssel für dich umschauen? Oder machst du das lieber selber?"

„In Brüssel? Ich?“

„Ach“, sagt Nora, „Brüssel liegt nicht auf der anderen Seite der Weltkugel. Was hältst du denn von Mittwoch? Ja? Morgen geht es nicht, morgen muss ich mit Johannes zum Jahrmarkt. Aber am Mittwoch ist hier sowieso nichts los. Und abends werden wir rechtzeitig zum Feuerwerk zurück sein.“

Ich schaue Großvater an. Er kneift noch schnell ein Auge zu, ehe *Klokke Roeland* ihm zuvorkommt. „Ein tolles Angebot“, sagt er dann.

„Wenn kleiner Rie nicht gewesen wäre, hätte ich Johannes vielleicht immer noch gesucht“, sagt Nora.

„Aber was werden die daheim sagen?“

„Ich habe vorhin schon mit deiner Mutter gesprochen“, sagt Nora. „Und danach mit deinem Vater, beim Schmied. Sie sind beide einverstanden.“

„Wirklich?“

„Ja, wieso denn nicht?“

„Diese Bücher sind bestimmt sehr teuer“, sage ich. „Und die Fahrt ... Und in Brüssel sprechen alle französisch und ...“

„Es ist ein Geschenk“, sagt Nora. „Vielleicht sogar mehr ein Geschenk für mich selbst als für dich.“ Und sie denkt: Bei dir kommen wenigstens Wörter raus.

Draußen zieht das Gewitter ab, aber es regnet immer noch. Und wie.

Großvater schenkt noch mal ein. Er mag Frauen, die Schnaps trinken wie ein Mann.

Als ich später pinkeln muss, kommt er mir sofort hinterher.

„Kleiner Rie?“

„Ja, Großvater?“

„Du bist ein Glückspilz. Nach Brüssel! Und mit so einem hübschen Mädchen!“
Er zückt seinen Geldbeutel und gibt mir fünfzig Franken. „Für dich. Wenn Nora dich einlädt, kannst du ihr auch mal was spendieren.“
„So viel!“
„Brüssel ist eine teure Stadt“, sagt Großvater.

Vater und Mutter sind schon im Bett.
„Ich habe noch mal darüber nachgedacht . . .“, sagt Mutter in die Dunkelheit.
„Hm?“ Das Radrennen schwirrt Vater noch im Kopf herum, danach haben sie außerdem noch eine Partie Karten gespielt.
„Diese Nora . . .“
„Hübscher Hintern“, murmelt Vater zerstreut.
„Was hast du gesagt?“
„Hm“, sagt Vater. „Nora, was ist mit Nora?“
„Mir kommt das ziemlich merkwürdig vor, diese Reise nach Brüssel. Und so Hals über Kopf.“
„Tausende Menschen pendeln jeden Tag nach Brüssel“, sagt mein Vater.
„Ja, um dort zu arbeiten. Aber doch nicht um ein Buch über Wikinger zu kaufen?“
„Auch das“, sagt Vater. Und er denkt: Mich würde sie nicht zweimal zu fragen brauchen. Nora nicht. Er hofft inständig, dass er in der Nacht nicht laut träumen wird, denn er träumt durchaus verständlich und Mutter hat Ohren wie eine Fledermaus. „Reiche Leute haben nun mal merkwürdige Angewohnheiten“, sagt er.
„Wenn sie so reich ist, warum sorgt sie denn dann nicht selbst für Ti?“

„Das geht uns doch nichts an, oder?"
„Nein."
„Du weißt doch, was mit Nora passiert ist. Und mit Cordule."
„So ungefähr", sagt Mutter. „Das Dorf hat sie rausgeekelt und jetzt kommt sie jedes Jahr zurück, um auf der Kirmes die reiche Madame rauszuhängen. Vor lauter Verrücktheit weiß sie nicht, in welches Kleid sie als Erstes hüpfen soll, und zieht dann doch eine Hose an, sodass alle Männer sich die Finger nach ihr lecken."
„Na na."
„Du auch", sagt meine Mutter heftig. „Oder etwa nicht?"
„Ich habe mir nicht die Finger geleckt", sagt Vater.
„Auch nicht ein wenig?"
„Aber nein."
„Auch nicht in deinem Innersten?"
Vater überlegt verzweifelt. Sich die Finger lecken in seinem Innersten?
„Na, und?"
„Ich stecke nur einen Finger in den Mund, wenn mir was zwischen den Zähnen hängt", sagt Vater. „Oder wenn ich ein Bläschen im Mund habe."
Mutter schweigt. Darauf hat sie keine Antwort.
„Außerdem", sagt Vater, „tragen in Brüssel alle Frauen eine Hose. Die Stadt ist voller Treppen, die einen erst recht zum Fingerschlecken verleiten." Und er denkt: Ich sollte öfter zu Radrennen gehen, die bringen mich auf ausgesprochen tiefsinnige Gedanken. Oder liegt es am Kartenspiel?
„Was sie wohl macht in der Stadt, diese Nora?", fragt Mutter. „Sie muss viel Geld verdienen."

„Vielleicht auch nicht“, sagt Vater. „Vielleicht dreht sie drüben das ganze Jahr hindurch jeden Franken dreimal um, damit sie hier eine Woche lang die Madame spielen kann.“

„Nein, so verhält es sich bestimmt nicht.“ Mutter stößt einen tiefen Seufzer aus. „Ich finde das Ganze ziemlich ungeheuer. Unser Sohn . . . nach Brüssel . . .“

„Ich dachte, du hast schon Ja gesagt?“

„Ich wurde völlig überrumpelt“, sagt Mutter. „Plötzlich ist sie vor der Tür gestanden mit ihren seltsamen dunklen Augen. Zigeunerblut! Ja, sie muss Zigeunerblut in sich haben. Und Zigeuner klauen Kinder, das weiß jeder.“

Auf Vaters Betthälfte wird heftig gewühlt. Plötzlich sitzt er aufrecht. „Hör mir mal gut zu“, sagt er gebieterisch. „Wenn Zigeuner Kinder brauchen, machen sie die lieber selber. Wir haben Nora gesagt, dass wir die Idee gut finden, also sollst du dich jetzt nicht so anstellen. Und außerdem . . .“

„Außerdem was?“

„Außerdem müssen wir morgen früh aufstehen!“

„Aber du hast doch Urlaub?“

„Morgen“, sagt Vater in strengem Ton. „Morgen ist Jahrmarkt!“ Und er dreht sich auf die Seite und schläft innerhalb einer Minute ein.

Am Mittwochmorgen klingelt der Wecker schon um halb sechs.

Wie von einer Tarantel gestochen springt Vater aus dem Bett, kratzt sich den Kopf und steigt in seine Hose. Eine Reflexhandlung.

Aber warte mal! Er bleibt stocksteif stehen und beginnt an seinen Fingern abzuzählen. Gestern war Dienstag und

Jahrmarkt. Hatte er denn nicht die ganze Kirmeswoche frei? „Wer hat verdammt noch mal diesen Scheißwecker gestellt?“
„Ich“, sagt Mutter. „Henri geht ja nach Brüssel.“
„Aber es ist erst halb sechs! Wollten sie denn nicht den Zug um zehn nach acht nehmen?“
„Acht Uhr ist es schnell“, sagt Mutter nervös.
Vater zieht sich griesgrämig die Hose aus und steigt unter Stöhnen wieder ins Bett.
Mutter hat eine komische Vorstellung von Zügen und erst recht von Brüssel.
Züge warten nicht und können durchaus auch mal zu früh kommen.
Und in Brüssel sind der König, die Minister und eine ganze Armee von Beamten, die den ganzen Tag abscheuliche braune briefmarkenlose Fensterumschläge ins Land schicken.
Außerdem wird dort dauernd demonstriert.
Ich muss mich von oben bis unten waschen, als wäre Brüssel ein Arzt, meine Füße und meine Ohren sogar zweimal.
„Aber, Mutter, gestern Abend habe ich mich doch schon gewaschen!“
„Gestern war Jahrmarkt“, sagt Mutter. Eine Bemerkung, die weder Hand noch Fuß hat. „Mach mal voran!“
Erst nachdem sie gründlich Nägel und Ohren inspiziert hat, darf ich mich an den Frühstückstisch setzen.
Ich muss frühstücken, denn vielleicht gibt es in Brüssel nichts zu essen.
„Gib bloß Acht auf deine guten Sachen“, sagt Mutter und knotet mir ein frisches Geschirrtuch um den Hals.
Es ist aber noch viel zu früh zum Frühstücken.

„Hast du keinen Hunger?“
„Nein.“
Mutter seufzt. „Dann nimm wenigstens ein Rosinenbrot. Warst du schon auf dem Klo?“
„Aber Mutter, ich muss überhaupt nicht.“
„Den Klobrillen in der Stadt ist nicht zu trauen“, sagt Mutter. „Da kann man sich alle möglichen schlimmen Krankheiten holen.“
Sie schaltet das Radio ein, weil dort alle paar Minuten ein Herr sagt, wie spät es ist. Und der Bahnhofsvorsteher hört auch Radio. Deshalb.
Es ist zehn vor sieben.
„Musst du immer noch nicht?“
Um ihr Gequengel los zu sein, gehe ich in den Hof.
Die Sonne steht schon hell am Himmel und scheint durch das Herzchen in der Klotür. Ich sitze auf der Brille und muss nicht. Aufmerksam lese ich zwei Artikel in einer alten Zeitung, die an einem Haken hängt. Wenn Jauche ausgefahren wird, liegen auf allen Äckern Zeitungsfetzen, dreckig und nass.
„Siehst du“, sagt Mutter, als ich unverrichteter Dinge zurückkomme. „Wenn man sich hinsetzt, kommt es von selbst.“
Sie gibt mir einen Fünfzigfrankenschein. „Vielleicht musst du in Brüssel das ein oder andere selbst bezahlen“, sagt sie. „Nicht dass du alles ausgeben sollst, aber man weiß nie, was dich erwartet.“
„Nein, Mutter.“ Die anderen fünfzig Franken verschweige ich lieber.
Hundert Franken! Davon kann man an der Schießbude hundertmal schießen. Wenn man dann noch keine Rose hat!

Der Herr im Radio sagt, dass es Viertel nach sieben ist.
Meine Mutter bürstet meine Jacke und meine Hose und wienert mit einem weichen Tuch meine Schuhe. Sie geht einen Schritt zurück, betrachtet mich kritisch und sagt: „Hm." Als würde es gerade so gehen.
Dann nimmt sie eine Hutschachtel vom Schrank und holt einen Hut heraus. „Der hat noch Onkel Zaar gehört", sagt sie. „Er hatte einen ziemlich kleinen Kopf."
Eine schreckliche Ahnung erfasst mich. Aber da hat sie mir die Melone schon aufgesetzt.
Sie klatscht in die Hände. „Perfekt", sagt sie. „Onkel Zaar hat ihn nur bei Beerdigungen getragen. Warum verziehst du das Gesicht so?"
Mir ist eher zum Weinen als zum Lachen. „Ich will aber keinen Hut."
„In Brüssel tragen alle eine Melone", sagt Mutter, „jedenfalls das vornehme Volk."
„Es ist viel zu warm, Mutter, und ..."
„Was und? Wart's ab, wie man dir nachschauen wird."
Ja, darüber besteht kaum Zweifel.
„Die Brüssler denken, wir vom Land wissen nicht, was sich gehört", sagt Mutter. „Ha! Sie sollten lieber ihre Klobrillen putzen!"
Vater betritt die Küche. Er stellt das Radio etwas leiser. „Mir war, als würde ich mit Bobbejaan Schoepen und Jan Verbraeken im Bett liegen", sagt er. „Dann ist mir La Esterella doch lieber!"
„Es ist nur wegen der Uhrzeit", sagt Mutter.
Gähnend setzt sich Vater an den Tisch. Mit ungewaschenen Ohren und schmutzigen Füßen, ohne Serviette. Er streckt sich, dass es knackt.
Da fällt sein Blick auf mich. „Was ist das?"

„Die Melone von Onkel Zaar“, sagt Mutter. „Er hatte einen ziemlich kleinen Kopf, Onkel Zaar.“
Vater strengt sich an, keine Miene zu verziehen.
„Ja“, sagt er. „Auf meiner Seite haben alle größere Köpfe, alle.“ Und es klingt nicht, als würde ihm das Leid tun. Er begutachtet mich noch einmal und geht dann hastig nach draußen.
„Siehst du“, sagt Mutter, „bei deinem Vater kommt es von selbst.“
Es dauert eine ganze Weile, bis er zurückkommt. Während er seine Hosenträger gerade rückt, sagt er zu mir: „Du hast keine Ahnung, wie viele Hüte die Menschen im Zug liegen lassen.“ Es hört sich wie ein Vorschlag an. Er hat offensichtlich Mitleid mit mir.
„Den Hut von Onkel Zaar nimmt man im Zug nicht runter“, sagt Mutter. „Den lüftet man nur vor Damen.“
Vater schmiert sich ein Brot. Er versucht angestrengt, mich nicht anzuschauen.
„Schade um den Spazierstock“, sagt er. „Er hat ja auch noch einen Spazierstock mit Silberknauf gehabt.“
„Den hat sich Kusine Prudence unter den Nagel gerissen“, sagt Mutter verdrossen. „Sie ist wie eine Elster. Wenn es was zu erben gibt, pickt sie sich alles raus, was glänzt.“
Es ist Viertel vor acht. Mutter sieht sich auf der Straße um, wo Nora bleibt.
Vater tastet in seiner Tasche und gibt mir ein Zwanzigfrankenstück.
„Hier“, sagt er, „steck es weg.“ Dann wirft er einen Blick auf die Melone. „Brüssel ist voller Mülleimer.“ Es klingt tröstlich.

Um zehn vor acht hält Petrollekes Taxi mit einem leisen Seufzer vor dem Haus.
Petrollekes Taxi!
Wenn wir aus der Schule kommen, gehen wir oft zum Kirchplatz, um Petrollekes Taxi zu bewundern. Wenn er keine Kunden hat, funkelt dort sein Taxi wie ein Schmuckstück still vor sich hin. Mit großem Respekt schlendern wir drumherum und gucken uns alles an. Die Ledersitze, das große weiße Lenkrad, den Tacho, der bis 200 reicht. Zweihundert! Ein Rennwagen, ein Flugzeug, das sich gerade noch beherrschen kann abzuheben, auch wenn es das spielend schaffen würde.
Petrolleke hält Nora die Tür auf.
Nora trägt ein langes, kanariengelbes Kleid mit tausend Stoffknöpfen, einen breitkrempigen Hut in derselben Farbe, lange Handschuhe und hält einen kleinen Sonnenschirm in der Hand. Donnerwetter!
Wie verlottert ich wohl an ihrer Seite aussehen muss! Ich komme mir vor wie ein Schandfleck auf ihrem gelben Kleid, ein winziges Melonenmännchen mit kratzenden grauen Socken, ein Ballast am Beinchen dieses prachtvollen Schmetterlings.
„Bist du fertig?“, fragt sie.
Ich schlucke und nehme den Hut runter.
„Es gibt noch Kaffee“, sagt Mutter, „aber vielleicht reicht es Ihnen zeitlich nicht mehr. Ich . . .“
„Sehr freundlich“, sagt Nora, „aber ich habe mich sowieso schon ein wenig verspätet. Bis heute Abend also!“
„Jetzt kannst du ihn wieder aufsetzen“, flüstert mir Mutter zu.
Wir steigen ein und fahren los. Mutter winkt und Vater wirft uns einen ziemlich dämlichen Blick nach.

Petrolleke guckt mich im Rückspiegel an. „Hinter dir“, sagt er, „ist eine Hutablage.“
Ich reiße mir den verflixten Hut vom Kopf. Sollte jemand aus der Schule mich mit diesem Ding sehen, würde ich den Rest meines Lebens Melone heißen. Ich sehe ihn dankbar an.
„Dort kann er ruhig bis heute Abend liegen bleiben“, sagt Petrolleke.
„Meine Mutter sagt, dass in Brüssel jeder eine Melone trägt“, sage ich.
Nora biegt sich vor Lachen. „Aber nein! Und wenn doch, ist er mit Sicherheit ein Brite. Die werden mit diesen Dingern geboren.“
Mir fällt ein Stein vom Herzen. Jetzt kann ich die Fahrt richtig genießen. Viel zu schnell ist das Taxi am Bahnhof.
Wie eine Königin schreitet Nora in die Halle und bekommt vom Bahnhofsvorsteher persönlich die Fahrkarten ausgehändigt. Ob sie allein zurechtkomme?
„Vielen Dank“, sagt Nora.
Was er wohl gemacht hätte, wenn sie Nein gesagt hätte?
Der Zug läuft ein. „Brussel-Bruksèl!“, schreit Clement heiser.
Er öffnet Nora und mir die Tür des Wagens der ersten Klasse, mit weinroten Kissen.
Wir setzen uns einander gegenüber auf einen Platz am Fenster. Nora lächelt. Wir haben den ganzen Wagen für uns allein.
Der Bahnhofsvorstand ist gerade im Begriff zu pfeifen, als der Baron den Bahnsteig betritt. Er steigt in unseren Wagen ein und lüpft den Hut.

„Mademoiselle! Jeune homme!"
„Guten Tag, Herr Baron", sage ich höflich.
Er schaut mich verwundert an. Ob man in der ersten Klasse nur französisch sprechen darf? Zum Glück setzt er sich einige Reihen weiter und schlägt *La libre Belgique* auf.
Die Türen schließen sich. Der Pfiff ertönt. Langsam schiebt sich das Dorf an uns vorbei. Als Letztes sehe ich den Kirchturm. Und als auch dieser verschwunden ist, tut sich eine ganz neue Welt auf.
„Ist es das erste Mal", fragt Nora.
„Nein", sage ich, „aber wohl das erste Mal auf den Kissen."
Nora lacht und zündet sich eine Zigarette an. „Das letzte Hemd hat sowieso keine Taschen", sagt sie.
„Bist du reich, Nora?"
„Reich?" Sie sieht nachdenklich aus. „Nein, aber verwöhnt. In zehn oder zwanzig Jahren will mich bestimmt keiner mehr verwöhnen."
„Warum nicht?"
„Ach", sagt Nora. „Irgendwann kriegt man Falten und Krampfadern, dein Po sieht wie die Schale einer Orange aus und dein Nabel stülpt sich nach vorne."
Ich sehe sie an und schlucke. „Aber ich finde dich sehr schön."
Sie lächelt traurig. „Vielleicht hat man ein viel ruhigeres Leben, wenn man hässlich ist. Suppe durch ein Sieb streichen, Kaninchen züchten, Stützstrümpfe tragen." Sie schaudert. „Hübsch sein bringt einen Haufen Arbeit mit sich."
Sie versucht mir etwas zu verdeutlichen, doch ich fürchte mich vor dem Rest ihrer Geschichte. Wenn sie so weiter-

macht, läuft alles schief und wir wollten uns doch in Brüssel einen schönen Tag machen.
Lange Zeit starren wir schweigend aus dem Fenster. Auf die endlosen Äcker mit heranreifendem Korn, die Hopfenstangen, die Rückseiten der Häuser, einen Garten mit einer überladenen Wäscheleine.
„Bist du noch auf dem Jahrmarkt gewesen?", frage ich.
„Nein", sagt sie. „Johannes wollte nicht. Wir haben Picknick gemacht, am Fluss. Ganz gemütlich. Er mag Wasser, stundenlang kann er reinschauen ohne ein Wort zu sagen."
„Wasser kann man sich jeden Tag anschauen, aber es ist nur einmal Jahrmarkt."
„Vielleicht sind ihm noch die Bären im Kopf rumgespukt", sagt sie.
Und dann laufen wir in Brüssel-Nord ein.

Brüssler haben es eilig und es gibt eine ganze Menge von ihnen.
Sie haben knallgelbe Taxis. Die werden gefahren von etwas schmuddeligen Männern, die einen selbst die Wagentür aufmachen lassen.
„Findest du es schlimm, wenn ich mich zuerst noch schnell umziehe?", fragt Nora.
„Nein, natürlich nicht."
Das Taxi braucht bestimmt zwanzig Minuten und fährt viel schneller als Petrollekes.
„Dort ist der Palast des Königs", sagt Nora. „Wenn die Fahne auf dem Dach flattert, ist er zu Hause."
Ich schaue hin. „Er ist zu Hause", sage ich.
„Er hat sicher gewusst, dass du heute kommst", sagt Nora und lacht über mein verwundertes Gesicht.

„Soixante-huit!“, sagt der Taxifahrer, als er in einer schmalen Straße vor einem großen Haus mit Erker hält. „Merci, Madame. Au revoir, Monsieur.“
„Wohnst du hier?“, frage ich schwer beeindruckt.
Nora steckt den Schlüssel ins Schloss. „Nicht allein.“ Eine Treppe, eine Diele, noch eine Treppe. Nora öffnet eine Tür. „Hier ist es.“
Wir betreten ein geräumiges Wohnzimmer mit unzähligen Kissen und Ledersesseln, wie in Petrollekes Auto, einem Schrank voller Flaschen, in dem sich auch ein Plattenspieler befindet, und einem Bücherregal. Auf dem Boden steht ein Korb mit einer fuchsroten Katze, die mich herablassend anschaut. Auf dem Tisch eine große Tonschale mit Post. An der Wand gegenüber dem Erker hängt eine riesiges Gemälde mit einer nackten Frau auf einem Bett.
„So“, sagt Nora. „Mach es dir bequem. Ich bin gleich fertig.“
Und sie verschwindet durch eine Tür neben dem Gemälde.
Ich lasse den Blick über die Buchrücken schweifen, doch werde daraus nicht schlau, bestimmt französisch.
Französisch haben wir erst in der fünften Klasse, bei De Ganze. *Voici le tableau. Voilà l'encrier.* Man hört es die Schüler herunterleiern, wenn die Fenster geöffnet sind. Französisch ist wie ein Lied, und ich würde es gerne singen können.
Neben dem Sofa, auf einem niedrigen Tisch, steht ein Telefon.
Im Dorf besitzen nur der Baron, die Postdirektion, der Champetter und der Fabrikbesitzer ein Telefon. Und Jean, der Metzger, weil er sich einbildet, feineren Auf-

schnitt als die anderen zu haben. In einer Stube neben dem Bahnhof sitzt eine Frau, die die Verbindung mit allen Telefonen des Dorfes herstellt. Eine sehr wichtige Frau.
Hinter der Tür neben dem Gemälde höre ich Wasser plätschern. Nora, die eine Dusche oder ein Vollbad nimmt und jetzt genauso nackt wie die Dame auf dem Bild ist. Oder vielleicht sogar noch nackter.
Ich stelle mich in den Erker. Alle Häuser in der Straße sind groß und haben winzige Vorgärten. Ein alter Herr lässt einen Hund raus, ein Taxi fährt langsam vorbei.
Plötzlich höre ich, wie jemand einen Schlüssel ins Schloss steckt.
Das Wasser plätschert immer noch.
Der Tür geht auf und es kommen ein Mann und eine Frau herein, die mich verwundert anschauen.
Der Mann ist unwahrscheinlich groß und schlank und braun gebrannt. Er trägt einen weißen Anzug, einen weißen Straßenhut und weiße Schuhe mit braunen Spitzen. Die Frau ist blond und übermäßig geschminkt, sie trägt ein rotes Kleid, das ihren Körper eng umspannt. Keine Dame, vor der man die Melone lüftet.
„Où est Nora?“, fragt der Mann. Er macht die Tür zu.
„Nora ist im Badezimmer“, sage ich. „Sie macht sich ein wenig frisch.“
„Un flamand“, sagt die blonde Frau mit einer Stimme, scharf wie ein Messer. Sie setzt sich aufs Sofa und schlägt ihre langen nackten Beine übereinander.
Der Mann geht zu dem Schrank mit den Flaschen, nimmt zwei Gläser heraus und schenkt Schnaps ein. Er setzt sich neben die Frau und sie beginnen in schnellem Französisch miteinander zu sprechen. Es klingt gar nicht wie das Lied von De Ganze.

Nach etwa einer Minute geht das Sprechen der Frau in ein Gurren über. Sie fummelt am Hemd des Mannes herum, macht einen Knopf auf und schiebt ihre Finger mit den langen rot lackierten Nägeln durch die Öffnung. Der Mann sieht gelangweilt aus. Plötzlich greift er der Frau fest ins Haar und küsst sie direkt auf den Mund. Seine Lippen bewegen sich, als würde er sie beißen. Dann lässt er ihren Mund wieder los. Mit einem Geräusch, als würde er einen Korken aus einer Flasche ziehen.

Der Mann blinzelt mir zu. Er hat schmale schräg stehende Augen. Ein Kerl, dessen Klobrille bestimmt nicht zu trauen ist.

Was soll ich bloß tun? Warum hat er einen Schlüssel zu Noras Wohnung? Ob er mit ihr verheiratet ist? Diesen Gedanken verwerfe ich sofort wieder. Er hat unzählige Ringe an den Fingern. Keine Eheringe, sondern Ringe mit Steinen.

Und falls er doch mit Nora verheiratet sein sollte, warum fummelt dann die Frau an seinem Hemd herum, in Noras Wohnung?

Der Mann nimmt sich noch einen Schnaps und richtet sich wieder an mich. Schleppend, mit vielen langsamen fremden Wörtern.

Ich werde schrecklich nervös.

„Voici le tableau, voilà l'encrier!“, sage ich verzweifelt.

Es sieht mich fassungslos an und die Frau lacht gellend auf, bis der Mann ihr mit der flachen Hand ins Gesicht schlägt.

„Kleiner Rie, ich ...“ In einem weißen Bademantel steht Nora neben dem Gemälde und starrt mit großen Augen auf den Mann und die Frau.

Sie beginnen alle durcheinander zu sprechen, immer

schneller. Der Mann blickt hin und wieder zu mir herüber und flattert heftig mit den Händen. Noras Gesicht ist kreidebleich.
Dann reißt sie die Tür auf und schreit: „Dehors!"
Der Mann macht eine Faust und schlägt sie wütend in die Fläche der anderen Hand. Er zerrt die blonde Frau vom Sofa und zusammen gehen sie hinaus, die Treppe hinunter.
Plötzlich ist es mucksmäuschenstill.
Nora geht auf nackten Füßen zu dem Schrank mit den Flaschen und zündet sich eine Zigarette an. Sie setzt sich auf das Sofa, ein Bein angezogen. Ich fühle mich, als würde es mich nicht mehr geben.
„Wer war das?", frage ich endlich. Beklommen.
Sie sieht mich mit seltsamen Augen an, nimmt einen großen Schluck und sagt matt: „Das war Pietro." Und nimmt noch einen Schluck.
„Ist er . . . ist er dein Mann?"
„Mein Mann?" Sie lacht schrill. „Pietro hat viele Frauen."
„Verwöhnt er dich?"
„Nein, ich verwöhne ihn", sagt sie aufgebracht.
„Er ist plötzlich hier gestanden", sage ich. „Einfach so."
„Ich muss das Schloss auswechseln lassen", sagt sie. Sie drückt die Zigarette im Aschenbecher aus. „Es tut mir Leid. Er hat dir einen schönen Schrecken eingejagt, was?"
„Nein", sage ich. „Aber ich habe nicht gewusst, was ‚sich frisch machen' auf Französisch heißt."
Sie streicht mir über den Kopf. „Willst du auch einen Schluck?"

Ich trinke aus ihrem Glas. Es brennt wie Feuer, aber ist gut gegen Zitterknie.

Wir essen in einem Restaurant an einem großen Platz.
Am Eingang steht ein roter General unter einem Baldachin und drinnen watschelt eine ganze Armee von Pinguinen mit Schüsseln auf und ab, die sie unter silbernen Hauben hervorholen.
Das Essen kann man von einer Speisekarte wählen, die so groß wie eine Zeitung ist. Würde man die ganze Karte laut runterlesen, gäbe das bestimmt ein wohlklingendes Lied. Nora übersetzt alles für mich. Was vornehme Brüssler nicht alles essen! Es wimmelt von Krabben und Krebsen, Garnelen und Austern und einer Unmenge von Gerichten, die einem sogar in anständigem Niederländisch noch rätselhaft vorkommen.
Nora trinkt einen Whiskey. Sie trägt ein grünes Kostüm und einen Hut mit Schleier.
„Vergisst du beim Essen nie den Schleier zu heben?"
Nora kichert. „Aber nein."
Neben uns steht plötzlich auf dem zimmerbreiten Teppich ein älterer, grauhaariger Herr mit einer enormen Nase. Ein richtiger Korkenriecher.
„Weißt du schon, was du essen möchtest?", fragt Nora mich.
„Ein Steak", sage ich. „Mit Fritten."
Nora zwickt sich in die verschleierte Nase. „Ganz schön mutig", sagt sie. „Ausgerechnet hier. Aber weißt du was? Ich schließe mich an. Wenn sie uns rauswerfen, können wir immer noch zur Frittenbude gehen. Und zum Trinken?"
„Ein Export", sage ich.

Nora gibt sich einen Ruck und überbringt die Bestellung in schnellem Französisch.
Der Korkenriecher verzieht keine Miene. Er neigt nur kurz seinen gediegenen Kopf vor Nora. „Très bien, Madame."
Ein kleiner Pinguin kommt sofort dahergewatschelt, um einen Teil der Gläser, Gabeln und Messer wegzuräumen.
Nora tätschelt vorsichtig meine Hand. „Du bist ein ganz besonderer Junge", sagte sie. „Stimmt's?"
„Och", sage ich.
„Du bist dazu verurteilt über das Dorf hinauszuwachsen. Das lässt sich nicht ändern. Mit manchen Menschen geschieht es einfach. Und man kann es schon sehr früh erkennen." Ihre Unterlippe zittert ein wenig, ihre Finger kneten meine Hand. „Mit dir kann man lachen", sagt sie. „Nicht so, wie man wegen der Melone lacht, sondern das andere Lachen. Die Art, wie du etwas sagst und wie du die Dinge betrachtest. Deine Verwunderung. Es wäre schön, wenn du deine Verwunderung nie verlieren würdest."
„Hast du sie denn verloren?"
„Nein", sagt sie zögernd. „Das nicht. Aber es gibt immer weniger, über das ich mich wundern kann. Manchmal scheint es mir, als hätte ich alles schon durchlebt. Alles, und noch dazu viel zu überstürzt!"
Der Export-Pinguin bringt zwei Export. Er macht die Flaschen an unserem Tisch erst auf und kann sich gerade noch beherrschen, nicht an den Kronenkorken zu riechen, bevor er uns das Etikett zeigt.
„Toll, was?", sagt Nora. Sie hebt ihren Schleier und trinkt mit gierigen Zügen.

„Du hast einen Schnurrbart“, sage ich.
„Schön!“, sagt Nora. „Als kleines Mädchen habe ich mir immer einen Schnurrbart gewünscht. Ich habe eine richtige Wut bekommen, als ich hörte, dass das unmöglich wäre. Später habe ich von einem Arzt erfahren, das sei eine Art von Penisneid.“
„Von was?“
„Ein Penis ist ein Pimmel“, sagt Nora, worauf ich prompt einen knallroten Kopf bekomme. „Viele Mädchen finden es nicht gerecht, dass Jungen einen Pimmel haben und sie nicht.“
„Wirklich?“ Penisneid. Höchstwahrscheinlich ein Wort, das man nur seinem Großvater sagen kann und für das man von seinem Vater eine gewatscht bekommt.
„Glaubst du mir nicht?“
„Er ist so oft im Weg. Ich habe wirklich keine Ahnung, warum Mädchen ihn haben wollten.“
Nora will etwas sagen, doch in diesem Moment werden unsere Steaks und Fritten aufgedeckt. Kusine Prudence würde die silberne Haube bestimmt gleich an sich reißen, wenn eine Erbschaft in Frage käme.

Das Wetter ist viel zu schön, um in eine Buchhandlung zu gehen, aber wir machen es trotzdem.
Wir geraten an einen Herren, der ein Bücherbord voller Wikinger hat.
Alle auf Französisch.
Der Herr hat Verständnis für das Problem. Aber ein Bild erzähle doch mehr als tausend Worte? Er schlägt ein wunderschönes Buch mit bunten Bildern auf. *Les rois de la mer* heißt es. Atemlos blättere ich es durch und meine Aufregung erreicht den Höhepunkt, als ich plötzlich eine

Abbildung einer Bugfigur finde. Unsere Bugfigur, verdammt noch mal. Einfach so in einem Buch in Brüssel.
„Schau, Nora! Das ist sie."
„Toll!", sagt Nora.
„Es ist bestimmt sehr teuer", sage ich verdattert. „Ich habe hundertzwanzig Franken, aber davon sollte ich eigentlich dich einladen."
Nora sieht mich einen Moment verwundert an.
„Mich einladen? In Ordnung, dann lädst du mich nachher eben ein."
Mit dem eingepackten Buch unterm Arm gehe ich durch die Straßen der Brüssler Innenstadt und freue mich wie ein Schneekönig. Wenn man mit so einem Buch kein Drachenschiff findet, findet niemand es. Am liebsten würde ich mich irgendwo hinsetzen, um mir die Bilder eins nach dem anderen anzuschauen und möglichst schnell Französisch zu lernen, um den Text lesen zu können.
Aber Nora nimmt mich mit in den Park. Dort steht ein Eisverkäufer und Nora sagt: „Ich hätte schon Lust auf ein Eis."
„Gut", sage ich. „Wie viele Kugeln?"
Nora sieht sich die Preisliste an. „Zwei."
Das macht genau fünfzig Franken, für zwei Waffeltüten mit je zwei Kugeln.
Unverschämt teuer, vermutlich bezahlt man für den Park und ganz Brüssel mit.
Wir setzen uns auf eine Bank. Vom Eis bekommt Nora leider keinen Schnurrbart, aber es ist trotzdem spannend, ihr zuzuschauen. Vielleicht können wir nachher noch ein Export trinken und uns noch mal über den Schnurrbart unterhalten.
„Ist das Geld aus deinem Sparschwein?", fragt sie.

„Nein", sage ich. „Von Großvater, von meiner Mutter und meinem Vater. Sie wollten mich nicht ohne Geld nach Brüssel gehen lassen."
Nora nickt. „Dann lädst du mich besser nicht noch mal ein. Dein Vater muss hart für sein Geld arbeiten und die Rente deines Großvaters wird auch nicht übertrieben hoch sein."
„Nein, Nora", sage ich.
Ich versuche zu überschlagen, wie viele Eiskugeln man für das Buch kaufen könnte. Die würde man nie im Leben schaffen.

Petrolleke steht wieder am Bahnhof.
Es ist neun Uhr.
In der einen Hand hält er seine Mütze, in der anderen meine Melone. Mit einem breiten Grinsen setzt er sie mir auf den Kopf.
„Du verrückter Kerl, fahr jetzt los", sagt Nora.
„Kannst du bei den Schranken mal hupen, Petrolleke?", frage ich.
„Aber sicher", sagt Petrolleke. „Aber sicher."
Und Maurice hopst vor Schreck fast einen halben Meter in die Höhe. Ich winke ihm zu und lüfte feierlich die Melone von Onkel Zaar.
Schade um den Spazierstock, den Kusine Prudence sich geschnappt hat.

Nach einer Woche und zwei Sonntagen zieht die Kirmes zu einem anderen Ort.
Der Kirchplatz gehört wieder dem Pastor, dem Küster und Petrolleke und bietet einen trostlosen Anblick. Wo die Schießbude stand, liegt jetzt ein Berg zerfetzter Röhr-

chen. In der öffentliche Toilette hat jemand eine halbe Tüte Fritten zurückgelassen – kalt und ekelhaft. Nichts sieht trostloser aus als kalte Fritten.

Nora ist nach Brüssel zurückgekehrt, das Dorf geht allmählich wieder seinen gewohnten Gang und trägt gelassen seine Geheimnisse.

Hoch steht das Korn um die Häuser herum, voll gesaugt mit Sonne, und wartet.

Bald ist Mitte August und die Bauern sind von einer ungewöhnlichen Hektik ergriffen. Seit Tagesanbruch sind sie auf dem Acker, um das Korn zu mähen. Auf den Fersen gefolgt von Bäuerinnen, die bunte Kopftücher gegen die Sonne tragen und das Korn zu Garben binden. Hoch beladene Wagen fahren von den Äckern zu den Scheunen und kehren leer zurück.

Die reicheren Bauern dreschen das Getreide nicht länger von Hand, sondern besitzen eine Dreschmaschine. Ein gigantisches gelbes Gefährt, das einen Heidenlärm macht und in eine Staubwolke gehüllt einen Sack nach dem anderen mit rieselnden Körnern füllt.

Das ganze Dorf glotzt dem zu, denn es ist ein noch größeres Wunder als das Radio, und das ist auch schon keine Kleinigkeit.

Sind die Bauern fertig, schlägt die Hektik auf die Jungen über. Wo das Korn geschnitten ist, liegen weite Stoppelfelder, die geradezu nach Papierdrachen schreien.

Erntezeit ist Drachenzeit.

Die notwendigen Äste hat man sich natürlich schon längst besorgt, denn Äste müssen in aller Ruhe trocknen.

Es gibt Jungen, die ihre Drachen aus Zeitungspapier machen, aber um die hoch zu kriegen, muss gehörig viel

Wind gehen, außerdem wirken sie ein wenig armselig. Zeitungen sind eben zum Lesen da, zumindest wenn sie neu sind, alte gehören aufs Klo.
Aus Butterbrotpapier kann man stabile Drachen machen, die einiges aushalten, aber die schönsten Drachen macht man aus Seidenpapier.
Fientje De Varé vom Spielwarenladen hat es in allen möglichen Farben, zwei Franken der Bogen.
Ich mache einen schönen roten mit schwarzen Punkten. Ein Marienkäfer an einer Schnur.

Drachenköpfe, die mehr als tausend Jahre an der gleichen Stelle begraben liegen, laufen einem nicht weg.
Es ist Wochen her, seit ich das letzte Mal zur Schneise gegangen bin, aber ich nehme mir fest vor, die Arbeit wieder aufzunehmen, sobald die Stoppelfelder umgepflügt sind und die Bauern mit der Rübensaat beginnen.
Drachen steigen lassen kann man nicht überall.
Bäume und Drachen mögen sich nicht besonders.
Aber an dem Weg, der zum Schlösschen führt, ist eine Stelle, die sich hervorragend eignet.
Dort wimmelt es von Kindern, Jungen wie auch Mädchen.
Mädchen lassen keine Drachen steigen, sie dürfen höchstens mal behilflich sein und sollen sich möglichst aufs Staunen beschränken. Die meisten Mädchen können das gut, als würden sie jetzt schon wissen, dass sie später trotzdem das Sagen haben.
Immerhin ist es keine einfache Sache, Drachen steigen zu lassen.
Ein Drachen ist ein zartes, subtiles Gleichgewicht aus Ästen, Papier und Schnur. Der wichtigste Bestandteil ist

wohl der Schwanz. Wenn der nicht stimmt, kann man das Ganze vergessen.
Manche Jungen verfügen über ein besonderes Fingerspitzengefühl für Drachen und kriegen sie scheinbar mühelos zum Steigen. Und es gibt Stümper, die es nie lernen werden. Sie traben mit hochroten Köpfen über die Stoppeln und schleifen ihre bedauernswerte Heimarbeit erfolglos hinter sich her. Sie meckern über den Wind, machen den Schwanz unentwegt leichter oder schwerer und verkneifen sich vor den Mädchen die Tränen.
Noch schlimmer dran als ein Stümper ist ein Junge, der mit einem gekauften Drachen aufkreuzt. Ein wedelndes Flatterding aus Stoff, hergestellt in einer Fabrik. Dieser Drachen steigt immer, ohne Schwanz, und gehört eigentlich an die See, wenn man müde vom Muschelnsuchen ist und die Sandburg überschwemmt ist. Völlig wertlos also.
Roland besitzt so einen Drachen. Er hat keinen Vater, sondern einen Papa, der in einem Büro in der Stadt sehr beschäftigt ist und sich zum Ausgleich jeden Sommer vierzehn Tage lang mit einem Schäufelchen und in kurzer Hose auf dem Strand von Blankenberge lächerlich macht.
Wir haben es längst aufgeben, Roland zu ärgern. Fast jeder lässt ihn links liegen und das ist vielleicht sogar noch schlimmer. Später wird er bestimmt genauso wichtig wie sein Vater. Ein Herr mit sauberen Händen und einem unzufriedenen Zug um den Mund.

Wenn mein Drachen einmal über dem Wind steht, gehe ich langsam zum entferntesten Ackerwinkel vor und setze mich in den Schatten an den Grabenrand.

Drachen-steigen-Lassen muss in aller Ruhe geschehen.
Da darf man weder vom Geschrei der anderen Jungen noch vom Geschnatter der Mädchen gestört werden.
Langsam lasse ich Schnur nach, bis ich die Punkte nicht mehr sehe. Mein Drachen steht hoch über der Welt und die Schnur singt leise in meinen Händen.
Ein Drachen scheint dich über das Dorf hinauszuheben, ganz hoch. So hoch, dass du mit einem milden Lächeln auf das verrückte Gewimmel dort unten hinabschauen kannst. Du hältst einen Traum an einer Schnur fest, den Traum hast du selbst in der Hand. Du kannst Schnur nachlassen und du kannst den Traum wieder einholen, bis er leicht schaukelnd direkt vor dir über den Stoppeln schwebt.
Stundenlang kann ich so sitzen, während die Zeit und die Welt stehen bleiben. Ob sich so Glück anfühlt?
Oft, wenn ich zu meinem Drachen hinaufblicke, denke ich an Nora. Sie ist ein Mädchen, mit dem man seinen Drachen und die dazugehörige Stille teilen kann. Sie würde das Singen der Schnur verstehen, ja, ich bin mir sogar fast sicher, dass sie selbst singen kann wie eine Drachenschnur.
Die Stoppelfelder sind endlos, bis zum Schlösschen. Nackt und schwarz liegt es da in der Ebene, wie ein Geschwür.

Da kommt Sonja auf mich zu.
Die anderen Jungen ziehen mich mit ihr auf.
Und die Mädchen schubsen sie kichernd in meine Richtung, wenn ich mich ihnen nähere.
So was Doofes!
Jahrelang macht man ordentlich seine Matheaufgaben

und Aufsätze, lernt, was man eben so lernen muss, und eines Tages erfährt man plötzlich, dass man eine Freundin hat. Und dabei weiß ich nicht mal, wie das geht, eine Freundin zu haben. Außerdem habe ich genug andere Sachen am Hals. Jungensachen, keine Mädchensachen.
Zu meinem großen Ärger kommt sie plötzlich über die Stoppeln dahergestapft, einfach so, wo alle sie sehen können.
Sie hat langes goldfarbenes Haar, das sie offen trägt, und nackte braune Beine. Mit einem ernsten Gesicht bleibt sie vor mir stehen.
„Hallo", sagt sie.
„Ach, hallo", sage ich.
„Darf ich mich kurz hinsetzen?"
Ich kann mir lebhaft vorstellen, was jetzt auf der anderen Seite des Stoppelfeldes geredet wird. Vielleicht schließen sie sogar Wetten ab. Oder machen Witze.
„Das Feld gehört allen", sage ich.
Sie setzt sich neben mich ins Gras. Nora hätte bestimmt einen Rat gewusst.
„Du hast einen schönen Drachen", sagt sie.
„Ja, es geht."
Lange Zeit sagen wir nichts, aber die Stille ist keineswegs eine Drachenstille.
„Ich habe Lakritzwasser", sagt sie dann in feierlichem Ton. Sie holt eine Apothekerflasche aus ihrer Schürzentasche. Da ist Wasser drin mit einem Stückchen schwarzer Lakritze. Sie schüttelt das Fläschchen, bis der Inhalt anfängt zu schäumen.
„Willst du einen Schluck?"
Wir trinken nacheinander.
„Lecker, nicht wahr?", sagt sie unbefangen.

„Sehr lecker“, sage ich.
So stehen die Dinge also. Jungen machen Drachen und Mädchen Lakritzwasser.
Ich werfe einen kurzen Blick zur Seite. Sie hat grüne gesprenkelte Augen, ihre Nase ist voller Sommersprossen, als hätte die Sonne noch nicht genug gehabt, nachdem sie mit ihrem Haar fertig war.
„Nach den Ferien muss ich zu den Nonnen“, sagt sie plötzlich, ohne jegliche Einleitung.
„Zu den Nonnen?“
Sie nickt ernst. „Damit ich lerne, vornehm zu werden.“
„Bist du denn nicht vornehm?“
„Sie bringen dir die verschiedensten Sorten von Gabeln und Löffeln bei und so. Und Französisch. Französisch ist eine sehr vornehme Sprache.“
„Ja.“
„Meine Schwester ist auch dort gewesen. Ganz schön teuer ist es, und du darfst nur alle drei Monate nach Hause.“
„Wirklich?“, frage ich erschrocken. Plötzlich tut sie mir Leid.
„Vornehm zu werden ist kein Spaß“, sagt sie und ihre Unterlippe zittert ein wenig.
Sie soll bloß nicht anfangen zu weinen!
„Wenn das so ist, nein“, sage ich.
„Meine Schwester liest jede Woche die *Paris Match*“, sagt Sonja. „Und sie wird bald heiraten.“
„Das ist aber sehr lange, drei Monate“, sage ich.
„Da muss man Briefe schreiben“, sagt Sonja.
„Ein Glück, dass es die wenigstens gibt.“
„Ja.“ Sie holt tief Luft. „Sie sagen, dass du sehr schön schreiben kannst.“

„Wer sagt das?“
„Alle. Die Jungen aus deiner Klasse.“
„Aber . . .“
„Wenn ich bei den Nonnen bin, kannst du mir dann nicht manchmal einen Brief schreiben?“, fragt sie ganz leise.
„Ich? Einen Brief? Dir?“
„Ja“, sagt sie verlegen.
„Über was soll ich denn schreiben?“, frage ich hilflos.
„Über alles, was du willst. Wie es hier läuft und so.“
„Ich weiß nicht“, sage ich vorsichtig. „Dein Vater oder deine Mutter können dir doch schreiben?“
„Ja, aber das ist etwas anderes.“
„Ja.“
„Und ich möchte ganz viele Briefe bekommen. Julia sagt, man halte es dort nur aus, wenn man viele Briefe bekommt.“
„Ich . . . ich denk mal darüber nach.“
Sie strahlt. „Hab ich's doch gewusst.“ Ihr Gesicht wird sofort wieder ernst. „Es gibt aber noch ein Problem. Die Nonnen wollen nicht, dass man von eh . . . von Männern Post bekommt.“
„Ich bin aber kein Mann.“
„Von Jungen auch nicht.“
„Dann eben nicht.“
„Doch. Du musst nur so tun, als wärst du ein Mädchen.“
„Wieso?“, frage ich entgeistert.
„Du benutzt einfach einen Mädchennamen“, sagt Sonja. „Ist doch witzig, oder?“
„Ich finde das überhaupt nicht witzig.“
„Freddie hat es auch gemacht.“
„Wer ist Freddie?“

„Freddie! Er wird Julia heiraten. Er hat seine Briefe immer mit Elsa unterschrieben."
„Und wie lange hat er das gemacht?"
„Oh, jahrelang", sagt Sonja in einem Ton, als hätte Freddie einen Rekord aufgestellt.
„Sieht er denn wie eine Elsa aus?"
Sonja lacht lauthals. „Wieso?"
„Wenn man sich selbst jahrelang Elsa nennt, muss man auf die Dauer wie eine Elsa aussehen", sage ich ernst.
„Nein, nur in den Briefen natürlich, du Witzbold!"
„Aber trotzdem", sage ich zögernd. „Trotzdem."
„Willst du noch einen Schluck?", fragt sie listig.
Als sie die Flasche schüttelt, fährt sie plötzlich zusammen. „Oh nein . . .!", sagt sie. „Da kommt dieser schreckliche Junge."
Über das Stoppelfeld nähert sich Ti. Er kommt geradewegs auf uns zu.

Ich schlucke. „Das ist Ti", sage ich so lässig wie möglich. „Er tut keinem was."
Ganz zuversichtlich bin ich allerdings nicht. Durch das merkwürdige Gespräch haben wir die Zeit vergessen und die anderen Drachen wurden bereits eingeholt. Alle sind zum Essen nach Hause gegangen.
„Ti!", sagt Ti.
„Hallo, Ti!", sage ich.
Er sieht sich die Schnur und den Drachen an. „Ti! Ti!", sagt er leise. Er klingt bewundernd. Er greift die Schnur, betastet sie, zeigt dann auf die Haspel und fragt eindringlich: „Ti?"
Mir ist durchaus klar, was er möchte, aber die Haspel gebe ich nicht gern aus den Händen. Niemandem.

„Aber nur ganz kurz, Ti“, sage ich widerwillig. „Ich wollte ihn gerade runterholen. Wir müssen nach Hause, zum Essen.“

„Ja, zum Essen“, sagt Sonja nervös.

Stolz wie ein Pfau hält Ti die Haspel in den Händen. Für ihn muss dieser Moment etwas ganz Besonders sein. Ich weiß genau, wie er sich fühlt, und freue mich für ihn.

Und dann, urplötzlich, geschieht das, was ich die ganze Zeit befürchtet habe. Ti mit den großen starken Händen lässt einfach die Haspel los. Einfach so. Und er macht das mit Absicht.

„Ti, was machst du da?“, frage ich entsetzt.

Der Drachen nickt kurz, hoch oben in der Luft, und treibt dann rasch davon. Die Haspel hüpft mit zunehmender Geschwindigkeit über die Stoppeln und macht die verrücktesten Sprünge.

Wie ein Irrer renne ich ihr hinterher.

Ti und Sonja hinter mir.

Ich renne, stolpre, falle, stehe wieder auf, springe über einen Graben und über noch einen. Ich sehe nur die Haspel, die launisch Richtung Schlösschen hopst. Manchmal stockt sie einen Moment, liegt fast still. Aber immer dann, wenn ich sie schnappen will, haut sie von neuem ab.

Ich bekomme Seitenstechen, keuche wie ein dämpfiger Ackergaul, aber ich muss unbedingt den Drachen zurückhaben.

Fast bin ich schon am Schlösschen vorbei, als die Haspel plötzlich liegen bleibt, völlig still.

Der Grund ist mir bald klar. Der Drachen ist auf seiner wilden Flucht in einer hohen Pappel gelandet. Ganz oben in den Ästen hängt er wie eine zerschmetterte Fliege.

Mit treten die Tränen in die Augen.
Völlig außer Atem stehen Ti und Sonja neben mir und blicken zum Drachen hinauf.
Und dann mache ich einen Riesenfehler.
Ich werde wütend.
Ich werde so fuchsteufelswild wie nie zuvor in meinem Leben.
„Dreckiger, dummer Saukerl!“, kreische ich. „Du hast es absichtlich getan. Ja, absichtlich. Mit der Zange geholt, was? Du sollst noch mal mit der Zange geholt werden, was immer das auch bedeuten mag!“
Das finstere Aufglimmen in seinen Augen hätte mir eine Warnung sein sollen, doch ich bin völlig außer mir. Zeternd und fluchend springe ich auf ihn zu, kratze, schlage und trete, wo immer ich ihn treffen kann.
Ti fängt an zu knurren. Er verpasst mir eine gewaltige Ohrfeige, seine Hand umkrallt mein Handgelenk wie eine Zange. Mit der anderen fasst er Sonja beim Handgelenk.
Ich bin so fertig von dem Schlag und Sonja ist so verängstigt, dass Ti uns ohne jeglichen Widerstand mit sich in das Schlösschen nehmen kann. Hinter dem Tresen öffnet er die Tür zum Keller und schubst uns die Treppe runter.
Mit einem Knall schlägt die Tür zu und unter grausamem Gequietsche wird der Riegel vorgeschoben.

Vater schaut auf die Uhr.
Es ist zehn Uhr.
Zornig wirft er die Zeitung auf den Boden. Er hat sich seit über einer Stunde dahinter versteckt, ohne auch nur einen Buchstaben zu lesen. Er flucht, dass es kracht.

„Diese verflixte Rotznase bildet sich wohl ein, dass es mir Spaß macht, immer wieder hinter ihm herzulaufen.“
„Es muss etwas passiert sein“, sagt Mutter.
„Es ist verflucht noch mal überhaupt nichts passiert“, faucht Vater. „Der Herr hält mein Haus wohl für ein Hotel, wo er kommen und gehen kann, wie es ihm passt! Er kann noch was erleben. Ich werde ihm das Hotelleben schon noch beibringen.“
Er verlässt das Zimmer und holt sein Rad. Als er bei Großvater ankommt, hat seine Wut sich um einige Grade gelegt.
„Der kleine Rie?“, fragt Großvater verwundert. „Nein, den habe ich seit Tagen nicht gesehen. Ist er denn nicht mit dem Drachen unterwegs?“
„Ein Drachen mit Vorder- und Rückleuchte wohl, was? Mensch, es ist stockdunkel.“
Großvater überlegt. „Ich gehe in Richtung Deich“, sagt er. „Du in die andere Richtung.“
„Zum Deich? Warum zum Deich?“
„Weil es Spaß macht, seinen Drachen übers Wasser steigen zu lassen“, sagt Großvater. „Oder etwa nicht?“
„Ja, doch“, sagt Vater zögernd. „Aber das sollte er doch nicht.“
„Gerade deshalb haben wir alle es getan“, sagt Großvater. „Los jetzt!“

Zunächst bin ich nur erstaunt.
Eingesperrt! Im Keller des Schlösschens! Von Ti!
Dann fange ich an gegen die Tür zu bumsen. „Ti! Mach auf! Sofort!“
Aber Ti macht nicht auf.
Ich ramme mit der Schulter gegen die Tür. Das liest man

hin und wieder, dass Männer eine Tür einrammen. Starke Männer. Doch ich bin nicht stark. Und diese Tür ist so unverwüstlich wie ein Schlosstor. Warum bloß werden Kellertüren nicht etwas klappriger gemacht?
Mutlos sinke ich auf eine Treppenstufe.
Einige Stufen tiefer sitzt Sonja. Sie weint.
Der Keller ist ein recht großer, trockener Raum. Es stehen einige leere Bierkästen herum, die voller Spinnennetze hängen. Hoch oben in der Wand zur Straßenseite befindet sich ein kleines vergittertes Fenster.
Ich setze mich neben Sonja und lege ihr einen Arm um die Schulter. „Hör auf zu weinen, Sonja, ich muss nachdenken."
Aber sie weint noch lauter.
„Hör mal", sage ich, „ich werde dir Briefe schreiben, ja? Und mir einen hübschen Mädchennamen einfallen lassen."
„Vielleicht ist das gar nicht mehr nötig", sagt sie schluchzend
„Aber doch!", sage ich. „Sie werden uns suchen, und wenn jemand vorbeikommt, können wir schreien."
Was ein später Spaziergänger allerdings macht, wenn er Geschrei aus dem Keller vom Schlösschen hört, ist noch fraglich, aber das sage ich ihr lieber nicht.
„Schreien?" Sie schluchzt noch heftiger.
„Sonja, hör auf! So können wir niemanden kommen hören."
„Ich möchte ja", sagt sie mit unglücklicher Miene, „aber ich muss so dringend. Und hier gibt es kein Klooo!"
„Groß oder klein?"
„Groß."
„Ja, dann hock dich in eine Ecke."

„Einfach so?“
„Ja, einfach so.“
„Und du wirst nicht gucken?“
„Natürlich nicht. Such dir eine hübsche dunkle Stelle. Und nimm mein Taschentuch, das brauche ich sowieso nicht.“
„Ein Taschentuch? Wozu?“
„Eine Bierkiste ist ziemlich hart“, sage ich. Und zum Glück kann sie darüber ein bisschen lachen.

Großvater steht mit einer Laterne auf dem Deich.
„Kleiner Rie?“, schreit er. „Bist du da?“
Mehrmals ruft er meinen Namen und steigt dann hinunter zur Schneise.
Aber er findet keine frischen Spatenspuren.
In immer größeren Kreisen durchkämmt er mit der Laterne das Gelände um die Schneise.
Langsam schüttelt er den Kopf.
Als er unter den jungen Weiden hervorkommt, ruft plötzlich eine kräftige Stimme: „Wer da?“
Großvater bekommt einen Riesenschreck. Auf dem Deich steht ein Mann mit einer grell leuchtenden Taschenlampe.
„G... gut Freund“, sagt Großvater heiser. Und klettert den Deich hoch.
„Rie, was machst du hier so spät?“
„Champetter!“, sagt Großvater überrascht. „Ich ... ich suche meinen Enkelsohn.“

Mein Vater radelt einigermaßen ziellos durch die Dorfstraßen.
Dann fährt er wieder zu Großvaters Haus zurück, doch

dort ist alles dunkel. Als er wieder nach Hause kommt, bin ich immer noch nicht da.
„Wir müssen es anders anpacken“, sagt Vater. „Ich gehe zum Champetter.“
„Zur Polizei?“, fragt meine Mutter erschrocken.
„Ja, zur Polizei.“

Neben dem Marterpfahl hat Ti ein Feuer gemacht. An einem großen flachen Stein wetzt er bedachtsam sein Messer.
Kühl glänzen die Sterne über dem Schlösschen.
Ti wetzt und wetzt.

Als Vater in das Büro des Champetters kommt, sitzen Großvater und Victor, der Schneider, schon da. Victor ist Sonjas Vater.
„Zwei Kinder also“, sagt der Champetter.
Das Büro des Champetters liegt hinter dem Gemeindehaus, das seinerseits hinter dem *Schwanen* liegt.
„Wir brauchen unbedingt mehr Leute“, sagt der Champetter. „Kommt!“
Kurze Zeit später betreten sie den *Schwanen.* An zwei Tischen wird Karten gespielt und am Billardtisch stehen noch zwei weitere Gäste.
Der Champetter erläutert kurz und knapp, was los ist. Die Männer eilen nach Hause, um sich mit Taschenlampen und anderen Geräten einzudecken. Der Schwanenwirt macht das Licht aus.

Ich höre, wie Ti sein Messer wetzt.
„Hilf mir mal“, sage ich.
Leise beginnen Sonja und ich Bierkästen auf die Treppe

zu stapeln, angefangen bei der Tür. Keine besonders tolle Vorsichtsmaßnahme, aber besser als nichts.

Etwa zwanzig Männer durchkämmen das Drachengelände Meter um Meter. In einer langen Reihe nebeneinander ziehen sie immer tiefer ins Feld.
Mein Vater flucht.
Großvater fürchtet sich vor dem, was er antreffen wird.
Victor weint geräuschlos.
Die Männer rufen unsere Namen.

Tis Messer verharrt reglos über dem Stein.
Er hat Stimmen gehört.
Mit einer geschmeidigen Bewegung steht er auf, duckt sich wie eine Katze im Schatten des Schuppens und lauscht. Die Stimmen werden immer lauter.
Männer, viele Männer . . . Und sie tragen Taschenlampen bei sich.
Ti ergreift die Flucht.
Wie ein schneller Schatten lässt er sich von der Dunkelheit verschlucken, bis er die Stimmen nicht mehr hört.

„Stimmen!“, sage ich. „Da kommen Leute.“
Sonja und ich rennen bis unter das Kellerfenster und fangen an zu schreien.
„Feuer!“, sagt der Champetter, „jemand hat hinter dem Schlösschen ein Feuer gemacht.“
Er rennt los.
Zwei Minuten später erscheint Großvater mit seiner Laterne im Kellereingang.
„Kleiner Rie!“, sagt er. „Junge!“

Es kommen Ärzte, die tun, als wären Sonja und ich krank. Und es kommt eine Frau, auch eine Art Doktor, die mit uns Bilder von komischen Schmetterlingen anschaut.
Später kommen die Gendarmen mit ihren Notizbüchern und sie sehen noch ernster aus als sonst.
Es wird ein Telegramm an Nora in Brüssel geschickt und noch am gleichen Abend sitzt sie weiß wie ein Stück Kreide in Cordules Küche. Cordule hat längst keine Tränen mehr, weint aber trotzdem noch.
Erst drei Tage später findet man Ti. In einem Schuppen an der Straße zur Stadt. Er ist völlig verdreckt, aber seine Augen sehen normal aus. Dennoch wird er in ein blaues Auto mit kleinen Gitterfenstern geschoben. Es ist noch früh am Morgen, kaum jemand sieht ihn, als er das Dorf verlässt.
Zehn Minuten später kommt die Straßenbahn am *Haus auf halbem Wege* vorbei.
Es steht niemand auf dem Trittbrett.
Ti wird niemals mehr auf dem Trittbrett stehen.

Worterklärungen

Ambiorix: Fürst der Eburonen (s. Belgen und Eburonen).

Au fond: (frz.) eigentlich, im Grunde.

Jacob van Artevelde: Genter Tuchkaufmann (1290–1345). Er wurde 1338 Stadthauptmann von Gent und war der wirkliche Herrscher über ganz Flandern bis zu den Zunftkämpfen.

Belgen: Sammelbegriff für die von Julius Caesar in seinem Werk *De bello Gallico* erwähnten keltischen Stämme, die im Gebiet zwischen Nordsee, Seine, Marne und Rhein wohnten. Er nannte sie die tapfersten unter den Galliern. Zu den bedeutendsten Stämmen gehörten u.a. auch die Eburonen und Menapier. 52 v. Chr. gliederte Caesar das Gebiet der Belgen Gallien ein.

Boerenjongens: Weinbrand auf Rosinen.

Boudewijn: Baudouin I. (1951–93), König der Belgier.

Gottfried von Bouillon: (ca. 1060–1100) war wesentlich am ersten Kreuzzug nach Jerusalem beteiligt.

Jan Breydel: Freiheitskämpfer (Brügge 1264–1328). Er spielte eine führende Rolle im Kampf gegen die Franzosen.

Centime: damals die kleinste belgische Münze.

Champetter: Feldhüter, Dorfpolizist.

Dehors: (frz.) draußen; *hier:* raus.

Derangieren: (von frz. déranger) stören.

Eburonen: keltischer Stamm an Maas und Rhein. Die Eburonen unter Ambiorix fügten 53/54 v. Chr. Caesar eine gehörige Niederlage zu (s. Belgen).

En cas de réclamation, rappelez le n° 147: (frz.) Sollten Sie etwas zu beanstanden haben, melden Sie sich bei der Nr. 147

Jan van Eyck: niederländischer Maler (1390–1441). Sein bedeutendstes Werk ist der *Genter Altar*, auf dem u.a. die Aktfiguren von Adam und Eva abgebildet sind.

Haus auf halbem Wege (Huis ten Halve): Hier machte man unterwegs Rast und spannte die Pferde zum Tränken aus.

Klokke Roeland: Sturmglocke im Genter Belfort.

Kwartje: fünfundzwanzig Centimes.

La Esterella: flämische Sängerin.

Les rois de la mer: (frz.) Die Herrscher des Meeres.

Menapier: keltischer Stamm zwischen Nordseeküste und Schelde (s. Belgen).

Où est Nora?: (frz.) Wo ist Nora?

Gabrielle Petit: Spionin im Auftrag der Alliierten im Ersten Weltkrieg, wurde mit verbundenen Augen füsiliert.

Quiévrain: belgische Gemeinde an der französischen Grenze. Ausladeplatz für Brieftauben.

Quinquet: französischer Hersteller von Öllampen mit Glasschirmen.

Roskot: eine Mühle, die von Pferden angetrieben wird.

Schleusenwärter: Auf den damaligen Tausendfrankenscheinen war Schleusenwärter Cogge abgebildet, der im Ersten Weltkrieg bei der Schlacht um Nieuwpoort durch das Aufdrehen der Schleuse die IJzer-Ebene überschwemmte und so die deutsche Armee abwehren konnte. Diese Geldscheine wurden daher Schleusenwärter genannt.

Bobbejaan Schoepen: populärer flämischer Schlagersänger.

Sievuplee: (S'il vous plaît, frz.) bitte.

Sint Anneke: Antwerpener Stadtteil gegenüber dem Zentrum am anderen Scheldeufer.

Paul Henri Spaak: Bedeutender belgischer Politiker, Sozialist (1899–1972). Von 1938–1939 Ministerpräsident. Er versuchte Belgien aus dem Krieg herauszuhalten und war bis 1945 Außenminister der Exilregierung in London. Auch nach dem Krieg war er mit mehreren Unterbrechungen immer wieder Außenminister, 1947–1949 zugleich Ministerpräsident. 1957–1961 General-Sekretär der NATO. Er hat großen Anteil am wirtschaftlichen und militärischen Zusammenschluss Westeuropas.

Un flamand: (frz.) Ein Flame.

Voici le tableau, voilà l'encrier: (frz.) Dies ist die Tafel, das ist das Tintenfass.

HENRI VAN DAELE
Der dicke Idde